VERÄN

KATHARINA

DERUNGS

MOSEL

getümmel

Bibliografische Information der Deutschen Nationalbibliothek:
Die Deutsche Nationalbibliothek verzeichnet diese Publikation in der Deutschen National bibliografie; detaillierte bibliografische Daten sind im Internet über dnb.dnb.de abrufbar.

1. Auflage 2022

Katharina Mosel, Hohenstaufenring 63, 50674 Köln

© Cover- und Umschlaggestaltung: Laura Newman · lauranewman.de
© Entenlogo: Laura Newman · lauranewman.de
Bildquellen: Verwendung von Motiven von Freepik.com
Foto Autorin: Susanne Fern
Lektorat: Eva Maria Nielsen · lektoratderrotefaden.de
Korrektorat: Dorrit Bartel · dorritbartel.eu
Satz u. Layout / E-Book: Büchermacherei · Gabi Schmid · buechermacherei.de
Druck: booksfactory.de, ein Service der Print Group Sp. z o.o., ul. Cukrowa 22, PL-71-004 Szczecin, Polen
Bestellung und Vertrieb: Nova MD GmbH, Raiffeisenstraße 4, D-83339 Vachendorf, Deutschland

ISBN Print: 978-3-98595-357-8

Kapitel 1

Wieso war sie auf die Idee gekommen, kurz vor dem Videotermin ein Update einzuspielen? Anne versuchte, den Bildschirm zu hypnotisieren. Fünf Minuten vor zehn und es waren erst zwanzig Prozent geladen. Sie trommelte mit den Fingern auf die Schreibtischplatte. Warum hatte sie sich auf das Interview eingelassen? Arbeit hatte sie wahrhaftig genug, auf dem Boden stapelten sich die Akten. Ihre Unlust stieg, als sie an all die Dinge dachte, die erledigt werden mussten. Manchmal ging ihr das Leben als Anwältin gewaltig auf den Wecker. Was war schiefgelaufen, dass sie an diesem warmen Sommertag im Büro saß, um die Probleme ihrer Mitmenschen zu lösen? Warum war sie nicht draußen in der Eisdiele und ließ sich die Sonne ins Gesicht scheinen? »Weil du auf deine Figur achtest und diszipliniert bist. Abgesehen von der Gefahr, Hautkrebs zu bekommen«, sagte sie laut. Nun auch noch Selbstgespräche. War sie zu oft allein oder gehörten diese Überlegungen zwangsläufig zu den Begleiterscheinungen der Wechseljahre?

Ob sie sich die Lippen nachziehen sollte? Hastig kramte Anne im Schminkbeutel und förderte einen kaum benutzten knallroten Stift zutage. Unter der Maske war Lippenstift sinnlos, bei einem Videokontakt nicht verkehrt. Mittlerweile besaß sie sogar ein Ringlicht, dank der Intervention von Noah. Ringlicht, Videobesprechungen, OP-Masken. Sachen, die vor einem Jahr undenkbar waren. Inzwischen war das Bestandteil ihres Alltags. Der Mensch ist ein Gewohnheitstier.

Geübt trug sie die Farbe auf und behielt den Bildschirm im Auge. Fünfzig Prozent. Sie würde sich verspäten. Davon ging die Welt nicht unter. War nicht Gelassenheit das, was sie sich in den letzten Monaten erarbeitet hatte? Bildete sie sich zumindest ein. Zehn Minuten vor der Zeit ist des Beamten Pünktlichkeit, Lieblingsworte ihres Vaters. Als Kind erschien ihr das als Ausbund von Spießigkeit, heutzutage war sie diejenige, die überpünktlich zu Terminen auftauchte.

Anne sah auf die geschlossene Bürotür. Sollte sie ihre Mitarbeiterin um Hilfe bitten? Deren Computer nutzen? Ihr fiel ein, dass Frau Vosswinkel heute im Homeoffice war. Auch etwas, woran sich alle gewöhnt hatten. Bevor sie den Zugangscode herausgefunden hatte, wäre es zu spät für das Interview. Sie verwuschelte die Haare, um sie im nächsten Moment erneut zu glätten. In ihrem Bauch grummelte es. Langsam wurde es Zeit. Geduld gehörte nicht zu ihren Stärken. Wo war die Entspanntheit, wenn man sie brauchte?

Der Bildschirm wurde dunkel, das Gerät fuhr sich wieder hoch. Anne drehte sich um und musterte das Regal hinter ihr. Fachliteratur, sorgfältig geordnet. Der richtige Hintergrund für eine Anwältin. Die Quietscheenten, die sonst auf den Büchern standen, hatte sie weggeräumt. Immerhin arbeitete der Journalist bei einem renommierten Nachrichtenmagazin. Sie gab ihr Passwort ein und klickte sich zu dem Link, den der Reporter geschickt hatte. Das Fenster öffnete sich und gab den Blick auf einen Mann frei, der gebeugt an einem Tisch saß.

»Können Sie mich hören?«

Anne lockerte ihre Schultern und lachte. Jeder Videokontakt begann mit diesem Spruch. Sie aktivierte das Mikrofon und lehnte sich im Stuhl zurück.

»Guten Morgen Herr Ludwig. Ich kann Sie sehen und hören.«

»Wunderbar.« Ihr Gegenüber lächelte sie an. »Moin aus Hamburg. Ich freue mich, dass Sie sich die Zeit für ein Interview nehmen.«

Anne neigte den Kopf nach vorn und verzog ihren Mund zu einem Lächeln. »Sehr gern.« Die erste Lüge heute. Weitere würden folgen.

»Ich hatte Ihnen in meiner Mail geschrieben, worum es sich handelt. Wir bereiten in der Redaktion ein Special zum Thema »Erben und Vererben« vor, und wollen eine Praktikerin wie Sie zu Wort kommen lassen.«

»Ja. Worüber möchten Sie sprechen?«

Anne verfolgte, wie der Mann eine bunte Lesebrille aufsetzte und anfing, in einem Hefter zu blättern. Hoffentlich war er vorbereitet. Mehr als dreißig Minuten standen nicht zur Verfügung, danach hatte sie einen anderen Videotermin.

»Also ich ..., mich ..., äh würde interessieren, ob es stimmt, dass nur etwa fünfunddreißig Prozent der Deutschen ein Testament haben?« Er sah sie über den Rand der Brille an.

Sie versuchte, Blickkontakt herzustellen. »Ich kenne die genauen Zahlen nicht. Das werden Sie sicher besser wissen. Nach meiner Erfahrung verdrängen viele Menschen die Tatsache, dass sie sterben müssen.«

»Erstaunlich, nicht wahr?« Herr Ludwig neigte den Kopf zur Seite. Anne fiel auf, dass er seine Haare zu einem kurzen Pferdeschwanz zusammengebunden hatte. Hinter ihm befand sich ein Regal, in dem sich Teller und Gläser mit Nudelpaketen abwechselten. Er saß offenbar in einer Küche.

»Finde ich nicht. Wer denkt schon gern über den eigenen Tod nach?«

»Haben Sie ein Testament?«

Anne stutzte. »Denken Sie nicht, dass das eine sehr persönliche Frage ist?«

»Sorry, wollte Sie nicht in Verlegenheit bringen.«

»In eigenen Sachen ist man meistens nicht so gut. Tatsächlich habe ich aber ein Testament errichtet.«

»Gut, gut. Glauben Sie nicht, dass es einem eigentlich ganz egal sein kann, was nach dem Tod mit dem Vermögen passiert? Machen wir nicht zu viel Bohei um die materiellen Dinge?«

»Ist das ernst gemeint?«

Der Mann schob seine Lesebrille über seinen Haaransatz. »Natürlich. Was denken Sie denn?«

»Okay.« Irgendetwas stimmte nicht. Diese Fragestellung besprach man mit einer Psychologin und nicht mit einer Erbrechtsanwältin. Schließlich sollte das Interview in der Wirtschaftsrubrik erscheinen. »Nach meiner Erfahrung gibt es grundsätzlich zwei unterschiedliche Typen Mensch. Den einen ist es völlig gleichgültig, was nach dem Tod mit dem eigenen Vermögen passiert. Den anderen ist es wichtig, zu Lebzeiten alles zu klären. Sie fühlen sich beruhigter, wenn ihr Erbe geordnet ist.«

»Sie sind eher der ordnungsliebende Typ, oder?«

Was war das? Anne zwang sich, nicht in das Mikrofon zu seufzen. Wollte der Journalist sie provozieren? Es ging nicht um eine Homestory.

»Hören Sie, ich weiß nicht, was das hier soll. Ich dachte, wir sprechen über den Sinn von letztwilligen Verfügungen. Ob ich ordnungsliebend bin oder nicht, geht Sie gar nichts an.« Anne sah demonstrativ auf ihre Armbanduhr. Eine Cartier, die ihr Johann zum zwanzigsten Hochzeitstag geschenkt hatte. Bevor er mit seiner blutjungen Affäre nach Andalusien ausgewandert war.

»Sie haben recht«, sagte Herr Ludwig und schob mit einer hastigen Handbewegung den Hefter zur Seite. »Ich weiß nicht, was in mich gefahren ist, sorry. Lassen Sie uns bitte nochmals von vorn anfangen.«

Anne fixierte den Bildschirm. Der Typ grinste sie an. Obwohl sie sich nicht persönlich gegenübersaßen, befiel sie das Gefühl, dass der Mann sie nicht ernst nahm. Das Thema auch nicht.

»Warum denke ich, dass Sie das alles in Wirklichkeit gar nicht interessiert?«

»Weil es stimmt.« Herr Ludwig stützte die Ellenbogen auf und hob die Hände zum Himmel. »Ich bin normalerweise unterwegs und berichte von den schönen Plätzen dieser Welt. Was derzeit naturgemäß nicht funktioniert.«

»Und da haben Sie mal eben schnell die Materie gewechselt.« Wider Erwarten fing Anne an, das Geplänkel unterhaltsam zu finden. Eine Abwechslung vom täglichen Einerlei.

»Wenn Sie es genau wissen wollen: Meine Miete muss gezahlt werden.« Er zuckte mit den Schultern. Dieselbe Geste, die Noah machte, wenn er keine Lust auf Diskussionen hatte.

»Okay. Und nun?«

»Ich würde Sie gern auf einen Drink einladen. Leider sind vierhundert Kilometer ein wenig weit weg.« Herr Ludwig rückte näher an den Bildschirm heran. Anne bemerkte seinen Dreitagebart.

»Hach. Wenn Sie es ernst meinten, wäre das kein Hindernis.« Sie rollte mit dem Stuhl ein Stück zurück und streckte die Beine unter dem Tisch aus. Ein Videoflirt. Wie lange war es her, dass sie mit einem männlichen Wesen rumgealbert hatte? Besser nicht darüber nachdenken.

»Wenn ich das nächste Mal in Köln bin, melde ich mich. Ehrenwort.«

»Hmm. Und auf dieses leere Versprechen hin soll ich Ihnen nun das Interview schreiben.«

»Ertappt.« Herr Ludwig klatschte in die Hände. »Ist für Sie doch auch Publicity.«

»Ich brauche keine Werbung. Abgesehen davon: Wie vereinbaren Sie das mit Ihren journalistischen Prinzipien?«

Ihr Gegenüber zuckte erneut mit den Schultern. »Ich lese es mir vorher durch.«

»So einfach mache ich es Ihnen nicht. Schicken Sie mir Ihre Fragen zu. Ein paar werden Sie sich doch überlegt haben.«

»Sie sind eine harte Verhandlungspartnerin.«

»Haha.«

»Na gut, gewonnen.« Der Mann lachte lauthals los. »Ich brauche die Antworten aber bis Montag.«

»Das ist mir schon klar. Bei der Presse muss es immer schnell gehen.«

»So ist es.« Herr Ludwig sah sie auffordernd an. Seine Haltung hatte sich verändert, er wirkte auf einmal angespannt.

»Ich will das Interview lesen, bevor es in Druck geht.«

»Sie haben Angst, dass ich meine Beobachtungen hineinschreibe.«

»Angst ist das falsche Wort. Ich will sicherstellen, dass alles stimmt.« Anne wich dem Blick des Journalisten aus und fixierte stattdessen die Nudelpakete. Dieselbe Marke, die sie einkaufte.

»Sie sind ein Kontrollfreak.«

»Ich bin Rechtsanwältin.«

Mit einem Lächeln auf dem Gesicht beendete sie das Meeting. Kaum hatte sie das Browserfenster geschlossen, googelte sie den Namen ihres Gesprächspartners. Robert Ludwig. Es gab zahlreiche Einträge im Netz. Der Mann betrieb einen Reiseblog und lebte, wenn er zu Hause war, in Hamburg. Auf einem Foto sah man ihn mit einem Mops. Ob das seiner war? Vermutlich würde sie von ihm nach Erscheinen des Artikels nichts mehr hören. Egal. Er hatte ihr trotz anfänglichem Unbehagen einige vergnügliche Augenblicke geschenkt. Ihre missmutige Laune war verschwunden. Sie beugte sich zu den am Boden befindlichen Akten und wuchtete sie auf die Schreibtischplatte. Ein paar Minuten bis zur nächsten Besprechung. Wenigstens durfte sie einer Arbeit nachgehen, die sie sich ausgesucht hatte. Moment. Ein Gedanke schob sich durch ihre Gehirnwindungen. Hatte sie sich nicht soeben eine neue Aufgabe aufgehalst? Neben den Fristsachen, die aktuell ihre Aufmerksamkeit forderten, musste sie nun auch noch bis spätestens Sonntag ein Interview über sich schreiben. Der Journalist hatte sie ausgetrickst.

❁❁❁

Kurz vor sieben. Anne zückte ihr Handy und scrollte durch die E-Mails. Nichts dabei, was nicht bis Montag warten konnte. Noah hatte sich nicht gemeldet. Definitiv ein gutes Zeichen. Der Kühlschrank war allem Anschein nach genügend gefüllt. Sie seufzte und stopfte das Smartphone in ihre Tasche. Feierabend für heute. Vom Büro war es nicht weit bis zum Rhein. Der Biergarten war gut besucht, wie immer um diese Uhrzeit. Nach den heftigen Regenfällen der vergangenen Tage war jeder froh, draußen sitzen zu können. Anne beobachtete, wie sich Fahrradfahrer durch die Fußgänger an der Rheinpromenade schlängelten, dazwischen E-Roller. Von diesen Teilen lagen Dutzende auf dem Grund des Flusses. Mutwillig weggeworfen von ihren Benutzern. Sie schüttelte den Kopf und rief sich zur Ordnung. Feierabend.

»Juhu.«

Die vertraute Stimme der Freundin riss sie aus ihren Gedanken. Linda stand vor dem Tisch, ihr Fahrrad am Lenkrad haltend. Auf dem Kopf trug sie einen roten Fahrradhelm mit einem Kranz aus Kunstblumen. Sie strahlte Anne an.

»Bestell mir bitte ein Kölsch. Schließe nur schnell das Rad an.«

»Hi. Habe ich dir schon mal gesagt, dass ich diesen Helm liebe?« Anne kicherte. »Eine andere Getränkewahl hätte mich übrigens wirklich überrascht.«

»Keine Überraschungen mehr, die hatte ich zu Genüge. Außerdem ist heute Freitag. Das Wochenende steht vor der Tür.« Linda stieg auf das Rad und verschwand in Richtung des Parkhauses.

Anne winkte nach der Bedienung und orderte Getränke. Für sich Wasser und ein Glas Riesling. Kölsch kam ihr lediglich im Ausnahmefall über die Lippen. Bloß, weil sie in Köln geboren war, musste sie das Zeug nicht mögen. Linda war

Düsseldorferin und lebte seit Studienzeiten in der Domstadt. Die Ironie dahinter verstanden nur die Einheimischen.

Sekunden später umarmte Linda sie von hinten und gab ihr einen leichten Kuss auf die Wange. Danach ließ sie sich ihr gegenüber in den Stuhl fallen.

»Wie wunderbar, dass wir hier den Abend genießen können. Es sind die kleinen Dinge, die den Unterschied machen.«

»Stimmt. Wer hätte noch vor anderthalb Jahren gedacht, dass wir solche Gespräche führen würden.«

»Ja. Themenwechsel. Wie war deine Woche?«

»Themenwechsel. Lass uns über unseren Urlaub sprechen.«

»So schlimm?« Linda umfasste die zu Fäusten geballten Finger von Anne.

»Nee, alles so wie immer. Ich bin einfach nur urlaubsreif und zähle die Tage.«

»Die eine Woche halten wir auch noch durch.«

»Bei mir ist es in der Zeit vorher jedes Mal hektisch. Obwohl ich mir immer vornehme, es nicht soweit kommen zu lassen.«

Eine junge Frau erschien mit den Getränken und Anne zog die Hände zurück.

»Nimm dir doch einfach nichts mehr vor.«

»Haha. Ist das der Rat einer Psychologin?«

»Ich bin nicht mehr im Dienst.«

Sie stießen die Gläser aneinander und Anne schnupperte am Wein. Ein leichter Pfirsichduft. Sie nahm einen Schluck und ließ die Flüssigkeit sekundenlang im Mund, bevor sie schluckte. Der mineralische Säuregeschmack war perfekt.

»Du siehst aus, als hättest du im Lotto gewonnen. Oder alternativ deinen Traummann gefunden«, sagte Linda, die die Hälfte ihres Kölsch geleert hatte.

»Es geht nichts über einen exzellenten Riesling. Das verstehst du Banausin natürlich nicht.«

»Ich bin halt bodenständig.« Linda winkte der Kellnerin zu und zeigte auf ihr Glas.

»Sicher. Lass uns gleich etwas zum Essen bestellen, ich hatte heute Mittag nur einen Joghurt. Du nimmst die Rippchen und ich das Auberginensandwich.«

Linda brach in schallendes Gelächter aus. »Schon blöd, wenn man sich so lange kennt. Rippchen für dich, Auberginen für mich.«

Anne zwinkerte ihr zu. Linda war Vegetarierin und versuchte seit Jahren, sie zum Verzicht auf Fleisch zu überreden.

»Von was für Überraschungen hast du gerade gesprochen? Beruflich oder privat?«

»Beruflich gab es nur die üblichen Tragödien.« Linda trank den Rest des Kölsch. »Nee, das war zu pessimistisch. Bei einigen meiner Patientinnen geht es aufwärts. Die allgemeine Nachrichtenlage trägt allerdings nicht zur Heiterkeit bei. Überspitzt ausgedrückt.«

»Ist so was wie eine Arbeitsbeschaffungsmaßnahme.«

»Psychologen brauchen die nicht. Es gibt mehr Anfragen als Plätze.«

»Ich weiß.«

»Ich weiß, dass du das weißt. Es ist manchmal nur so frustrierend.«

»Du brauchst auch Urlaub.«

»Ja.«

Die Kellnerin tauschte das leere Kölschglas gegen ein volles aus und sie bestellten ihr Essen.

»Und die private Überraschung?«

»Du vergisst nichts.«

»Ich bin Anwältin und kann unterscheiden, was wichtig ist und was nicht.«

»Haha.«

Anne musterte die Freundin, die sich umgedreht hatte und ihrerseits auf den Rhein blickte. Sie kannten sich seit ihrer

Studienzeit. Linda hatte als Bedienung in einer Kneipe im Belgischen Viertel gejobbt, in der Anne häufig zu Gast war. Aus den mitternächtlichen Thekengesprächen war eine tiefe Freundschaft entstanden, die schon über dreißig Jahre hielt. Anders als meine zwei Ehen, dachte sie und lachte bitter auf.

»Alles in Ordnung bei dir?«

»Sicher. Ich warte immer noch auf deine Neuigkeit?«

Linda trank von dem Bier und blinzelte. »Lennart ist wiederaufgetaucht.«

»Du hast ihn hoffentlich nicht über deine Schwelle gelassen.«

»Nein, was denkst du von mir?«

»Du bist der gutmütigste Mensch, den ich kenne. Du brauchst jemanden wie mich, der dich vor dir beschützt. Sonst sitzt du irgendwann unter der Rheinbrücke und ich darf dir warme Suppen bringen.«

»Wie? Du würdest mich nicht bei dir aufnehmen?«

Anne winkte ab. »Lenk nicht ab. Was ist mit Lennart? Ist er wieder pleite?«

»Dazu hat er nichts gesagt. Wir sind uns zufällig am Chlodwigplatz über den Weg gelaufen. Er kam aus Erftstadt, wo er einem Freund beim Ausräumen des Kellers geholfen hat.«

»Hmm.«

»Er ist kein schlechter Mensch, hat es nicht so leicht gehabt wie wir.«

»Hmm.«

Das Essen kam und Anne wickelte das Besteck aus der Serviette. Die frittierten Rippchen verströmten einen leichten Knoblauch-Apfelgeruch. Zusammen mit den Pommes und dem Krautsalat ein perfektes Freitagabendmenü. Keine Kalorienzählerei vor dem Wochenende. Hungrig schnappte sie sich eine Fritte. Sie schob den Teller nach vorn. »Hier, nimm eine. Damit du auch was Ungesundes isst. Nicht, dass du mich überlebst.«

»So viel Ungesundes kann ich gar nicht zu mir nehmen«, sagte Linda und lachte. Sie spießte ein Stück Pommes frites auf.

Die nächsten Minuten vergingen schweigend, nur unterbrochen von Kaugeräuschen. Anne knabberte an jedem Rippenstück so lange, bis sie das letzte Fitzelchen heruntergenagt hatte. »In meinem vorherigen Leben war ich ein Hund«, sagte sie schließlich und leckte sich die Finger ab, bevor sie die Serviette benutzte.

»Hunde bekommen heutzutage Trockenfutter.«

»Da siehst du mal, die Vegetarier machen selbst vor den Tieren nicht halt.«

»Wie sollen wir die Welt retten, wenn du nicht vom Fleisch lassen kannst?«

»Die Welt ist ohne uns Menschen besser dran. Das diskutieren wir jetzt aber nicht zum wiederholten Male. Mir reichen schon die Vorwürfe von Noah. Was ist mit Lennart? Spucks aus. Ich kenn dich doch, es ist sicher nicht bei dem zufälligen Treffen geblieben.«

»Inquisition, dein Name ist Anne«, sagte Linda und legte ihr Besteck zur Seite. »Bin ja selbst schuld, warum habe ich davon angefangen.«

»Weil ich es sowieso aus dir rausbekommen hätte.«

»Stimmt.« Linda seufzte theatralisch. »Ich habe ihm angeboten, dass er während unseres Urlaubs bei mir wohnen kann.«

»Aber …«

»Moment, lass mich ausreden. Er hat hoch und heilig versprochen, dass er danach wieder auszieht. Momentan schläft er bei einem Freund auf der Couch.«

»Wo hat er denn vorher gelebt? Hat seine letzte Freundin ihn rausgeschmissen?«

»In einer Wohnung in Erftstadt. Die ist völlig zerstört. Er braucht eine neue Bleibe. Er …«

»Aber ...«

Linda hob die Hand, um Anne zu stoppen. »Lennart arbeitet inzwischen regelmäßig als Hörbuchsprecher und kann sich selbst unterhalten. Er ist zuversichtlich, kurzfristig ein Appartement zu finden.«

»In Köln? Hat er inzwischen auch magische Kräfte?«

»Ich weiß, dass du ihn nicht leiden kannst.«

»Darum geht es nicht. Er nutzt dich aus und tut dir weh.«

Linda langte über den Tisch und strich über Annes Arm. »Dieses Mal nicht. Versprochen. Unser Aufeinandertreffen war wirklich ein Zufall. Ich meine, er hat mir nicht vor der Praxis aufgelauert.«

»Nee, dazu ist er zu clever.«

Linda zog ihre Finger zurück. »Jetzt ist genug. Verdirb uns nicht den Abend.«

»Ich hör schon auf.« Anne stopfte sich die letzte Pommes in den Mund. Sie schwor sich, sich nicht mehr einzumischen. Dieser Mann hatte Linda bislang nur Unglück gebracht. Die beiden führten seit Jahren eine Art Hop-On-Hop-Off-Beziehung. Lennart tauchte immer dann bei Linda auf, wenn er finanziell abgebrannt war, um sich von ihr durchfüttern zu lassen. Nach ein paar Monaten wurde ihm *das bürgerliche Leben* zu langweilig und er suchte das Weite. In der Regel mit einer deutlich jüngeren Affäre.

»Auf Dauer hältst du das sowieso nicht aus«, sagte Linda und kicherte.

»Was meinst du?«

»Du kannst nicht aus deiner Anwältinnenhaut und musst dich einmischen.«

»Dieses Mal nicht. Ich bin lernfähig.«

»Haha. Darauf trinke ich.« Linda stieß mit dem Kölschglas an das Weinglas. »Außerdem bist du doch die Erste, die jemandem hilft, dem es schlecht geht. Wie viele Leute berätst du für kleines Geld?«

»Das ist was ganz anderes.«

»Ach so. Und was ist mit Noah? Wie lange lässt du den noch bei dir wohnen?«

Treffer und versenkt.

Kapitel 2

Anne ließ ihre Tasche zu Boden gleiten. Sie schlüpfte aus den Sandalen und schlich barfuß in die Küche. Mitternacht war durch. Die Erschöpfung einer intensiven Arbeitswoche machte sich in ihr breit. Getoppt mit drei Gläsern Riesling. Ein Schluck Wasser vor dem Schlafengehen, damit sich der Alkohol besser verteilte. Der Krimi, den sie vor ein paar Tagen begonnen hatte, würde warten müssen. Darauf konnte sie sich nicht mehr konzentrieren. Sie freute sich auf ihr Bett.

In der Spüle stapelten sich eingeweichte Teller, ein Topf und eine Pfanne neben Besteckteilen. Lebensmittelreste schwammen an der Oberfläche. Anne zwang sich, nicht genauer hinzusehen, und hielt einen Trinkbecher unter den Hahn. Wieso war es so schwer, Geschirr in die Maschine zu befördern?

Mit dem Glas ging sie zu ihrem Schlafzimmer, das am Ende lag. Die Tür zu Noahs Zimmer war geschlossen. Bestimmt war er unterwegs in irgendeinem Club. Sie würde mit ihm reden. An diesem Wochenende. Länger konnte sie es unmöglich aufschieben.

✽ ✽ ✽

Ein ohrenbetäubendes Knattern riss Anne am nächsten Morgen aus den Träumen. Wie immer war sie gegen sechs Uhr wach gewesen und hatte dem Gesang der Vögel gelauscht. Ehrlicherweise nicht bloß wohltönenden Lauten: Das Schimpfen der Elstern ersetzte jeden Wecker.

Sie sah auf ihr Smartphone. Acht Uhr. Seufzend krabbelte sie aus dem Bett und schloss das Fenster. Laubbläser sollten verboten werden. Auf der anderen Seite des Doppelbetts stapelten sich Bücher. Krimis neben Biografien und einigen Werken aus der aktuellen Bestsellerliste. Außerdem Zeitschriften, in denen sie mit Klebezetteln Artikel markiert hatte. Anne räkelte sich und überlegte kurz, erneut unter die Decke zu schlüpfen. Außer einem Besuch im Supermarkt stand heute nichts auf ihrem Programm. Den konnte sie am späten Nachmittag erledigen. Erst einmal Kaffee.

Barfuß tapste sie ins Bad, den Spiegel bewusst ignorierend. Über dem Rand der Badewanne lag die Jogginghose. Zusammen mit dem geringelten Schlaf-T-Shirt eine absolute Wohlfühlklamotte. Das Badezimmerfenster klapperte. Anne lugte hinaus. Die Bäume bogen sich im Wind hin und zurück. Was war aus dem sonnigen Wetter von gestern geworden? Milchkaffee und ein Marmeladentoast im Bett, vielleicht würde sie danach wieder einschlafen. Oder den Krimi zu Ende lesen.

In der Küche stellte sie die Kaffeemaschine an. Sie holte die Milchtüte aus dem Kühlschrank. Das Geschirr in der Spüle übersah sie, genauso wie die Pizzakartons auf dem Tisch. Dieses Mal räumte sie nicht auf. Sie würde mit Noah sprechen. So konnte es nicht weitergehen.

Wenig später beherrschte der würzige Kaffeeduft den Raum. Anne schäumte die Milch in einem Becher auf und goss den Espresso hinein. Sie schnupperte, inhalierte den Kaffeegeruch und schloss die Augen. Nach dem missglückten Start in den neuen Tag ein echtes Highlight.

»Bekomme ich auch einen?«, erscholl hinter ihrem Rücken eine ihr unbekannte männliche Stimme. Sie zuckte zusammen, die Flüssigkeit schwappte über. Ihr Handrücken fing an zu brennen und verfärbte sich.

»Sorry, wollte dich nicht erschrecken.«

Anne stellte den Kaffee mit zittrigen Händen auf die Ablagefläche neben der Spüle. Sie drehte den Hahn auf und ließ das kalte Wasser über die gerötete Haut laufen. Wer war das? Vorsichtig wandte sie sich um. Vor ihr stand ein junger Mann in Boxershorts. Blonde Locken verbargen den Großteil des Gesichts. Sein muskulöser Körper war braungebrannt, auf der Brust kräuselten sich ein paar Haare.

»Wer sind Sie und was machen Sie in meiner Küche?«, stieß sie heiser hervor. Anne befeuchtete ihre Lippen mit der Zunge, ihr Mund war auf einmal staubtrocken.

Der Typ trat einen Schritt auf sie zu. Anne wich zurück, bis sich die Kante des Spülbeckens in ihren Rücken bohrte.

»Sorry nochmals«, sagte er und hob abwehrend die Hände. »Null Stress. Ich bin der Anton, ein Freund von Noah. Wir waren gestern Abend im Club. Ist spät geworden, es fuhr keine Bahn mehr. Noah hat gesagt, dass ich bei ihm pennen kann. Von einer Frau hat er nichts erzählt. Noch dazu von einer so attraktiven.« Anton zog seine Shorts nach oben. Anne verschränkte die Hände vor ihrem Bauch.

»Und vorher gabs Pizza?«

»Hä?«

Anne drehte sich um und ließ erneut kaltes Wasser über ihre Hand laufen. Na super. Ein gutaussehendes männliches Subjekt in ihrer Küche und sie sah so sexy aus wie ein altes Gespenst nach durchfeierter Nacht. Betont langsam griff sie zu ihrem Kaffeebecher und trank. Danach holte sie tief Luft und musterte den Knaben mit zusammengekniffenen Augen. »In der Spüle stapelt sich ungewaschenes Geschirr, auf dem Tisch liegen Pizzakartons.«

»Kein großes Problem, oder? Verglichen mit der Klimakatastrophe.« Anton schob mit den Händen seine Locken hinter die Ohren und feixte. Ihm war sein Auftritt nicht peinlich. Woher hatten die Jungs dieses Selbstbewusstsein?

Auf diese platte Art der Kommunikation konnte sie verzichten. Jedweder Sexappeal war verpufft. »Für mich schon.«

Bewaffnet mit ihrem Getränk stolzierte sie mit eingezogenem Bauch an dem Typen vorbei, zurück in ihr Schlafzimmer. Ihr Herzschlag dröhnte bis in die Ohren, sie hätte am liebsten gebrüllt. Bislang hatte Noah ab und zu weiblichen Besuch mit in die Wohnung gebracht. Junge Frauen waren am Frühstückstisch erschienen, nur mit Strings und T-Shirts bekleidet. T-Shirts, die Anne für Noah gekauft hatte. Das war schwierig genug. Ein Mann in Boxershorts am frühen Morgen in ihrer Küche ging eindeutig über ihre Toleranzgrenze hinaus. Zumindest, wenn er unverhofft auftauchte. Mit den Wechseljahren hatte das nichts zu tun. Anne zog die Tür unsanft zu und platzierte den Espresso auf dem Nachttisch. Als sie ins Bett krabbelte, bemerkte sie, dass sie den Marmeladentoast vergessen hatte.

Zum dritten Mal wurde sie um kurz nach elf Uhr davon wach, dass die Wohnungstür ins Schloss fiel. Ihr Magen knurrte. Das Setting in der Küche hatte sich geringfügig verändert. Auf dem Tisch standen nun Butter, Marmelade und Käse, dazwischen benutzte Teller, Tassen und Besteck. Die Pizzakartons waren zur Seite geschoben worden.

Die Kaffeemaschine blinkte, der Behälter für die Bohnen war leer. Anne zog die Schublade unter dem Herd auf und starrte hinein. Keine Kaffeebohnenpackung. Das konnte nicht sein. Sie hatte erst vor wenigen Tagen im Café neben dem Büro für teures Geld eine Packung ihrer Lieblingssorte gekauft. In ihrem Innersten brodelte es und sie stürmte zurück ins Schlafzimmer, wo ihr Handy lag. Die Nummer von Noah war eingespeichert. Sekunden später ertönte seine Stimme: »Muss nur noch schnell die Welt retten und bin nicht erreichbar, sprich mir auf die Mailbox, ich melde mich bei dir.«

Anne räusperte sich und brüllte los. »Hier ist deine Mutter. Ich erwarte dich heute um Punkt 18.00 Uhr. Allein. Und vergiss ja nicht, den Kaffee wieder mitzubringen, den du weggenommen hast.«

Sie schmiss das Telefon aufs Bett und stampfte mit dem Fuß auf. Noah konnte dankbar sein, dass er nicht da war. Ihr Magen knurrte. Sie schmierte sich ein Marmeladenbrot und schlang es hinunter. Duschen, anziehen und raus. Im »Filos« würde es sicher ein Plätzchen für sie geben.

❁ ❁ ❁

Anne hatte Glück, ein Tisch am Fenster war frei. Sie orderte das Veedels Frühstück und einen Milchkaffee. Um sie herum tobte das Südstadtleben. Menschen schoben sich am Lokal vorbei, Einkaufstaschen in der Hand. Am Nebentisch saßen zwei Männer, die sich gegenseitig mit Käse fütterten, rechts von ihr tippten drei junge Frauen auf dem Handy herum. Jede hatte vor sich ein Glas Sekt stehen. Alle paar Sekunden kicherte eine von ihnen und zeigte das Display den Freundinnen. Vertraute Bilder, wie sehr hatte sie das vermisst. Der Milchkaffee kam, zeitgleich blinkte ihr Smartphone auf. Milan. Was wollte der von ihr? Hatte sich Noah bereits beschwert? Zuerst der Kaffee. Sie trank einen Schluck und spürte dem leicht bitteren Geschmack nach, das Telefon im Auge behaltend. Ihr erster Ex war hartnäckig. Anne nahm das Gespräch an und meldete sich.

»Schläfst du noch oder warum dauerte das so lange?«, brummte er am anderen Ende.

»Dir auch einen guten Morgen. Soweit ich mich erinnern kann, warst du der Langschläfer in unserer Beziehung.«

»Dein Gedächtnis täuscht dich immer dann, wenn es um mich geht. Moin. Hast du ein paar Minuten?«

»Ich sitze im ›Filos‹ und warte auf mein Rührei. Wenn es kommt, muss ich aufhören. Also fass dich kurz.«

»So charmant wie eh und je. Es geht um unseren Sohn.«

»Aha, du erinnerst dich an ihn.«

»Sehr witzig. Er hat mich angerufen und mir sein Leid geklagt. Du gängelst ihn, engst ihn ein. So, wie du es mit mir auch gemacht hast.«

Anne ließ den Blick durch das Lokal schweifen und schwieg. Nicht provozieren lassen. Die Ehe mit Milan war eine Jugendsünde. Noah war das einzig Positive, was aus der Verbindung hervorgegangen war. Sein Vater hatte sie ein Jahr nach der Geburt mit dem Kleinkind im Stich gelassen, um sich *selbst zu verwirklichen*. Kindesunterhalt zahlte er, wenn überhaupt, lediglich sporadisch. Trotzdem bemühte sich Anne darum, ihn vor Noah nicht schlecht zu reden. Damit war nun endgültig Schluss. Noah musste endlich erwachsen werden und auf eigenen Füßen stehen. Mit knapp fünfundzwanzig und einer abgeschlossenen Ausbildung lebte er, abgesehen von einer Unterbrechung während eines Auslandssemesters, schon viel zu lange im Hotel Mama. Linda hatte völlig recht. Es war allerhöchste Zeit für ihn, auszuziehen. Für sie auch.

Anne holte Luft und zählte innerlich bis drei. Ein Trick, den sie bei unverschämten Kollegen auf der Gegenseite anwandte. »Um es kurz zu machen: Ich will Noah nicht weiter quälen, er muss bis spätestens Ende August meine Wohnung verlassen. Ich wollte es ihm heute Abend persönlich sagen. Wenn du ihn sprichst, kannst du ihn darauf vorbereiten.«

»Wie stellst du dir das vor? Wo soll er denn leben?«

Anne ballte die linke Hand zu einer Faust und klopfte auf die Tischplatte. »Das ist mir egal. Er kann zu seinen Umweltaktivistenfreunden ziehen oder sich ein Zimmer in einer WG suchen. Ich werde ihm einen monatlichen Betrag zur Verfügung stellen, solange er studiert und mir das nachweist. Ansonsten gibt es in der Gastronomie jede Menge freie Jobs. Abgesehen davon, dass er einen Vater hat.«

»Wie meinst du das?«

»Du bist unterhaltspflichtig, schon vergessen?«

»Du weißt, dass es mir finanziell nicht gut geht. Corona hat mich hart getroffen und ...

»Dir ging es noch nie finanziell gut, wenn es um die Zahlung von Kindesunterhalt ging«, unterbrach Anne ihn. »Abgesehen davon kann Noah zur Abwechslung ja mal zu dir ziehen.«

»Wie stellst du dir das vor? Ich hab keinen Platz und ...«

»Du wiederholst dich. Nicht meine Baustelle.«

Ein junger Mann erschien mit einem Tablett, auf dem Schalen mit Rührei, Käse, Marmelade und Obst standen, die er auf die Tischplatte platzierte.

»Mein Frühstück kommt, ich muss aufhören.« Sie drückte das Gespräch weg und lächelte dem Kellner zu. »Das sieht großartig aus, vielen Dank.«

Anne belegte eine Brötchenhälfte mit der Eierspeise und biss hinein. Lecker. Den Gedanken an Milan schob sie in den hintersten Winkel ihres Gehirns und hoffte, das er bis heute Abend da bleiben würde. Sie würde ab sofort mehr an sich denken. Dazu gehörte der Auszug von Noah. Linda hatte recht. Mit ihrer übertriebenen Fürsorge und dem Abnehmen aller Verpflichtungen schadete sie dem Sohn. Nur noch schnell die Welt retten. Ich glaube, es hackt.

❋ ❋ ❋

Vom Sommerwetter war nichts zu spüren. Im Gegenteil. Ungemütlich blies der Wind von hinten in ihren Nacken. Anne bedauerte, keinen Schal mitgenommen zu haben. Sie ging zügig an der Comedia vorbei in Richtung Volksgarten. Eine Runde durch den Park würde sicher nicht schaden, obwohl sie es sich lieber mit ihrem Krimi im Bett gemütlich gemacht hätte. Sie bewegte sich zu wenig. Auch das würde sich ändern. Sie brauchte dringend neue Impulse in ihrem Leben. Die Fitnessstudios hatten längst wieder geöffnet und warteten auf Kundinnen wie sie. Eine Mandantin hatte einen Personal Trainer engagiert, der sie für teures Geld dreimal die Woche in Form brachte. Die Kosten dafür wollte sie ihrem Ex als

Unterhalt in Rechnung stellen. Anne schmunzelte, als sie sich die Reaktion der Richterin vorstellte, die über den Fall entscheiden würde. Ein Fitnesstrainer als ehebedingte Belastung? Wollen Sie mich veralbern? Der verlassenen Frau tat der Sport jedenfalls gut, sie wirkte nicht mehr so angespannt. Der verhärmte Zug um den Mund war verschwunden. Abgesehen davon, dass sie aufrechter ging, verzehrte sie sich nicht weiter nach ihrem Ehemann. Ein echter Fortschritt.

Anne stellte sich vor, wie sie vor Anton, Noahs Kumpel, Liegestütze absolvierte und lachte laut auf. Sie war wirklich urlaubsreif.

Auf dem Rückweg unternahm sie einen Abstecher in den Supermarkt und schleppte sich danach in den zweiten Stock des Hauses, in dem ihre Wohnung lag. Der Fahrstuhl war ab heute eine Tabuzone. Auch mit einundfünfzig konnte frau sich verwandeln. Wenn sie die Hälfte der Ratschläge befolgte, die sie den Mandantinnen erteilte, wäre ihr Dasein glücklicher. Sie wäre entspannter. Vielleicht sollte sie die Gelegenheit beim Schopf ergreifen und sich ebenfalls räumlich verändern? Raus aus Köln? Aufs Land ziehen, wie viele ihrer Bekannten? Die schwärmten vom Landleben und der Selbstversorgung in Krisenzeiten. Anne schnaufte. Was für eine bescheuerte Idee. Allein, ohne Mann und Kind, auf dem Dorf? Sie wuchtete die Einkaufstasche auf einen Küchenstuhl und stöhnte. War sie überhaupt unglücklich? Nicht zufrieden mit ihrem Leben?

✻ ✻ ✻

Nach einem heißen Bad in der Wanne hatte sie den Krimi ausgelesen, der Mörder war gefasst. Was nun? Es fiel ihr schwer, die Unordnung in der Küche nicht zu beseitigen. Noah würde das Chaos nicht stören, Ordnung nicht bemerken. Sie musste hart bleiben. Frau wächst an den Aufgaben, die frau sich stellt.

Der Lieblingsspruch von Linda, deren Achillesferse eindeutig Lennart war.

Das Smartphone läutete, Lindas Foto ploppte auf. Gedankenübertragung.

»Hallo meine Liebe, hab gerade an dich gedacht.«

»Hoffentlich war es ein schöner Impuls.«

»Klar. Ich werde Noah vor die Tür setzen.«

»Das glaub ich erst, wenn es passiert ist.«

»Du schätzt mich völlig falsch ein. Dieses Mal ist es ernst.«

»Was hat er angestellt?«

»Die Küche in einem Saustall hinterlassen, den Kaffee verbraucht, ohne neuen zu besorgen und ...« Anne räusperte sich.

»Das ist doch nicht außergewöhnlich, oder? Ähnliches bejammerst du seit Jahren.«

»Er lässt fremde Männer in die Wohnung.«

»Oha. War der wenigstens sexy?«

»Das ist nicht witzig. Stell dir vor, du kommst aus dem Bett in deinem Schlafanzug und begegnest einem heißen Typen in der Küche.«

»Sei doch froh, dass du einen Schlafanzug anhattest. Nur mit Höschen wäre es peinlicher gewesen. Oder spannender. Je nachdem.«

»Klar, du hättest dich ihm sofort an den Hals geworfen.«

»Nee. Erst, nachdem ich mich ins Bad geflüchtet und präsentabel hergerichtet hätte.«

Anne kicherte. »Klar. Du hättest ›einen Moment bitte gerufen‹ und dich zum Schminken zurückgezogen.«

Linda lachte herzhaft auf. »Genau. Und das, wo ich mich doch so häufig schminke. Außer einem eingetrockneten Lippenstift und Mascara ist bei mir nichts zu holen.«

»Du vergisst die rote Spitzenunterwäsche, die ich dir geschenkt habe.«

»Ja. Weiß gar nicht, wo ich die hab.«

»Du bist ein hoffnungsloser Fall.«

»Genau wie du.«

»Ich ändere mich ab heute. Deshalb hab ich auch an dich gedacht. Du erinnerst dich: Frau wächst an den Aufgaben, die frau sich stellt.«

»Alles wegen eines Typen in der Küche?«

»Nein, wegen Noah. Ich muss ihn loslassen. Sonst erwürge ich ihn.«

»Okay. Verstehe.«

»Er soll zu Milan ziehen. Oder sich ein Zimmer nehmen. Oder ... Egal, er muss hier weg. Ich muss was verändern.«

»Milan? Eine hervorragende Idee. Da hält er es keine zwei Wochen aus.«

»Das ist mir egal. Kannst du dir vorstellen, dass der mich heute angerufen hat? Sich bei mir beschwert hat? Weil ich Noah einengen würde. Ich?«

»Ups, du hattest echt keinen guten Tag.«

»Ganz genau. Der wird sich nur entscheidend verbessern, wenn ich heute Abend mit Noah spreche und ihm das Ultimatum stelle.«

»Warum hab ich das Gefühl, dass du dich gerade für das Gespräch in Rage redest? So wird das nicht funktionieren, du musst ganz cool sein. Glaub mir, ich weiß, wovon ich rede.«

»Du meinst, weil du Lennart schon einige Male aus deiner Wohnung verwiesen hast und ...«

»Er wird nicht wieder fest bei mir einziehen«, unterbrach Linda sie. »Außerdem ist das was anderes. Noah ist dein Sohn, du musst ihn zu seinem Glück zwingen. Ihn anschubsen, damit er sein Leben in die Hand nimmt.«

»Er wird mir vorwerfen, dass ich eine kapitalistische Umweltsünderin bin, die zusieht, wie die Welt zugrunde geht.«

»Sicher wird er das. Das tut er doch immer, wenn du ihn antreibst. Aber du bist Anwältin und kannst damit umgehen.«

»Ich bin nicht nur Anwältin, sondern auch Mutter.«

»Jetzt keinen Rückzieher, du schaffst das. Nächste Woche

um diese Zeit sitzen wir im Strandkorb und trinken Champagner.«

»Du magst überhaupt keinen Champagner, trinkst lieber Sekt.«

»Wenn du es hinbekommst, dass Noah auszieht, trinke ich welchen mit dir.«

»Danke für das Mut machen. Äh ... Warum hast du eigentlich angerufen?«

»Nichts Weltbewegendes. Packe gerade meinen Koffer und wollte fragen, ob ich etwas Vornehmes mitnehmen muss.«

»Du packst? Wir fahren doch erst nächsten Freitag.«

»Ich nehme mir Zeit und Ruhe dafür. Die habe ich in der Woche nicht. Muss noch einiges waschen und bügeln. Steigert außerdem die Vorfreude.«

Anne überlegte. Keine blöde Idee. Sie würde nachher ihre Tasche aus dem Keller holen und morgen die Waschmaschine aktivieren. Besser, als das am Tag vor der Abreise zu tun.

»Wir fahren ans Meer, um die Füße in den Sand zu stecken und uns zu erholen. Du weißt schon, lange Spaziergänge und Gespräche, leckeres Essen und Schlaf. Ganz viel Schlaf. Wüsste nicht, wofür wir etwas Vornehmes brauchen. Wenn ich den Wettervorhersagen Glauben schenke, sollten wir Gummistiefel und Regenjacken mitnehmen. Zur Not kaufen wir was.«

»Du weißt, dass ich shoppen hasse.«

»Ja. Manchmal muss man über seine innere Schweinehündin springen. Ich zitiere dich nur.«

»Oh Gott, überhäufe ich dich wirklich mit diesen Sprüchen?« Linda kicherte.

»Ab und zu. Ist wohl eine Berufskrankheit.«

»Oh, es klingelt bei mir. Lass uns morgen telefonieren. Bin so gespannt, wie Noah reagiert. Toi, toi, toi.«

Anne sah zum Fenster hinaus. Es regnete stärker als vorhin. Dieser Sommer war bislang keine Offenbarung. Der Rest auch nicht.

❁ ❁ ❁

Um Viertel nach sechs hörte Anne, wie ein Schlüssel ins Schloss gesteckt wurde. Etwas knallte auf den Boden und die Tür fiel zu. Noah war da. Anne wartete auf ihn im Wohnzimmer, aufrecht im Sessel sitzend. Sie verschränkte die Finger ineinander und presste sie zusammen. Versuchte, ihr wild klopfendes Herz zu ignorieren. Neben ihr lag ein brandneuer Krimi, in dem sie gelesen hatte. Hängengeblieben war nichts, sie würde später erneut von vorn beginnen müssen.

»Hi Mum. Hast du dich wieder eingekriegt?« Noah stand vor ihr und lächelte mild.

Anne musterte ihn wortlos. Den frisch geschnittenen Undercut. Dunkle Haare, durchzogen von ersten weißen Strähnen. Die hatte er Milan zu verdanken, der mit dreißig angefangen hatte, die seinen zu färben. Verwaschenes T-Shirt mit einem Panda, Jeans mit Löchern und Chucks. Dunkelblaue Augen, die sie anstrahlten. Er war der geborene Charmeur, genau wie sein Vater. Ihr gegenüber verhielten sich die Männer uncharmant. Sie würde das ab sofort nicht mehr hinnehmen.

»Ich habe mich wieder eingekriegt, wie du es ausdrückst«, begann sie und wies mit der Hand auf das Sofa. »Nimm Platz, wir müssen reden.«

»Oh Mum, wenn du Anton meinst, der …«

»Lass mich bitte zuerst. Du ziehst aus. Spätestens zum Ende nächsten Monats.« So, nun hatte sie es gesagt.

Noah schwieg, streckte seine langen Beine aus.

Anne lockerte ihre Hände. »Es geht nicht mehr mit uns beiden hier. Du bist längst alt genug, um dir eine eigene Unterkunft zu suchen.«

»Du schmeißt mich raus?« Noah hob die Augenbrauen.

»Nein, so schlimm ist es noch nicht. Ich bitte dich höflich, bis Ende August auszuziehen.«

»Anwaltssprech.« Er richtete den Zeigefinger auf sie. Seine Stimme wurde lauter. »Du weißt ganz genau, dass man in dieser Stadt keine bezahlbare Wohnung findet. Dieses verdammte kapitalistische System hat dafür gesorgt. Wovon soll ich tausend Euro für Miete aufbringen?«

Anne erinnerte sich an ihre lang zurückliegende Mediationsausbildung und antwortete nicht. Bewusst legte sie die Finger auf die Lehnen des Ohrensessels und sah ihren Sohn weiter an. Der hatte die Stirn in Falten gelegt und kaute an seinen Fingernägeln.

»Es wird nicht wieder vorkommen, versprochen. Ich räum morgen früh auch die Küche auf. Muss leider los, bin verabredet. Die Demo für nächsten Freitag vorbereiten.« Noah erhob sich langsam, wandte sich der Tür zu.

»Bleib sitzen, ich bin noch nicht fertig«, sagte in schneidendem Ton.

Fassungslos starrte er sie an, bevor er sich mit einer heftigen Bewegung zurück ins Sofa fallen ließ.

»Du hast mich offensichtlich nicht verstanden«, sagte Anne und fixierte ihn. »Ich zahle dir den dir zustehenden Unterhalt, solange du studierst. Ich gehe dabei davon aus, dass du spätestens in einem Jahr deinen Abschluss hast. Wenn du das nicht willst, versuche es zur Abwechslung mit einer bezahlten Tätigkeit. Als gelernter Tischler dürfte es nicht schwer sein, einen Job zu finden. Eine andere Möglichkeit ist die Gastronomie. Da werden händeringend Leute gesucht. Es muss auch nicht gleich eine Wohnung zu tausend Euro sein. Versuch es auf der anderen Rheinseite oder außerhalb der Stadt.«

»Du willst allen Ernstes, dass ich jobbe?«, schrie Noah entgeistert los.

Wenn es nicht so traurig wäre, hätte Anne am liebsten gelacht. Er ist das Produkt deiner Erziehung.

»So verdient man gemeinhin seinen Lebensunterhalt«,

entgegnete Anne mit betont gelassener Stimme. Ihr Herzschlag beschleunigte sich erneut. Sie spürte, wie ihr unterer Rücken feucht wurde. Jetzt bloß keine Hitzewallung.

»Und was wird dann aus meinem Engagement für die Klimaschutzbewegung?«

»In deiner Freizeit wird es bestimmt die eine oder andere Lücke geben.«

Noah sprang auf, sein Gesicht war knallrot angelaufen. »Du verstehst nicht, wie wichtig der Kampf gegen die Klimaerwärmung ist. Kein Wunder, du erlebst das auch nicht mehr. Erst vernichtet ihr unsere Lebensgrundlagen, dann versucht ihr, uns daran zu hindern, dagegen vorzugehen. Du bist so typisch CDU.«

»Falls das eine Beleidigung sein soll, versichere ich dir, dass ich diese Partei noch nie in meinem Leben gewählt habe.« Anne erhob sich ebenfalls. Schweißperlen standen ihr auf der Stirn. Noah überragte sie um eine Kopflänge. Nur nicht nachgeben.

»Mein Entschluss steht fest, du ziehst hier aus. Die Küche aufräumen darfst du trotzdem. Bis zu deinem Auszug bitte ich dich, keine Leute hier mehr übernachten zu lassen.«

»Wenn das dein Wunsch ist, bin ich weg. So schnell wie möglich. Vielleicht kann ich schon morgen zu Milan gehen.« Noah drängte sich an ihr vorbei zur Tür, blieb abwartend davor stehen.

»Nur zu. Ruf deinen Vater am besten an und bereite ihn vor. Ich bin mir nicht so sicher, dass er Platz für dich hat. Und noch eins, bevor du wütend gehst. Du bist mein Sohn und ich liebe dich. Lieben heißt auch, nicht alles zu tolerieren, um deinetwillen. Mit bald fünfundzwanzig bist du alt genug, für dich selbst zu sorgen. Übernimm bitte Verantwortung für dich selbst.«

»Amen«, brüllte Noah und knallte die Wohnzimmertür hinter sich zu. Sekunden später fiel auch die Wohnungstür mit einem Knall ins Schloss.

Annes Augen wurden feucht. Mit der Hand wischte sie sich über das Gesicht. Sie eilte zum Fenster und öffnete es. Lehnte sich mit dem Oberkörper nach draußen, genoss die Kühle auf der Haut. Magensäure stieg ihr in den Mund, sie schluckte. Bloß keinen Weißwein, Beruhigungstee wäre die bessere Option. Sie dehnte die Finger, die unkontrolliert zitterten. Immerhin, sie hatte nicht gekniffen. Diese Ansage war längst überfällig gewesen. Noah war von sich aus nicht auf die Idee gekommen, auszuziehen. Anne hatte den Gedanken daran vor sich hergeschoben. Vielleicht, weil sie ohne ihn nun ganz auf sich gestellt war? Blödsinn. Schließlich war sie weder uralt noch senil. Noah musste weg vom mütterlichen Kühlschrank und der Waschmaschine. Irgendwann würde er ihr dankbar sein, seine zukünftige Frau auf jeden Fall. Geistesabwesend griff sie zum Handy und scrollte durch die E-Mails. Herr Ludwig hatte die Interviewfragen geschickt. Die Antwort hatte Zeit bis morgen.

Kapitel 3

Das Auto war vollgepackt bis unters Dach. Mit den Nudelpaketen und Saucen in Gläsern konnten sie vier Wochen ohne Supermarkt überleben. Anne hatte außerdem ein paar Flaschen Wein und Wasser eingeladen.

»Für alle Fälle vorbereitet«, sagte Linda und schloss die Kofferraumklappe des Golfs. »Vermutlich kutschieren wir das ganze Zeug wieder mit nach Köln.«

»Wir fahren einfach los und kommen nicht zurück«, antwortete Anne und setzte sich auf den Beifahrersitz.

»Ist es so schlimm?«

»Du meinst wegen Noah?«

»Ja. Ist er ausgezogen?«

»Seine Sachen sind noch da, gesehen habe ich ihn nicht mehr.«

»Ach so. Der denkt bestimmt, dass du dich wieder beruhigst.«

»Ich hab ihm einen Zettel auf dem Küchentisch hinterlassen. Aufgeschrieben, wann ich wieder da bin und ihn daran erinnert, dass er die Schlüssel im Büro abgeben soll, wenn er vorher seine Sachen ausräumt. Den Kühlschrank habe ich nicht gefüllt.«

»Oha. Du bist wirklich entschlossen.« Linda klemmte sich hinter das Steuer und sah sie an.

»Ja. Du hast monatelang auf mich eingeredet. Ich habe es inzwischen begriffen. Das Kind muss raus und für sich selbst sorgen. Wenn ich ehrlich bin ...«

»Ja?«

»War ich nach dem Auszug von Johann froh, nicht allein in der großen Wohnung zu sein.« Anne stockte.

Linda langte zu ihr hinüber und tätschelte ihre Hand.

»Ich weiß.«

»Manchmal denke ich, dass es an mir liegt. Zweimal verheiratet, von beiden Männern verlassen. Bin ich zu sehr mit meiner Arbeit verbunden? Zu unflexibel?«

»Wie kommst du denn auf so was?«

»Johann wollte mit mir auswandern, nach Spanien. Ich wollte hier nicht alles aufgeben.«

»Das hast du mir nie erzählt.«

»Nein. Kurz danach ist er mit dieser Tussi abgehauen. Im Nachhinein stellte sich heraus, dass er schon längere Zeit mit ihr ein Verhältnis unterhielt. Das war alles nur Fake.«

»Ich denke, dass du eine liebenswerte Frau bist und wieder jemanden finden wirst, dem du vertrauen kannst. Johann und du«, Linda sah Anne an, »hattet gute Zeiten miteinander. Irgendwann hat es nicht mehr gepasst. Das geht vielen Menschen so.« Sie lachte bitter auf. »Sieh mich an. Ich bin nun wirklich nicht das Vorbild für funktionierende Partnerschaften, ich erteile nur Ratschläge.«

Anne beugte sich über die Mittelkonsole zu Linda hin und nahm sie in den Arm. »Danke.« Anschließend streckte sie die Arme in den Himmel und dehnte sich. »Auf gehts. Wir machen uns ab sofort eine wunderbare Zeit und lassen uns nicht die Laune verderben. Nach eineinhalb Jahren ohne Auszeit haben wir das verdient.« Anne hob die rechte Hand und Linda klatschte ab.

❁ ❁ ❁

Hinter Osnabrück würden sie sich abwechseln. Anne beobachtete, wie ihre Freundin über die Rheinuferstraße in Richtung Autobahnkreuz fuhr, den Blick konzentriert auf die Straße gerichtet. Linda besaß kein eigenes Auto, erledigte weitestgehend alles mit dem Fahrrad. Darüber hinaus war sie Mitglied bei Car-Sharing. Anne nutzte ihren Golf für Auswärtstermine. Dafür ein fremdes Fahrzeug rechtzeitig anmieten zu müssen, behagte ihr nicht. Für sie war es wichtig, im Notfall einen fahrbaren Untersatz zu haben. Eines der vielen Streitthemen mit Noah. Der war konsequent und gebrauchte ihren Wagen nicht. Mit seinem Semesterticket kam er überall hin, ansonsten nahm er, wie Linda, den Drahtesel. Anne war keine Fahrradfahrerin, ihr war der Verkehr in der City zu gefährlich. Die Vorstellung, mit einem Fahrradhelm vor Gericht zu erscheinen, ließ sie erschaudern. Zum Büro konnte sie zu Fuß gehen, ein Jobticket stand zur Verfügung. Zur Not gab es außerdem Taxis.

Linda überholte einen SUV, dessen Fahrerin an der Windschutzscheibe klebte. »Warum diese Dinger nicht endlich in der Stadt verboten werden«, brummte sie vor sich hin.

»Ich bin gegen Verbote, aber teuer müssen sie werden. So teuer, dass nur noch wenige es sich leisten können. Ist zwar nicht gerecht, aber die Klimakatastrophe kann auf Gerechtigkeit keine Rücksicht nehmen.«

»Du redest wie Noah«, sagte Linda und lächelte ihr zu, bevor sie wieder nach vorn schaute.

»Nö. Noah würde den Besitz von SUVs direkt verbieten. Aber wie würden die Mütter dann ihre kostbare Brut zur Schule karren?«

»Bekanntes Phänomen. In meiner Praxis beklagen sich die Patienten darüber, dass die Kinder ihnen auf der Nase rumtanzen. Aber den Pänz keine Freiheit lassen, sich selbst auszuprobieren. Jeden Schritt überwachen. Ich bin so dankbar, dass unsere Jugend anders war.«

»Ich sollte mich darüber nicht aufregen, bin ja selbst so. Du benutzt übrigens immer kölsche Worte, wenn du dich ärgerst. Das ist lustig.«

»Haha.«

Die Rodenkirchener Autobahnbrücke war staufrei. Ein seltenes Glück in diesen Tagen. Anne warf einen letzten Blick auf den Dom, der in der Ferne auf der linken Seite auftauchte. Sie fühlte sich unbeschwert wie seit Langem nicht mehr. Köln und die darin verbliebenen Altlasten abwerfen. Zumindest für ein paar Wochen. Was hinderte sie eigentlich daran, länger wegzubleiben, blitzte es durch ihr Gehirn. Komische Idee. Die Arbeit natürlich. Außerdem war sie in der Stadt geboren und hatte bis vor Kurzem nie den Wunsch gehabt, woanders zu leben. Ob das mit dem Auszug von Noah zusammenhing? Quatsch, korrigierte sie sich. Erst einmal abwarten, ob der die Wohnung überhaupt verließ.

❁ ❁ ❁

Am späten Nachmittag erreichten sie Hamburg. Zwischendurch hatte es derart stark geregnet, dass sie auf einen Rastplatz gefahren waren. Nach der Wetterprognose sollte der Regen nachlassen. Das war bitter nötig. So viel Wasser, wie in der letzten Zeit vom Himmel gefallen war, brauchte niemand. Ihr Hotel lag in der HafenCity, nicht weit von der Elphi, wie die Elbphilharmonie liebevoll genannt wurde. Anne verbot sich den Gedanken eines Vergleichs mit Köln. Die Philharmonie dort war zwar, was Ausstattung und Akustik anging, nicht zu verachten. Wenn man davon absah, dass der Platz über dem Gebäude etwa tausend Mal im Jahr wegen störender Geräusche nicht betreten werden durfte. Wachpersonal achtete darauf, dass sich die Menschen dran hielten. Ach Köln.

»Es klart auf«, sagte Linda und lud ihren Koffer aus dem Wagen. »Vor dem Abendessen schaffen wir noch einen Spaziergang an die Elbe, große Schiffe gucken.«

»Ja. Ein wenig Bewegung schadet nicht. Wir könnten mit der Fähre zu den Landungsbrücken fahren und zu Fuß zum Großneumarkt gehen. Da gibts jede Menge kleiner Restaurants.«

»Oha, du hast den Stadtführer schon auswendig gelernt.«

»Natürlich. Es macht mehr Spaß, wenn man informiert ist. Außerdem bin ich nicht zum ersten Mal hier. Du weißt doch, dass ich hier ab und zu Termine beim Gericht habe. Unsere Sozietät hat ihren Sitz in der Nähe des Rathauses. Dort schauen wir aber nicht vorbei.«

»Ich dachte, da fliegst du nur ein, arbeitest und abends geht es zurück.« Linda zwinkerte ihr zu, während Anne den Golf verschloss. Nebeneinander gingen sie zum Aufzug der Tiefgarage, das Gepäck hinter sich herziehend.

»Prinzipiell hast du recht. Zu den letzten Terminen bin ich aber einen Tag vorher angereist, um am Prozesstag ausgeruht zu sein. Ich werde schließlich auch älter.«

»Was du nicht sagst.«

❁ ❁ ❁

Am nächsten Morgen schliefen sie lange, bevor sie sich nach einem opulenten Frühstück in Richtung Innenstadt auf den Weg machten. Anne bestand darauf, mit dem Bus zu fahren, sie hatte sich beim Portier nach Abfahrtszeiten und Ticketpreisen erkundigt. Sie wollte nicht schon verausgabt in der City ankommen.

Am Rathausmarkt bestaunten sie den prachtvollen Granit- und Sandsteinbau mit dem kupfergedeckten Dach.

»Das sieht wirklich majestätisch aus. Was für ein schöner, weitläufiger Platz.« Linda zückte ihr Smartphone, um ein Foto zu schießen.

»Ja. Erstaunlich, dass du noch nie hier warst.«

»Du weißt doch, dass es mich eher in den Süden zieht. Das ist, glaub ich, das erste Mal seit Jahren, dass ich in Deutschland Urlaub mache. Ohne Pandemie wäre ich nicht hier.«

»Willkommen im Club.« Anne hakte sie unter. »Komm, wir gehen durch die Einkaufspassagen zur Binnenalster. Da heute Sonntag ist, kommen wir nicht in Versuchung, Geld auszugeben. Danach trinken wir im Alsterpavillon ein Glas Sekt. Ich geb einen aus. Oder soll es Champagner sein? Wo Noah doch praktisch schon ausgezogen ist.«

»Klingt nach einem Plan. Und nö, kein Champagner, schmecke den Unterschied sowieso nicht. Weißt du, dass ich schon monatelang in keiner Boutique war? Habe ich überhaupt nicht vermisst. Im Gegenteil: Weniger ist manchmal mehr.«

»Ich schon. Können wir morgen alles nachholen.«

❊ ❊ ❊

Eine Stunde später saßen sie an einem Tisch mit Aussicht auf die Binnenalster. In der Mitte sprudelte eine Fontäne meterhoch in die Höhe, weiße Alsterdampfer durchquerten den Fluss, der hier zu einem See aufgestaut war.

»Wir müssen unbedingt eine Alsterfahrt machen«, sagte Linda und deutete mit dem Eislöffel in Richtung des Wassers. Statt Sekt hatten sie einen Eisbecher ausgewählt. Wassermelone für Linda, Himbeer-Kokos für Anne.

»Klar, lass uns nachher mal schauen, ob wir die Tour nicht hier vom Jungfernstieg aus starten können. Wir sehen uns die tollen Prachtbauten vom Schiff aus an. Mir tun sowieso schon die Füße vom Stadtlaufen weh.«

»So viel sind wir nun auch noch nicht gegangen.« Linda sah demonstrativ zu ihren Schuhen. Anne hatte sich für flache Sandalen entschieden. Im Gegensatz zu Linda, die mit Sneakers unterwegs war.

»Es liegt nicht an meiner Fußbekleidung«, sagte Anne. »In den Teilen kann ich hervorragend laufen.«

»Hm«, antwortete Linda und widmete sich dem Rest ihres Eisbechers.

Anne ließ ihren Blick schweifen. Die meisten Leute waren wie sie Touristen, die das warme Wetter und die spektakuläre

Aussicht auf die Alster genossen. Prachtbauten umsäumten das Ufer. Links das »Vier Jahreszeiten«, geradeaus die Lombardsbrücke, unter der ein rotweißer Alsterdampfer Kurs auf den Jungfernstieg nahm. Paare postierten sich vor dem Wasser und schossen Selfies. Der Alsterpavillon wurde in jedem Reiseführer erwähnt. Früher befand sich in dem Gebäude ein traditionsreiches Café, heute standen auf der Speisekarte Superfood-Salate und Veggie-Bowls. Das einundzwanzigste Jahrhundert machte auch vor Traditionscafés nicht halt.

»Ich nehme eine Aprikosen-Waffel«, ertönte die schrille Stimme einer alten Dame, die neben ihnen Platz genommen hatte.

»Wir haben doch vorhin erst gefrühstückt«, antwortete ihre Begleiterin mit vorwurfsvoller Tonart.

»Mir doch egal. Wenn ich alle Jubeljahre hier im Pavillon bin, lasse ich es mir auch gut gehen. Dein Sohn hat uns doch eingeladen, oder? Wo steckt der überhaupt?«

Anne versuchte, nicht laut zu lachen, und gab Linda unauffällig ein Handzeichen. Die beiden Ladys hätten auf jeder Modenschau für Furore gesorgt. Die eine trug eine rote Baseballkappe, die sie bis über die Ohren gestülpt hatte. Bekleidet war sie mit einem gelb-mohnroten Flatterkleid, auf dem sich Blüten wild durcheinander tummelten. Die andere Dame bevorzugte Blautöne. Ihre türkis-dunkelblaue Bluse war mit Schmetterlingen bedruckt, darunter schaute eine weite hellblaue Schlaghose hervor. Bei der Fußbekleidung hatten sie sich abgestimmt: Weiße Joggingschuhe perfektionierten den Auftritt. Wow. Ob sie in dem Alter ebenfalls so mutig wäre?

Linda grinste zu ihr hinüber und flüsterte: »Das sind wir in dreißig Jahren«.

»Es gibt schlechtere Vorbilder.«

Hinter ihrem Stuhl ging jemand vorbei und wenige Sekunden später erklang aufgeregt die Stimme ihrer Tischnachbarin. »Da bist du ja endlich, mein Junge. Wir haben dich schon vermisst. Gib deiner Mutter ein Küsschen. Und du hast Luzifer mitgebracht, wie schön.«

»Ich hätte es netter gefunden, wenn er zur Abwechslung mal von einer Frau begleitet worden wäre.«

Anne konnte nicht anders, sie musste sich zu den Damen drehen. Sie holte ein Taschentuch aus ihrer Handtasche und tat so, als würde sie sich die Augen damit abwischen. Einen Meter von ihr entfernt stand ein Mann, der sich über die Frau in Blau beugte und ihr einen Kuss auf die Wange gab. In der Hand hielt er eine Leine, an deren Ende ein steingrauer Mops versuchte, an seinem Bein hochzuspringen. Irgendetwas kam ihr an dem Typen bekannt vor.

»Hallo Emilia«, sagte der Mann und gab der Begleiterin in Rot ebenfalls einen Kuss. »Schön, dich zu sehen.«

»Ja, ja. Nimm Platz, wir haben bereits einen Blick in die Speisekarte geworfen. Deine Mutter trinkt nur einen Kaffee, ich nehme dazu eine Waffel.«

»Na ja, vielleicht doch einen Eisbecher. Nachdem ich die der beiden jungen Frauen gesehen habe …« Sie sprach in Annes Richtung. »Entschuldigen Sie bitte, welche Kreation war das?«

»Den Wassermelonenbecher kann ich empfehlen«, sagte Linda, die schräg gegenüber von der blauen Lady saß.

»Das ist wieder typisch«, zeterte deren Begleitung. »Erst so tun, als wäre ich gierig, weil ich eine Waffel essen möchte, und dann selbst zuschlagen.«

»Ich merke schon, es hat sich nichts verändert«, sagte der Mann.

Linda kicherte und Anne wusste auf einmal, wer der Sohn der Frau war. Der Journalist aus Hamburg. Der, der mit ihr am Bildschirm geflirtet und sie die Arbeit hatte erledigen lassen. Das Interview sollte im Oktober erscheinen. Sie zerknüllte das Taschentuch und wandte sich zu dem Trio.

»Sie sind mir noch ein Getränk schuldig.«

Der Mann hatte sich zwischen die alten Damen gesetzt, der Mops war auf den Schoß seiner Mutter gesprungen. Er verzog sein Gesicht und Anne sah ihm an, dass er nachdachte. Die bunte Lesebrille, die er beim Videotermin getragen hatte, hing an einem Lederband um seinen Hals.

»Sie sind die Anwältin aus Köln.«

»Ganz genau.«

»Das ist ja ein Ding. Was machen Sie hier in Hamburg?«

»Urlaub.«

»Willst du uns nicht vorstellen?«, mischte seine Mutter sich ein und zupfte ihn am Arm. Die andere Hand schob sie unter den Hund und setzte ihn auf den Boden.

»Ja genau«, sagte die Frau in Rot.

»Finde ich auch«, sagte Linda, der man ansah, dass sie sich amüsierte.

»Sicher. Das ist Frau ... äh ...« Er blickte Anne hilflos an.

»Anne Winter«, sagte Anne. »Und meine Freundin heißt Linda Johns.«

»Angenehm. Ich bin Dorothea, die Mutter von Robert und das ist meine Freundin Emilia. Leider können wir uns in diesen Zeiten nicht die Hand geben.« Sie verzog ihre dunkelrot geschminkten Lippen zu einem breiten Lächeln.

»Emilia und Dorothea. Und Sie sind?«, fragte Linda und sah den Mann an.

»Das ist Herr ... äh ...«

»Robert Ludwig«, half ihr der Journalist aus der Klemme.

»Muss ein nachhaltiges Erlebnis gewesen sein, wenn sich beide nicht mehr an die Namen erinnern«, sagte Dorothea.

»Mein Namensgedächtnis ist nicht so gut«, entschuldigte sich Anne und ärgerte sich im selben Moment darüber. Sie musste sich hier nicht rechtfertigen.

»Meins auch nicht«, sagte Robert und grinste sie an.

»Eine Runde Sekt für alle«, trompetete Dorothea und winkte nach dem Ober, der abwartend in einiger Entfernung stand.

Robert erhob sich und schob die Tische zusammen. Heute trug er das Haar offen, die dunkelblonden Strähnen, durchmischt mit Grau, berührten fast seine Schultern.

»Wie haben Sie sich denn kennengelernt?«, fragte Emilia, die sie unter der Kappe musterte.

»Das würde mich auch interessieren«, sagte Dorothea, die ihren Sohn auf den Arm klopfte.

Anne sah den Journalisten an, der ihren Blick erwiderte. Sie oder ich, schien er zu fragen.

»Ihr Sohn hat mich interviewt«, sagte sie.

»Ach, das ist spannend. Sind Sie in der Reisebranche tätig?« Emilia schaute sie an.

»Nein, ich bin Anwältin und arbeite im Erbrecht. Es handelte sich um einen Beitrag über Testamente.«

»Bist du etwa krank?«, fragte Dorothea und zog die Hand vom Arm des Sohnes zurück.

»Nein, bin ich nicht. Das war beruflich.«

Emilia mischte sich ein: »Ich denke, du beschäftigst dich nur mit Reisen? Oder war es ein Artikel, in dem die Urlauber aufgefordert wurden, vor einer Fernreise ihren letzten Willen zu erklären?«

Robert verdrehte die Augen und Anne lachte. »Keine schlechte Idee. Tatsächlich sprachen wir eher über allgemeine Fragen in Bezug auf Testamente. Warum man eines errichten sollte und was passiert, wenn man keins hat.«

»Wenn ich mal tot bin, erbt alles meine Freundin«, sagte Emilia.

»So so«, sagte Dorothea. »Ich hoffe, du meinst mich.«

»Wen denn sonst?« Emilia drehte sich zu Robert hin. »Schreibst du nicht mehr über Urlaubsreisen? Heißt das, du wirst jetzt sesshaft?«

»Warum sollte ich? Momentan ist es schwierig, zu verreisen, und die Miete muss bezahlt werden. Es werden auch wieder bessere Zeiten kommen.« Der Journalist blinzelte Anne zu.

»Bist du pleite?« Emilia ließ nicht locker.

»Mach dir keine Sorgen. Zu einer Einladung im Alsterpavillon reicht es noch. Da kommt der Sekt. Schneller als gedacht kann ich meine Getränkeeinladung wahr machen.« Er wartete, bis der Ober die Gläser verteilt hatte, und fing den Blick von Anne ein. »Prost. Auf das unerwartete Treffen.«

»Wie lange bleiben Sie in der Stadt? Wollen wir uns nicht duzen? Ich bin aus dem Alter raus, wo man sich um Förmlichkeiten schert. Schließlich sind Sie eine Freundin meines Sohnes.« Dorothea hielt Anne das Glas hin.

»Sehr gern, ich bin Anne. Ich bin nicht mit Ihrem, äh deinem Sohn befreundet.«

»Was nicht ist, kann ja noch werden«, sagte Emilia und kicherte. »Ich bin Emilia.« Sie hatte ebenfalls das Glas erhoben.

»Oha. Und ich dachte immer, dass man mit den Norddeutschen nicht so leicht in Kontakt kommt«, schaltete sich Linda in das Gespräch ein. »Das ist ja fast wie bei uns zu Hause.«

»Woher kommt ihr?«

»Aus Köln.«

»Köln«, brüllte Emilia. »Mein Ulrich ist da geboren.«

»Ja? Dann waren Sie bestimmt mal dort.«

»Leider nein. Wir sind immer in die Berge gefahren.«

»Er konnte sich in seiner alten Heimat nicht mehr blicken lassen«, mischte sich Dorothea ein. Robert hustete.

»Meine Mutter und ihre Freundin leben hauptsächlich auf Mallorca. Ab und zu kommen sie nach Hamburg, um ...«

» ... nach dir zu sehen«, unterbrach Dorothea. »Du besuchst uns ja nie. Immer um die Welt reisen, aber die eigene Mutter vernachlässigen.«

»Er hält sich lieber in Asien auf. Kann man verstehen. Was soll er mit zwei alten Schachteln auf einer Mittelmeerinsel, wenn er sich mit jungen Asiatinnen vergnügen kann?«

»Jetzt ist es gut Emilia. Die beiden Damen denken sonst noch, ich wäre ein Frauenheld.«

»Bist du doch auch, oder? Jedenfalls hast du, seitdem ich dich kenne, noch nie eine feste Freundin gehabt. Obwohl ich es nicht verstehen kann, wie Frauen etwas mit Männern anfangen, die einen Haarzopf tragen.«

Robert lächelte gequält und Anne beschloss, ihn zu erlösen. »Hast du längere Zeit in Asien gelebt?«

»Ja, ein paar Jahre. Ich habe in Vietnam auf einer Insel eine Kneipe betrieben.«

»Und wo war der Hund?«, fragte Linda und beugte sich zu ihm hin.

»Luzifer gab es damals noch nicht. Den habe ich erst seit eineinhalb Jahren.« Der Mops hörte seinen Namen und schüttelte sich, bevor er sich am Bein von Robert aufrichtete.

»Ein Corona-Haustier sozusagen.«

»Ja«, antwortete Robert, der seinen Hund am Kopf kraulte. »Ohne Hund ist das Leben sinnlos. Ich habe immer einen an meiner Seite.«

»Er mag Möpse mehr als Frauen«, sagte Emilia.

»Und was ist, wenn du wieder auf Reisen gehst?«, fragte Linda.

»Für kurze Zeit kann ich Luzifer in einer Hundepension lassen. Ab und zu auch bei meiner Nachbarin. Längere Fernreisen wird es ohne Luzifer nicht mehr geben. Abgesehen davon, dass das in Pandemiezeiten sowieso schwieriger geworden ist. Ich überlege, meinen Blog umzubenennen. Unterwegs mit Hund oder so.«

»Nach Mallorca kannst du ihn mitnehmen«, sagte seine Mutter. »Solange er nicht unseren Garten verwüstet.«

»Ihr lebt auf Mallorca? Das stelle ich mir toll vor«, sagte Linda.

»Seit unserer Pensionierung«, sagte Dorothea.

»Allein?« Anne war fasziniert.

»Zusammen mit Lucrezia. Das ist eine Katze.« Dorothea lächelte Anne an. »Die ist uns zugelaufen.«

»Lucrezia und Luzifer.« Linda kratzte den Eisbecher aus.

»Die beiden kennen sich nicht«, sagte Robert.

»Ist vielleicht auch besser«, warf Anne ein.

»Hast du Haustiere?«, fragte Robert.

»Nein. Die Meerschweinchen, die mein Sohn sich gewünscht hat, haben längst das Zeitliche gesegnet.«

»Du hast einen Sohn?«, fragte Dorothea.

»Bist du verheiratet?«, legte Emilia nach.

»Geschieden«, sagte Anne.

»Dein Sohn wohnt noch bei dir?« Emilia spitzte die Lippen. Die beiden waren ein gutes Team.

»Du musst darauf nicht antworten«, sagte Robert und sah seine Mutter strafend an. »Ihr seid ganz schön neugierig.«

»Sicher«, konterte Emilia. »Wir möchten doch wissen, mit wem du Umgang hast.«

»Noah zieht gerade aus«, sagte Anne. »Hoffe ich wenigstens.« Es fühlte sich nicht falsch an, das vor Fremden zu erzählen.

»Ach du Ärmste. Ist sicher nicht leicht für dich, wenn das Kind das Zuhause verlässt.« Dorothea nahm einen ordentlichen Schluck aus dem Sektglas.

»Der Junge wird demnächst fünfundzwanzig. Man muss sich keine Sorgen machen.« Linda warf Anne ein aufmunterndes Lächeln zu.

»Ah, ein Spätzünder. Ich weiß gar nicht mehr, in welchem Alter du ausgezogen bist?«, fragte Dorothea, an ihren Sohn gewandt.

»Direkt nach dem Abi.«

»Richtig, du hast in dieser Kommune gelebt und gegen Atomenergie protestiert. Bist die ganze Zeit mit so einem Sticker rumgerannt. Irgendwas mit einer Sonne.«

»Atomkraft? Nein danke. Rote Sonne auf gelbem Untergrund. Ich hatte auch so ein Teil«, sagte Anne und lächelte Robert zu.

»Ich auch«, sagte Linda. »Ist das lange her. Immerhin haben wir den Ausstieg aus der Atomenergie geschafft.«

»Das ist auch das Einzige, was wir geschafft haben«, sagte Robert. »Die Klimakatastrophe steht vor der Tür, von den anderen Katastrophen ganz abgesehen.«

»Bist du auch so eine Linke?«, fragte Emilia und fixierte Linda unter ihrer Kappe.

»Du auch?«

»Touché«, sagte Emilia und stieß mit dem Glas an Lindas. »Heutzutage kann man gar nicht anders als links sein.«

»Genau«, bekräftigte Dorothea. »Nur, dass man auf Flugreisen verzichten soll, das gefällt mir nicht.«

Alle lachten.

Linda sah auf ihre Uhr. »Wir sollten uns beeilen, sonst klappt das mit der Alsterfahrt nicht mehr.«

»Richtig«, sagte Anne, die ein leises Bedauern empfand, die Runde zu verlassen. Sie zückte ihr Portemonnaie.

»Betrachtet euch als eingeladen«, sagte Emilia. »Falls ihr mal nach Mallorca kommt, meldet euch.«

»Danke schön«, sagten Anne und Linda gleichzeitig. Robert stand auf. »Habt ihr heute Abend schon was vor? Wir könnten zusammen essen gehen.«

Linda schaute Anne an. »Warum nicht?«

»Wo seid ihr abgestiegen?«

»Im 25hours.«

»Gut, ich hol euch dann so gegen 19 Uhr ab. Okay?«

»Alles klar«, sagte Anne und nickte den Damen zu.

»Lädst du uns auch ein?«, sagte Emilia.

Robert zog die Augenbrauen hoch.

»Keine Angst, war nur ein Scherz.«

Kapitel 4

»Du triffst dich nachher allein mit dem Mann«, sagte Linda und ließ sich aufs Bett fallen. »Ich esse im Hotel und fange mit dem neuen Stephen King an.«

»Was? Wieso das denn?« Anne hängte ihre Jacke sorgfältig an einem Bügel auf. »Du ziehst ein Buch über einen Auftragskiller einem Abend in der City vor? In den letzten Monaten haben wir doch wirklich genügend Zeit drinnen verbracht.«

»Ich hab mich dran gewöhnt, nicht mehr mit so vielen Menschen zusammen zu sein.« Linda setzte sich auf und schob die Haare hinter die Ohren.

»Ich glaub dir kein Wort. Aber gut, dann bleib ich auch hier und leiste dir Gesellschaft.«

»Nichts da. Wir leisten uns in den nächsten Wochen ausreichend Gesellschaft. Du schmeißt dich jetzt in Ausgehklamotten und triffst dich mit Robert.«

»Ausgehklamotten? Wo sollen die denn herkommen? Ich hab nur Wohlfühlklamotten eingepackt.«

»Hauptsache, du amüsierst dich.«

Anne musterte Linda mit zusammengekniffenen Augen. »Du willst mich verkuppeln?«

»Sagen wir mal so. Mein Gefühl sagt mir, da könnte was gehen zwischen euch. Er sieht gut aus, ist intelligent und ...«

» ... lebt in Hamburg.«

»Kein Grund heutzutage, oder? Abgesehen davon, dass seine Mutter eine reizende Person ist. Genau wie Emilia. Wir könnten unseren nächsten Urlaub auf Mallorca verbringen.«

»Ich fasse es nicht«, sagte Anne und spürte, wie es in ihrem Bauch kribbelte. Wann hatte sie zuletzt eine private Verabredung mit einem Mann gehabt? Konnte sie überhaupt noch daten?

»Komm, gib dir einen Ruck. Wenn es dir nicht gefällt, verabschiedest du dich und nimmst ein Taxi. Du bist doch ein großes Mädchen.«

Anne ging zum Spiegel und musterte sich. Frisch gesträhnte blonde Haare, die das Grau übertönten. Sie drehte sich zur Seite und zog den Bauch ein. Wo kam das Doppelkinn her? Anne hob den Kopf.

»Es wird anstrengend, wenn du den ganzen Abend mit eingezogenem Bauch und hochgezogenem Kopf verbringst.« Linda hatte sich ein Kissen hinter den Nacken gestopft und grinste.

»Sehr witzig.« Anne atmete aus, der Bauch wölbte sich. Sie überschlug im Geiste ihre eingepackten Klamotten. Ein lässig fallendes Kleid vielleicht?

»In unserem Alter geht es mehr um innere Werte.«

»Haha, das glaubst du doch nicht wirklich.«

»Wenn der Mann das nicht erkennt, ist er selbst schuld.«

»Wenn es doch so einfach wäre.« Anne stellte sich auf die Zehenspitzen. Das streckte den Körper. Hatte sie hohe Schuhe mitgenommen?

»Jetzt mach dir nicht so viel Stress. Robert ist nicht Johann.«

Anne kniff die Augen zusammen. »Was willst du mir damit sagen?«

»Er wirkt nicht so formell, lockerer. Hat bestimmt mit seinem Job zu tun. Kannst du dir Johann als Kneipier am Strand vorstellen?«

»Du sprichst von dem Mann, der in Luxushotels absteigt und in der Woche überwiegend Anzug trägt?«

»Ja, den meine ich.«

»Der würde bei dem Gedanken an eine Reise nach Asien schon Herpes bekommen. Denk nur an die Krabbeltiere, die einem dort begegnen könnten.«

»Auf die hätte ich allerdings auch keine Lust.« Linda

klatschte in die Hände. »Los jetzt. Ab in die Badewanne. Entspann dich. Nicht so viel nachdenken. Lass es einfach geschehen.«

»Nichts ist einfach. Meistens kommt hinterher das böse Erwachen.«

»Du bist eine alte Unke. Nimm es als Aufwärmübung. Wenn es gut läuft, hast du einen anregenden Abend, eventuell sogar eine heiße Nacht. Wenn nicht, wartet dieses Bett und eine mitfühlende Freundin auf dich.«

»Du empfiehlst mir einen One-Night-Stand?«, kiekste Anne und hustete.

»Wenn es dich glücklich macht auf jeden Fall.«

❁ ❁ ❁

Eine Stunde später stand Anne vor dem Hotel und wartete auf Robert. Ein kühler Wind wehte ihr ins Gesicht. Sie war froh, keines der beiden mitgenommenen Kleider ausgewählt zu haben. Jeans und T-Shirt, um den Hals eine orangefarbene Kaschmirstrickjacke. Flache Schuhe. Im Rucksack steckten Schal und eine zusammengeknüllte Regenjacke. Plötzlich erschien vor ihrem Auge das Bild von Johann. Der Mann, mit dem sie hatte alt werden wollen. Wirtschaftsanwalt in einer überörtlichen Sozietät. Linda hatte recht. Johann war konservativ. Er konnte Männer mit Pferdeschwanz nicht ausstehen, mochte es, wenn Anne sich in teure Kostüme zwängte. Ob er im Süden Spaniens auch so förmlich angezogen rumlief? Ging sie mit Robert aus, um sich etwas zu beweisen? Zur Abwechslung ein Mann, der das genaue Gegenteil von ihrem Ex war? Sie schüttelte den Kopf. Johann war Geschichte. Nicht wichtig.

»Ganz allein hier? Wo steckt deine Freundin?«, riss sie von hinten Roberts Bariton aus ihren Gedanken.

Hastig drehte sie sich zu ihm hin. »Ups, ich hab dich gar

nicht kommen hören. Linda fühlte sich nach dem vielen Umherlaufen erschöpft und wollte lieber im Hotel bleiben. Sie lässt dich grüßen.« Eine kleine Notlüge war erlaubt.

»Schade.« Er stand inzwischen so dicht vor ihr, dass sie sein Rasierwasser riechen konnte. Herb mit einem Hauch von Orange. Anne trat einen Schritt zurück. War er enttäuscht, dass Linda nicht dabei war? Hatte sie die Situation falsch eingeschätzt? Sie rieb sich die Hände.

»Wohin fahren wir?«

»Ich hab uns einen Tisch im ›Rive‹ reserviert. Das Auto steht ein paar Meter von hier entfernt.«

»Was für eine tolle Idee, da wollte ich immer schon mal hin«, sagte sie mit übertriebener Begeisterung. »Wir haben versucht, einen Tisch zu reservieren, hat aber nicht geklappt.«

»Dann passt es doch perfekt. Wollen wir?« Robert setzte sich in Bewegung und Anne folgte ihm. Linda würde sich ärgern, nicht mitgekommen zu sein. Im Reiseführer war das Seafood Restaurant an der Elbe erwähnt, weil man von dort einen guten Blick auf den Hafen und die Elbphilharmonie hatte. Abgesehen von dem gelobten Essen. Sicher ein teurer Schuppen. Vielleicht hätte sie sich doch vornehmer kleiden sollen? Robert wirkte auf sie nicht wie ein Typ, der in Sternerestaurants verkehrte. Hatte sie sich getäuscht?

Er lotste sie zu einem grünen Mini mit dem ›ShareNow‹ Schriftzug und öffnete ihr die Beifahrertür. »Dem Anlass entsprechend habe ich mir ein schickes Auto besorgt. Zurück können wir ein Stück laufen und ein Taxi oder die U-Bahn nehmen.«

»Hast du kein eigenes Auto?«

»Nein, noch nie eins besessen. Autos interessieren mich nur als Transportmittel. Habe nie verstanden, warum manche die als Statussymbole brauchen.«

Anne erinnerte sich an den Jaguar von Johann und sagte nichts.

»Hoffe, ich bin dir nicht zu nahe getreten.« Er startete den Motor.

»Nein«, fuhr sie ertappt zusammen. »Ich finde es gut, dass es das Car-Sharing gibt. Viel zu viele Autos in der Stadt, die mehr oder weniger den ganzen Tag stehen und wertvollen Platz blockieren. Bin selbst allerdings nicht Mitglied. Vielleicht, wenn ich mich von meinem Golf trennen muss.«

»Wie bewegst du dich denn in Köln? Mit dem Auto?«

»Nein, mein Büro ist nicht weit weg von meiner Wohnung. Ich gehe gern zu Fuß, ansonsten nutze ich den öffentlichen Nahverkehr.«

»Erstaunlich.«

»Wieso?«

»Ich dachte bis eben, dass erfolgreiche Anwältinnen im Porsche durch die Stadt brausen.« Er grinste und Anne bemerkte die Lachfältchen um seine blauen Augen. Noch jemand mit falschen Vorstellungen.

»Bin ich froh, dass ich mit diesem Vorurteil aufräumen konnte.«

Sie fuhren durch die Speicherstadt und überquerten diverse Brücken, bis sie am Gruner + Jahr Gebäude vorbeifuhren. Nun wusste sie wieder, wo sie sich befanden. Links von ihr floss die Elbe. Morgen würde sie mit Linda zusammen die Landungsbrücken bei Tageslicht erkunden. Ob sie eine Hafenrundfahrt machen sollten?

»Das ist schon deutlich anders als am Rhein«, sagte Anne und zeigte auf die Cap San Diego. »Auf unserem Fluss fahren zwar lange, aber eben auch nur flache Schiffe.«

»Ja, Hamburg ist das Tor zur Welt, wie man so schön sagt.« Er zwinkerte ihr zu. »In Deutschland für mich die schönste Stadt, obwohl Köln sicher auch seine Vorzüge hat.«

»Auf jeden Fall.«

»Bist du in Köln geboren?«

»Ja, habe nie länger woanders gelebt.«

»Hm.«

»Klingt langweilig. Ich weiß.«

»Ach was, das wollte ich damit nicht zum Ausdruck bringen. Es kann ja nicht jeder so durch die Welt herumvagabundieren wie ich.«

»Manchmal wünschte ich, ich wäre nicht so fixiert auf Köln gewesen.« Warum hatte sie das gesagt? Sie kannte den Mann neben sich doch kaum.

»Was nicht ist, kann ja noch werden.«

»Ach, eher nicht. Beruflich bin ich an Köln gebunden und mein Sohn lebt in der Stadt.«

»Der, der auszieht?«

»Ja.«

»Aha.«

Anne stutzte. Was erzählte sie da? »Ob Noah in Köln bleibt, weiß ich natürlich nicht. Momentan studiert er. Obwohl ...«

»Obwohl?«

»Er ist eher damit beschäftigt, Klimademos zu organisieren und die Welt zu retten.«

Robert lachte und überholte einen Touristenbus. »Ich war genauso. Habe mir die Nächte mit Anti-Atomkraft-Aktivisten um die Ohren gehauen und war in der Friedensbewegung engagiert. Bin ohne die Erlaubnis meiner Eltern auf die Friedensdemo nach Bonn gefahren. Du weißt schon, der Protest gegen den Nato-Doppelbeschluss. Mann, das war toll, dieses Gemeinschaftsgefühl.« Er schlug mit der rechten Hand auf das Lenkrad.

»Ich erinnere mich an die Demo. Aus meiner Schule sind welche aus den höheren Klassen dahingefahren.« Sie starrte durch die Windschutzscheibe. »Ich war noch nie auf einer Demo.«

»Echt? Wenn du willst, können wir das ändern. Solange es keine Querdenkerdemo ist, begleite ich dich gern. Fridays for Future wäre eine Möglichkeit.«

»Nächsten Freitag bin ich an der Nordsee.«

»Wo fahrt ihr hin?«

»Wir haben eine Wohnung in Morsum gemietet.«

»Ah, es geht nach Sylt. Die Insel der Reichen und Schönen.«

»Dann passe ich da perfekt hin, nicht wahr?«, sagte Anne mit spitzer Stimme.

»Nö, du fährst ja nur einen popeligen Golf.« Robert lachte.

»Wenn du ein Gentleman wärst, hättest du mich zur zweiten Kategorie gezählt«, platzte es aus ihr heraus. Oh Gott, wie peinlich war das denn? Ihr Herz schlug ihr bis zum Hals.

»Das war unverzeihlich. Gehst du trotzdem mit mir essen?« Robert sah auf die Straße und Anne beschlich der Verdacht, dass er sich auf ihre Kosten amüsierte.

»Sicher. Ich will doch das Restaurant kennenlernen. Außerdem hab ich Hunger.«

»Klare Ansage.«

»Kennst du Sylt?«

»Klar, ich bin Reisejournalist. Schon vergessen?«

❁ ❁ ❁

Anne wählte die Tagliarini mit Meeresfrüchten und Robert die Dorade. Als Vorspeise teilten sie sich den Krabbensalat mit Papaya, nachdem Anne bekundet hatte, dass sie sonst das Hauptgericht nicht schaffen würde. Ein wenig Zurückhaltung beim Essen schadete nicht. Die nächsten Wochen würde sie genug Kalorien zu sich nehmen. Nur, wenn wir uns ein gemeinsames Dessert gönnen, hatte Robert eingewilligt und ihr zugezwinkert. Er schien Linda nicht zu vermissen.

Die Küche war hervorragend, der Service aufmerksam. Robert wurde vom Personal wie ein guter Bekannter begrüßt. Das erklärte, warum er kurzfristig einen Tisch hatte ergattern können. Vielleicht hatte er über den Laden berichtet.

Während des Essens unterhielt Robert sie auf ihren Wunsch hin mit seinen Reiseabenteuern, er hatte nahezu jeden Kontinent durchquert. Neben ihm kam Anne sich provinziell vor. Außer einem Aufenthalt in New York und einem Badeurlaub auf Bali war sie über Europa nicht hinausgekommen. Johann war am liebsten ans Mittelmeer gefahren. Ob er damals bereits Pläne zum Auswandern schmiedete? Sie hätte gern Details über Roberts Leben auf der vietnamesischen Insel erfahren. Diese Zeit erwähnte er nicht. Hatte er zurück nach Europa gemusst, weil sich das Geschäft nicht rentierte? Besser, das Thema nicht anzuschneiden.

Zum Abschluss des Mahls bestellte Robert für sie Espressi und Brandy. Anne schnupperte an dem dezent nach Vanille und Kakao-Nuss-Aroma riechenden Digestif, bevor sie probierte. Harte Alkoholika trank sie selten.

»Ich hoffe, ich hab damit meine Getränkeschulden bezahlt«, sagte er und prostete ihr mit dem Cognacschwenker zu. Sein Lächeln erreichte seine Augen und für einen kurzen Moment trafen sich ihre Blicke. Anne war überrascht, wie schnell die Zeit verflogen war. Sie hatte sich nicht eine Sekunde gelangweilt.

»Die hast du heute Nachmittag bereits beglichen. Natürlich teilen wir uns die Rechnung hier.« Anne bückte sich und tastete nach ihrem Rucksack.

»Du meinst, wir machen halbe-halbe? Nix da, ich hab dich eingeladen. Du kannst dich revanchieren, wenn ich nach Köln komme.«

»Steht das denn in naher Zukunft an?« Anne fühlte sich auf einmal beschwingt, obwohl sie bewusst wenig Alkohol getrunken hatte. Einen Crémant als Aperitif und ein Glas Wein zum Essen. Und den Brandy. Vermutlich zu viel. Schade, dass der Abend bereits vorbei war. Ob er wirklich nach Köln kam?

»Wenn du mich einlädst, komme ich gern.« Robert beugte sich vor, legte seine Hand für einen flüchtigen Moment auf ihren bloßen Arm. Wärme durchflutete sie. Kam das vom Brandy oder der unverhofften Berührung? Annes Herzschlag beschleunigte sich, sie lehnte sich im Stuhl zurück. Wenn sie zustimmte, würde sie die Linie überschreiten. Bislang war alles ein unverbindlicher Flirt, ein unterhaltsamer Abend. Wollte sie mehr?

»Man sieht förmlich, wie es in deinem Gehirn arbeitet«, sagte Robert und bestellte die Rechnung. »Du musst mir nicht antworten, wenn du nicht willst. Lass uns ein Stück an der Elbe zu Fuß gehen. Es regnet nicht und die Lichter vom Hafen spiegeln sich im Wasser. Natürlich nur, wenn du magst. Ansonsten bestelle ich ein Taxi.«

»Klar«, sagte Anne und stand auf. »Ich komme gleich wieder.«

Im Waschraum starrte sie in ihr Gesicht. Aufgerissene Augen über der Maske. Mit beiden Händen versuchte sie, ihr Haar zu stylen. Zeit gewinnen. Sie war niemand Rechenschaft schuldig. Konnte tun und lassen, was sie wollte. Robert zog sie an, sein Humor, seine Geschichten. Das Über-sich-selbst-lustig-machen. Verweile doch, du bist so schön. Den Augenblick genießen. Wieso ihr fiel das Goethe-Zitat ein? Anne zog ihr Smartphone aus dem Rucksack und tippte eine kurze Nachricht an Linda. *Weiß nicht, wann ich zurück bin. Warte nicht auf mich.* Sekunden später die Antwort. *Tu nichts, was ich nicht auch täte. Viel Spaß!*

Robert erhob sich, als sie sich dem Tisch näherte. Ihre Strickjacke hielt er in der Hand. »Wollen wir gehen?« Anne ergriff das Kleidungsstück und folgte ihm durch die Tischreihen zum Ausgang. Draußen wurde sie von einem Geruch nach Brackwasser und Diesel empfangen. Sie blieb stehen, um sich die Jacke anzuziehen.

»Ist es dir kalt?«, fragte Robert, der sich sein Sakko übergezogen hatte.

»Nein, ich hab noch eine Regenjacke im Rucksack.«

»Du bist eine Frau, die auf jede Situation vorbereitet ist.«

»Ich versuche, es zu sein. Komm, lass uns ans Wasser gehen.« Anne schritt an dem Gebäude vorbei, hin zur Elbe. Kleine Wellen klatschten gegen die Uferpromenade. Ein riesiges Containerschiff fuhr in der Mitte des Flusses, nahm Kurs Richtung Nordsee. Am anderen Ufer leuchteten die Hafenkräne, hier wurde rund um die Uhr gearbeitet.

»Dort pulsiert das Leben«, sagte Anne und zeigte auf das Lichtermeer.

»Ja, auf unserer Seite aber auch.«

Er umfasste sie von hinten, schlang seine Arme um ihre Schultern. Anne lehnte sich zurück, genoss seine Körperwärme und fühlte sich geborgen.

»Das war ein schöner Abend«, flüsterte er ihr ins Ohr. Wieder ein Hauch von Orange in ihrer Nase. Anne drehte sich zu ihm hin. »Das finde ich auch.« Robert streichelte ihr Gesicht, hielt ihren Blick im Laternenlicht gefangen, bevor er seine Lippen auf ihre legte. Erst sanft, dann allmählich fester. Anne schmeckte den Brandy, ließ sich hineinziehen in den Sog des Kusses.

Scheinwerfer blendeten sie. Anne löste sich von Robert, unterdrückte den Drang, ihn erneut zu küssen.

Der sah sie an, während er den Gummi aus seinem Haar entfernte. »Das ist der Moment, wo der Mann die Frau fragt, ob sie bei ihm noch etwas trinken möchte.«

»Ist das so?«, sagte Anne und ging auf seinen neckischen Tonfall ein, während sie gleichzeitig fieberhaft überlegte, was sie tun sollte.

»Manches ändert sich nicht.« Robert strich wieder mit den Fingern über ihr Gesicht, langsam, zärtlich. Sie schloss die Augen. Es fühlte sich richtig an.

»Ein Glas Wasser würd ich wohl noch nehmen.«

❁❁❁

Im Taxi saßen sie auf der Rückbank aneinandergeschmiegt, Händchen haltend. Eine Welle von Verlangen umflutete Anne. Alles in ihr kribbelte. Wieso hatte sie dieses Gefühl vergessen? Die Intimität? Robert zahlte das Taxi und führte sie zu einem Mehrfamilienhaus. Davor rumpelte eine U-Bahn vorbei, die hier auf Stelzen durch das Viertel fuhr. Sie küssten sich im Treppenhaus, Anne vergrub ihre Hände in seinen Haaren, verlor das Empfinden für Zeit und Raum.

Hinter der Wohnungstür lauerte Luzifer, der ekstatisch an seinem Herrchen hochsprang und sie komplett ignorierte. Das Tier hatte sie vollkommen aus ihrem Bewusstsein verdrängt.

»Ich muss rasch mit dem Hund raus, fühl dich wie zu Hause«, sagte Robert und gab ihr einen schnellen Kuss auf den Mund. »Wohnzimmer, Küche, Bad und Schlafzimmer.« Er zeigte jeweils auf Zimmertüren, die alle vom Flur abgingen. Bis auf die Küchentür waren die Türen geschlossen. »Luzifer darf in meiner Abwesenheit nicht in die Wohnräume, damit er kein Chaos anrichtet.« Er schnappte sich die Leine, die auf einer Kommode lag und war Sekunden später mit dem Hund verschwunden. Wieso war er auf einmal so kurz angebunden?

Anne ließ ihren Rucksack zu Boden gleiten und ging in den Raum, den Robert als Wohnzimmer bezeichnet hatte. Sie tastete nach dem Lichtschalter. Hohe Decken, an der Seite ein Regal, vollgepackt mit Büchern. Neugierig trat sie näher. Ein kunterbuntes Durcheinander: Thriller, Biografien und Comics, dazwischen diverse Reiseführer. Eine dunkelbraune Ledercouch in der Mitte, davor ein niedriger Holztisch, auf dem sich Magazine stapelten. An einer Wand hing ein Foto. Ein von oben aufgenommener weißer Strand, auf den türkisfarbene Wellen trafen. War das die Insel in Vietnam, auf der er gelebt hatte?

Sie strich mit der Hand über das kühle Leder und unterdrückte den Drang, sich weiter in der Wohnung umzusehen. Die lustvolle Spannung, die sie vor wenigen Augenblicken verspürt hatte, war verschwunden. Was tat sie hier? Ein One-Night-Stand mit einem Mann, den sie nicht kannte, nicht mehr wiedersehen würde. War sie verrückt geworden? Energisch wandte sie sich zur Tür. Sie sollte gehen. Das Ganze vergessen.

Im Flur angekommen, kramte sie in ihrem Rucksack nach einem Stück Papier, als sich die Haustür öffnete und Robert, den Hund auf dem Arm, erschien. Er sah abgehetzt aus.

»Ich hab mich beeilt. Sorry, dass ich dich allein gelassen habe.« Er setzte den Mops auf den Boden, der sich sofort auf den Weg in die Küche machte. »Suchst du was?«, fragte er, den Blick auf ihre im Rucksack verborgene Hand gerichtet.

»Äh …«

»Du wolltest verschwinden und mir einen Zettel hinterlassen, stimmts?«

»Ich …« Anne merkte, wie sie errötete. »Ich …«

»Du bist mir keine Rechenschaft schuldig. Ein Glas Wasser kann ich dir trotzdem anbieten. Oder etwas anderes.« Seine Augen blitzten.

»Klar, das Wasser«, antwortete sie lahm und folgte ihm in die Küche, wo Luzifer vor einem leeren hellroten und einem mit Wasser gefüllten hellblauen Hundenapf saß und sein Herrchen erwartungsfroh ansah.

Robert öffnete den Kühlschrank und holte eine Wasserflasche hervor, goss sich und ihr ein. Den Hund ignorierte er.

»Soll ich dir ein Taxi rufen?«

Anne trank einen Schluck und fixierte ihn. Schwarze Jeans und ein weißes, über die Hose fallendes Oberhemd. Er fuhr sich mit der Hand durch die Haare und sagte nichts. Sie spürte, wie es unter ihrer Haut erneut zu kribbeln begann. Stromstöße, wie kleine Nadelstiche. Anne fühlte sich auf einmal wieder hellwach, elektrisiert. Langsam führte sie das Glas zum Mund, ihn weiter im Auge behaltend. Robert lehnte sich an die Küchentheke, beobachtete, wie sie das Wasser zur Seite stellte und auf ihn zukam. Ihr Mund näherte sich seinem und sie flüsterte: »Nein, ich möchte bleiben. Aber …«

»Aber?«

»Keine Verpflichtungen. Zu gar nichts.«

»Versprochen. Keine Verpflichtungen.«

Kapitel 5

Linda saß im Frühstücksraum, eine Schale mit Getreideflocken und Nüssen vor sich. Daneben ein Teller mit Melonen-, Kiwi- und Ananasscheiben. Anne schnappte sich ein Croissant vom Buffet und setzte sich ihr gegenüber.

»Guten Morgen meine Liebe, gut geschlafen?«

»Das ist wohl eher mein Text, oder?« Linda zerlegte das Obst in mundgerechte Teile, bevor sie es mit dem Müsli vermischte.

»Danke, ich kann mich nicht beklagen.« Anne brach ein Stück vom Gebäck ab und schob es sich in den Mund.

»Du siehst aus wie das blühende Leben, obwohl ...« Linda, die heute eines ihrer wadenlangen Blumenkleider trug, hob den Zeigefinger. »Ich entdecke Ringe unter den Augen. War wohl eine kurze Nacht.«

Anne kicherte. »Kann man so sagen. Ich esse noch eine Kleinigkeit und hüpfe danach unter die Dusche. In spätestens vierzig Minuten können wir los.«

»Kein Stress, wir haben jede Menge Zeit. Das Konzept nennt sich Urlaub. Erzähl. Wie war der Abend?«

»Das Essen im ›Rive‹ ist großartig. Da müssen wir mal zu zweit hingehen. Allein für den Blick auf die Elbe lohnt es sich.«

»Ich hab nicht ans Essen gedacht.«

»Du willst doch wohl keine Einzelheiten der letzten Nacht berichtet bekommen, oder?« Anne vertilgte den Rest des Croissants und stand auf. »Ich hol mir einen Milchkaffee und Rührei mit Speck.« Kurz darauf kam sie zurück, sie trug ein Tablett, beladen mit Käse, Rührei, Brötchen und Kaffee. »Wir werden uns nicht wiedersehen, das Ganze hat keine Zukunft.«

»Warum nicht?« Linda sah sie mit aufgerissenen Augen an.

»Ganz einfach. Er lebt über vierhundert Kilometer von mir entfernt.«

»Schon mal was von Fernbeziehung gehört?«

»Haha. Dafür bin ich zu alt und zu eingefahren.«

»Oha. Und was sagt er dazu?«

»Wir haben uns darauf geeinigt, es bei dieser Begegnung zu belassen. Keine Verpflichtungen.« Für einen Moment blitzte die Erinnerung an letzte Nacht auf. Die Zärtlichkeit, mit der Robert sie behandelt hatte, die Lust, von der sie dachte, dass sie sie mit dem Weggang von Johann verloren hätte. Alles war wieder möglich.

Linda schnappte sich eine Walnuss aus der Müslischale. »Das klingt so unsexy, so anwältinnenmäßig«, sagte sie undeutlich.

»Ich bin Anwältin.«

»Du bist in allererster Linie eine Frau.«

»Das stimmt. Welche Einkaufspassagen beehren wir heute zuerst?«

❁ ❁ ❁

Nach einem ausgiebigen Bummel durch die Innenstadt gönnten sie sich einen längeren Stopp bei einem Italiener in den Colonnaden.

»Puh, heute habe ich für die nächsten Monate genügend Boutiquen gesehen«, sagte Linda und räkelte sich.

»Dabei hast du außer einem T-Shirt überhaupt nichts gekauft«, antwortete Anne und verstaute diverse Tüten neben sich auf dem Stuhl.

»Ich bin halt nicht so kauffreudig wie du. Die Sachen, die ich im Kleiderschrank habe, reichen für die nächsten Jahre. Diese Wegwerfmentalität ist nichts für mich.«

»Du deutest mir jetzt nicht durch die Blume an, dass ich

zu viele Klamotten habe, oder? Wir hätten auch ins Museum gehen können«, sagte Anne schnippisch und winkte nach dem Ober. »Meinetwegen musstest du dich nicht durch die Läden quälen.«

»Ich hab mich nicht gequält. Im Gegenteil. Ich ...«

»Was wünschen die Damen?«

»Auf jeden Fall eine große Flasche Wasser«, sagte Anne. »Und die Speisekarte.« Sie nahm die Sonnenbrille ab und wühlte in ihrem Rucksack nach einem Putztuch. »Was wolltest du sagen? Ich hab dich unterbrochen.«

»Ich habe mich prächtig dabei amüsiert, dir beim Anprobieren zuzusehen. In solch elegante Läden gehe ich normalerweise nie.«

»In Hamburg gibt es davon auch deutlich mehr als in Köln.« Sie hauchte die Brillengläser an und polierte energisch.

»Es kann nicht sein, dass du schlechte Laune hast, oder?«

»Nein, warum?«

»Ach, nur so.«

Der Kellner erschien mit dem Wasser und goss ihnen ein. Die Menükarten legte er kommentarlos vor sie hin.

Anne trank hastig und musste husten. Linda rückte ihren Stuhl in den Schatten und las die handgeschriebene Tagesauswahl.

»Ich glaub, ich nehme einen Salat mit Mozzarella. Bis heute Abend halte ich es sonst nicht aus.«

»Erstaunlich, dass dir das reicht. Ich brauche eine Pizza oder ein Nudelgericht.«

»Nur zu.«

Anne verstaute das Brillenputztuch und zog ihr Smartphone aus der Tasche. Sie scrollte durch die Mitteilungen. Außer einer Rückrufbitte ihrer Sekretärin hatte sie keine Nachrichten. Weder von Noah noch von Robert. Entnervt deponierte sie das Handy auf dem Tisch und schnaubte. »Man sollte denken, dass mein Herr Sohn inzwischen ein

Lebenszeichen von sich gegeben hätte. Wenn es um ihn und seine Bedürfnisse geht, ist er immer präsent. Nicht mal eine schöne Reise hat er mir gewünscht.«

Linda sah auf und schob ihre Hand über Annes. »Ärgere dich nicht. Der schmollt einfach und braucht Zeit. Er ist noch jung.«

»Hm.«

»Kann es sein, nur theoretisch natürlich, dass du sauer bist, weil Robert sich nicht gemeldet hat?«

»Wieso?«

»Ach, ich dachte nur.« Linda lächelte sie an.

»Nein«, brummte Anne und ließ sich in den Stuhl fallen. Ihr Magen knurrte, ihr war ein wenig flau zumute. Kein Wunder, dass sie genervt war.

»Dann ist doch alles gut.«

Sie bestellten ihr Essen und Anne rief im Büro an. Eigentlich belästigte ihre Mitarbeiterin sie während des Urlaubs nicht. Es musste etwas Dringendes sein.

»Hallo Frau Vosswinkel, ich bin es. Ist was passiert?«

»Sorry, dass ich Sie störe«, ertönte es am anderen Ende der Leitung. »Ihr geschiedener Mann hat mehrfach versucht, Sie zu Hause zu erreichen. Er wollte Ihre Handynummer. Die hab ich ihm natürlich nicht gegeben.«

»Das war gut so.« Anne spielte mit ihrer Serviette und überlegte. Sie hatte nach der Trennung extra ihre Mobilnummer gewechselt, weil sie Johanns diverse Rechtfertigungsnachrichten nicht ertragen konnte. Seit zwei Jahren gab es null persönlichen Kontakt. Daran wollte sie festhalten. »Richten Sie ihm aus, dass er mir eine Mail schicken kann. Ob ich die in meinem Urlaub lese, weiß ich allerdings nicht. Und lassen Sie sich nicht von ihm beeindrucken. Die Handynummer bekommt er auf keinen Fall.«

»Okay, dann weiß ich Bescheid.«

»Sonst noch etwas? Hoffe, es ist alles im grünen Bereich?«

»Klar. Genießen Sie Ihren wohlverdienten Urlaub.«

»Das mache ich. Viele Grüße an alle.« Anne räusperte sich. »Stell dir vor, Johann hat sich gemeldet.«

»Oha, ist er zurück aus dem sonnigen Süden?«

»Keine Ahnung, ist mir auch egal. Wenn er was will, soll er es mir schreiben.« Anne verstaute das Smartphone wieder im Rucksack. Selbst, wenn ihr Ex reumütig vor ihr zu Kreuze kriechen würde, der Zug war abgefahren.

Das Essen kam. Die Pizza Diavolo verströmte einen betörenden Duft nach Knoblauch. Anne lief das Wasser im Mund zusammen, sie schnitt sich hastig ein Stück ab und probierte. Die scharfe Salami kombiniert mit Käse, Paprika und Tomaten schmeckte köstlich. »Wenn du willst, bedien dich, du kannst die Salami ja abmachen«, sagte sie kauend zu Linda, die sich statt Mozzarella für einen Salat mit Thunfisch entschieden hatte.

»Das ist lieb, aber danke. Iss du nur. Ich gönn mir später ein Eis oder ein Stück Kuchen.«

Mit jedem Bissen Pizza verschwand das flaue Gefühl im Magen. Anne leckte sich die Lippen und stöhnte leise auf. Über Kalorien konnte sie sich in Köln wieder Gedanken machen. Nach der Hälfte legte sie das Besteck weg und beobachtete Linda, die eine Scheibe Brot in ein Schälchen Olivenöl tunkte.

»Jetzt geht es mir schon deutlich besser. Du hast recht, ich hatte schlechte Laune, weil Robert sich nicht gemeldet hat. Total unlogisch, ich weiß. Entschuldige bitte.«

»Alles gut. Wir leben übrigens in emanzipierten Zeiten. Du kannst dich bei ihm melden. Ihm sagen, dass du trotz Entfernung über ein Wiedersehen nachdenkst.«

Anne steckte sich eine Olive in den Mund und kaute langsam darauf herum. »Nö, ich glaub, das wäre keine tolle Idee. Es ist nur ...«

»Ja?«

»Ach, schon gut.«

»Du magst ihn.«

»Ja.«

❁ ❁ ❁

Am anderen Morgen waren Anne und Linda die Letzten beim Frühstück. Den Abend zuvor hatten sie in einem Restaurant in der Nähe des Hotels bei einer Flasche Wein ausklingen lassen. Anne hatte sich verboten, auf ihrem Smartphone nach Nachrichten zu suchen. Diese Art der Disziplin musste machbar sein. Beide sprachen nicht mehr über Männer, schmiedeten stattdessen Pläne für den bevorstehenden Aufenthalt auf der Insel.

»Wir fahren gemütlich Richtung Autozug und wenn du willst, können wir in Husum Station machen. Da war ich vor vielen Jahren mal mit Milan.« Anne trank den Rest ihres Kaffees aus und strahlte Linda an. Seit sie den Entschluss gefasst hatte, nicht selbst aktiv zu werden, ging es ihr besser. Draußen wechselte sich die Sonne mit den Wolken am Himmel ab, es versprach, ein regenfreier Tag zu werden.

»Ich wusste gar nicht, dass du schon mal so weit im Norden warst.«

»Ich war mit Milan an der Nordsee in Dänemark campen. Hinter Esbjerg, am Strand von Blåvand. Es hat die ganze Zeit geregnet, irgendwann lief Wasser ins Zelt.«

»Klingt nach einem romantischen Urlaub.«

»Du wirst lachen, so war es. Wir waren jung und verliebt. Das Wetter war uns völlig egal.«

»Glaub ich sofort. Was ist nur mit uns passiert, dass wir heutzutage den äußeren Umständen so viel Beachtung widmen.« Linda stützte ihren Kopf in beide Hände.

»Das Alter. Heute käme ich nur mit Mühe morgens von einer Luftmatratze hoch. Abgesehen von den Rückenschmerzen oder dem nicht unwahrscheinlichen Bandscheibenvorfall.«

»Du möchtest nicht, dass ich darüber ernsthaft am Frühstückstisch nachdenke. Lass uns lieber zahlen und aufbrechen.«

»Dein Wunsch ist mir Befehl.«

❁ ❁ ❁

Sie entschieden sich für die Autobahn an der Westküste. Je weiter sie in den Norden kamen, umso flacher wurde die Landschaft. Rechts und links breiteten sich Weideflächen aus, von Kühen oder Schafen bevölkert. Marschland. Anne hatte vor der Abreise aus Hamburg die Karte studiert, die sich in der Seitenablage befand. Trotz Navigationsgerät würde sie ohne eine Straßenkarte niemals losfahren. Nachher funktionierte das System nicht und sie würde sich irgendwo in der Pampa wiederfinden.

Vor der Brücke zum Nord-Ostsee-Kanal hielten sie an und gingen zu Fuß zu einem Aussichtspunkt direkt unter dem Bauwerk.

»Nicht ganz so breit wie der Rhein«, sagte Linda und streckte die Arme zur Seite aus. Sie drehte sich einmal um ihre eigene Achse, ihr Rock flatterte.

»Trotzdem fahren hier größere Schiffe.« Anne wies auf ein Kreuzfahrtschiff, das sich von Osten näherte. »Ich hab gelesen, dass der Nord-Ostsee-Kanal die meistbefahrene künstliche Wasserstraße der Welt ist. Über fünfundzwanzigtausend Schiffe im Jahr.«

»Ich bewundere dein Zahlengedächtnis. Wie viele Schiffe fahren denn auf dem Rhein?«

»Keine Ahnung.« Anne zuckte mit den Schultern. »Das hat mich noch nie interessiert.«

Linda deutete auf eine Fähre, die Kurs auf das andere Ufer

nahm. »Wir hätten auch übersetzen können. Das wäre Entschleunigung pur.«

»Stimmt«, sagte Anne. »Wir wollen aber heute noch ankommen, oder?«

Hinter Heide endete die Autobahn, es ging auf der Bundesstraße weiter. Linda hatte das Steuer übernommen, sie achtete auf jede Geschwindigkeitsbegrenzung und ließ sich von dicht auffahrenden Wagen nicht aus der Fassung bringen. Anne bewunderte sie für ihren Gleichmut. Ihr Smartphone klingelte und der Name von Milan erschien auf dem Display. Auf den hatte sie keine Lust, sie drückte den Anruf weg. Sekunden später ploppte seine Nummer erneut auf. Hartnäckig war er schon früher gewesen. Zumindest, wenn es sich um ihn drehte.

»Jemand dran, den du nicht sprechen willst?«, fragte Linda, den Blick starr auf die Straße gerichtet.

»Milan.«

»Oha, was will der denn?«

»Mit Sicherheit nichts Erfreuliches.« Anne nahm das Gespräch entgegen. »Was ist los? Monatelang hör ich nichts von dir und nun schon der zweite Anruf innerhalb kurzer Zeit. Ich bin im Urlaub.«

»Hallo Anne. Ich weiß, dass du unterwegs bist. Es geht um unseren Sohn.«

»Gibt es ein Problem?«

»Noah stand gestern mit seinen Sachen vor meiner Tür, er will bei mir einziehen.«

Anne entwich ein keuchender Laut, eine Mischung zwischen Lachen und Heulen. Einen Moment lang hatte sie befürchtet, Noah wäre etwas zugestoßen. Hörte dieses Sich-Sorgen-Machen nie auf? »Ich kann das Problem nicht erkennen«, stieß sie hervor.

»Ich hab doch nur die Zweizimmerwohnung und Doris lebt seit Kurzem bei mir. Wie stellst du dir das vor? Wir haben keinen Platz.«

»Ich stell mir gar nichts mehr vor. Sprich mit deinem Sohn, er wird Verständnis haben, wenn er einige Gene von dir geerbt hat.«

»Das ist nicht witzig.«

»Finde ich schon. Bei mir kann er jedenfalls nicht mehr bleiben. Er ist alt genug, sich selbst um eine Wohnung zu kümmern. Alternativ schlage ich vor, dass er bei einem seiner Freunde oder seiner Freundinnen übergangsweise einzieht. Die haben in den letzten Jahren ja auch oft bei mir genächtigt.«

»Ist das dein letztes Wort?«

»Mein allerletztes.«

»Du wirst schon sehen, was du davon hast.« Die Verbindung brach ab.

»Ich bin stolz auf dich«, sagte Linda und warf ihr eine Kusshand zu.

Anne kicherte. »Ehrlich, ich auch. Wenn ich das jetzt nicht durchhalte, werde ich rückfällig. Warum ruft Noah nicht selbst an und schickt seinen Vater vor? Ich verstehe dieses Kind nicht.«

»Irgendwann wird er es dir danken.«

»Ich werde dich an deine Worte erinnern.«

Kapitel 6

Nach einem ausgiebigen Kaffeetrinken am Husumer Hafen fuhr ihnen der Autozug vor der Nase weg und es war bereits sieben, als sie in Morsum eintrafen. Sie parkten den Golf auf dem Stellplatz vor dem Haus, in dem sie eine Wohnung gemietet hatten. Linda holte den Schlüssel aus dem Schlüsseltresor, und beide betraten ihr Reich für die nächsten zweieinhalb Wochen. Das Wohnzimmer war mit einer Couch und zwei Sesseln zweckmäßig eingerichtet, an den Wänden hingen Fotos von der Insel. Eine Terrassentür führte zu einem Strandkorb, daneben stand ein Tisch mit Stühlen.

Im Freien war es frisch, die Luft würzig. Abgasfrei. Anne atmete tief ein und stellte sich dabei ihre Lunge vor, Bläschen, die sich mit Sauerstoff füllten. Linda jauchzte und breitete die Arme aus. »Schau, wir können jeden Abend den Sonnenuntergang bewundern. Kein Haus vor uns, nur grüne Wiese.«

»Mit ein paar Schafen drauf«, ergänzte Anne und deutete auf die Tiere, die man in der Ferne sehen konnte.

Linda trat auf sie zu und umarmte sie kurz. »Das wird wunderbar. Nur wir zwei und nichts außer Strand, Meer, Schafen und grüner Wiese. Perfekt.«

Anne lachte. »Nur wir zwei. Ohne Männer oder andere Katastrophen.« Sie hob die Hand und Linda klatschte ab.

Ein Klingelton kündigte den Eingang einer WhatsApp an. Beide griffen nach ihren Handys.

»Kaum sprechen wir von männerlosem Urlaub, meldet sich vermutlich einer«, sagte Anne und runzelte die Stirn. Sie hatte keine Nachricht bekommen.

Linda sah auf das Display. »Oha, bin gleich wieder da.« Sie warf ihr eine Kusshand zu und verschwand im Wohnzimmer. Anne verspürte ein flaues Gefühl im Magen. Kam das davon, dass weder Noah noch Robert von sich hören ließen oder hatte sie schlicht Hunger? Du solltest aufhören, immer ans Essen zu denken, dachte sie. Außerdem hast du Robert deutlich zu verstehen gegeben, dass du ihn nicht wiedersehen willst. Sie hob den Kopf und schaute in den Himmel. Vielleicht ignorierte er ihre Bitte. Sie fröstelte und ging nach drinnen. Linda war nicht zu sehen, die telefonierte bestimmt mit Lennart. Sei es drum: Sie würde die Lebensmittel in der Küche auspacken und sich um das Abendessen kümmern.

Es dauerte eine ganze Weile, bevor Linda auftauchte.

»Hat ein wenig gedauert, sorry.« Sie rollte mit den Augen. »Kochst du etwa?«

»Nudeln mit Tomatensauce.« Anne deutete auf das leere Saucenglas. »Du darfst nicht meckern.«

»Auf keinen Fall.« Linda tänzelte in Richtung Herd. Anne beschloss, sie nicht nach dem Anrufer zu fragen. Sollte sie es erzählen, wenn es wichtig war. »Ich bereite uns immerhin freiwillig eine Mahlzeit zu.«

»Ist klar. Die komplizierten Dinge überlässt du wie so oft mir«, sagte Linda.

»Redest du vom Abwasch?«

❁ ❁ ❁

Am anderen Morgen wurde Anne von Sonnenstrahlen geweckt. Reflexartig griff sie zum Smartphone, das auf dem Nachtisch deponiert war. Keine Nachrichten. Im selben Moment ärgerte sie sich über ihre Disziplinlosigkeit. »Was solls«, sagte sie laut und räkelte sich. Ich werde versuchen, maximal dreimal pro Tag auf das Teil zu sehen. Das muss machbar sein. Ging früher schließlich auch ohne Handy. Stattdessen lesen und die Natur genießen. Entschleunigung. Ob das funktionierte? »Wenn du es nicht probierst, hast du schon verloren«, murmelte sie und setzte sich auf. Ihr derzeitiger Krimi lag neben dem Bett auf der Erde. Der Bäcker hatte ab sieben Uhr geöffnet. Bis dahin war noch Zeit.

❁ ❁ ❁

Die nächsten Tage vergingen wie im Flug. Linda überredete Anne, Fahrräder zu leihen. Nach der ersten Unsicherheit genoss sie das Gefühl der Geschwindigkeit. Sich den Wind um die Nase wehen lassen. Sie erkundeten den Ostteil der Insel per Rad, liefen um das Morsum-Kliff und unternahmen eine Wattwanderung. Durch die Wiesen fuhren sie mit dem Auto quer über die Insel nach Rantum, von wo aus sie ausgiebig am Strand wanderten. Abends kochten sie abwechselnd, meistens Fisch, den sie beim Fischhändler in Westerland erstanden. Einmal lud Anne Linda ins Landhaus Severin*s am Kliff ein, wo sie bei Kerzenschein Nordseekrabbensuppe, gefolgt von Nordseesteinbutt, aßen. Spät wurde es nie, die ungewohnte körperliche Anstrengung kombiniert mit würziger Nordseeluft forderte ihren Tribut. Anne hatte seit Monaten nicht mehr so tief geschlafen. Noah und Robert meldeten sich nicht, das Smartphone blieb stumm.

❁ ❁ ❁

Am Anfang der dritten Ferienwoche schlug Linda vor, nach Kampen in die Kupferkanne zum Kaffeetrinken zu fahren. »Ich habe in deinem Reiseführer gelesen, dass das ein Muss ist. Die Innenräume sind zwar geschlossen, draußen soll man aber auch schön sitzen können.«

Anne, die es sich mit einem Roman im Strandkorb gemütlich gemacht hatte, blickte auf. »Du meinst, statt wie üblich zu Fuß ins Café Ingwersen einzufallen, sollen wir uns fein machen?«

»Nö, du kannst so bleiben. Mir ist nach Abwechslung.«

»Das sind ja ganz neue Töne«, sagte Anne und legte ihr Buch weg. »Hast du schon die Nase voll vom Landleben?«

Linda zuckte mit den Schultern. »Nein, obwohl ich Köln ein klein wenig vermisse.«

»Echt?«

»Na ja, den Lärm und Gestank der Autos nicht. Aber ...«

»Schon erstaunlich, dass eine Düsseldorferin Sehnsucht nach Köln hat«, unterbrach Anne sie.

»Quatsch. Ich habe keine Sehnsucht, will nur mal in ein anderes Café.«

»Zu Befehl Madam«, sagte Anne und erhob sich langsam aus dem Korb.

* * *

Sie hatten Glück und mussten nicht lange warten, bis ihnen ein Platz zugewiesen wurde. Die Tische standen eingebettet zwischen Nadelhölzern und blühenden Gewächsen. Das Lokal war gut besucht, in jeder Nische saßen Leute.

Anne studierte die Karte und entschied sich für Pflaumenkuchen mit Sahne. Linda wählte Apfelkuchen und beide staunten wenig später über die riesigen Portionen.

»Wow, ich brauche heute Abend nichts mehr zu essen«, sagte Anne und klopfte sich auf den Bauch.

»Das mit den hausgemachten großen Kuchenstücken hab ich in deinem Reiseführer gelesen«, antwortete Linda. »Wie ich uns kenne, essen wir trotzdem heute Abend noch mal.«

»Ich fürchte auch. Wenn ich überlege, dass ich das zu Hause alles wieder abnehmen muss.«

»Wer sagt das?«

Anne musterte Linda, die eines ihrer Blumenkleider anhatte. Um den Hals hatte sie einen roten Schal gewickelt, zum Schutz gegen die Sonne trug sie ihren Strohhut.

»Ich muss schließlich in meine Kostüme passen. Hast du das vorhin ernst gemeint?«

»Was?«

»Dass du Köln vermisst.«

»Nee. Hier ist es wunderschön. Obwohl ich nirgendwo anders als in Köln leben möchte. So langsam freue ich mich auf zu Haus.«

»Ernsthaft?«, schoss es aus Anne hervor. »Ich könnte hierbleiben. Zumindest noch eine Weile. Wenn ich an mein Büro denke ...«

»Sollst du nicht, erst am Montag wieder.«

Anne schüttelte den Kopf. »Geht dir das nicht so?«

»Ich genieße es, hier mit dir zu sein.« Linda legte die Kuchengabel zur Seite und strich Anne über den Arm. »Das weißt du auch. Ich war total urlaubsreif. Inzwischen habe ich beinahe Sehnsucht nach meinen Patienten.« Sie brach in schallendes Gelächter aus. »Nicht nach allen natürlich.«

»Ich brauch wohl noch ein paar Wochen«, sagte Anne nachdenklich. »Hab noch gar keine Lust, wieder zu arbeiten.«

»Das kommt, wenn du wieder da bist.«

»Hm.« In Annes Gehirn arbeitete es. Plötzlich tauchte das Bild von Robert auf. Robert, an den zu erinnern sie sich verboten hatte. In Köln wartete niemand auf sie. »Moment«, sagte Anne und räusperte sich. »Kann es sein, dass es sich bei deiner Sehnsucht nach Köln in Wahrheit um Sehnsucht nach Lennart handelt?«

Linda errötete und hob abwehrend die Hände. »Quatsch. Was du immer hast.«

»Du liebst ihn noch.«

»Ich ...« Linda schaute auf den Rest ihres Kuchens.

»Er wird dich wieder im Stich lassen.«

»Vielleicht hat er sich verändert.«

»Glaubst du, dass Menschen sich so grundlegend verwandeln können?«

»Ja.« Linda blickte ihr in die Augen. »Ja, das glaube ich.«

»Ich nicht.«

»Du kannst dich auch verändern. Wenn du nicht glücklich in deiner Kanzlei bist, mach was anderes. Gestalte dein Leben um. Schmeiß deine Kostüme weg.«

»Wie soll das gehen in meinem Alter?«

»Du bist nicht scheintot, sondern einundfünfzig Jahre. In dem Alter orientieren sich manche Menschen komplett neu.«

»Und selbst wenn. Wovon soll ich leben?«

»Es muss ja nicht gleich eine totale berufliche Veränderung sein. Verringere deine Arbeitszeit und denk in Ruhe nach. Du hast so viele Talente. Außerdem kannst du notfalls deine Wohnung verkaufen und dein Aktiendepot auflösen. Wenn es dir ernst ist.«

»Das ist meine Altersversorgung.«

»Was nützt dir die Altersversorgung, wenn du unglücklich bist.« Linda hatte sich in Rage geredet, fuchtelte mit den Händen in der Luft herum.

»Ich stelle mir gerade vor, Noah müsste im Alter für mich sorgen.« Anne schüttelte sich in gespieltem Entsetzen.

»Das sind alles Ausreden.«

»So absolut kenne ich dich gar nicht:«

»Ich hatte in den letzten Tagen Zeit zum Nachdenken. Wir müssen das nehmen, was uns das Leben anbietet. Sonst bereuen wir am Ende die verpassten Chancen.«

»Redest du von Lennart?«

»Auch. Ich weiß, dass er in der Vergangenheit Fehler gemacht hat, nicht zuverlässig war. Er ...«

»Nicht zuverlässig nennst du seine Affären?«, fiel Anne ihr ins Wort.

»Lass mich bitte ausreden«, sagte Linda mit fester Stimme. »Wir haben in den letzten Nächten miteinander telefoniert. Wir wollen es nochmals probieren.«

»Wow.« Anne blieb die Sprache weg. Ein Stich fuhr ihr in

die Brust. Sie atmete tief ein und wieder aus. Der Schmerz ließ langsam nach.

Linda starrte durch sie durch. »Ich kann dir auch nicht sagen, ob es klappen wird. Was ich aber tief in mir drin weiß, ist, dass ich es versuchen muss.«

»Na dann«, quetschte Anne aus sich heraus.

»Mach dir keine Sorgen«, antwortete Linda und streichelte ihre Hand.

»Wenn es schief geht, nehme ich dich auf. Das weißt du doch, oder?«

»Ja, das weiß ich.«

Sie zahlten und gingen schweigend zum Watt hinunter. In Anne wirbelten die Gedanken wild durcheinander. Sie hatte nicht einen Blick für die Heidelandschaft, hinter der sich das Wattenmeer in leuchtenden Blautönen zeigte. Ihre beste Freundin zog mit einem Hallodri zusammen und sie? Konnte es sein, dass sie eifersüchtig war? Ihr das Glück nicht gönnte? Und wenn es in einem Fiasko endete? Wieso dachte sie als Erstes immer an Katastrophen?

»Wenn du dir hier ein Haus kaufen willst, musst du echt viel Schotter haben«, sagte Linda und deutete auf ein reetgedecktes Anwesen mit Wattblick.

»Da kommst du mit zwei Millionen nicht hin. Wahnsinn, oder?«

»Ich finde es beruhigend, dass es so reiche Leute gibt.«

»Wieso das?«

»Wäre doch langweilig, wenn alle das gleiche Vermögen hätten. Und klar, die Reichen sollen was abgeben an die Armen. Wenn es nur Arme gäbe, wäre das ein Problem.«

»Interessante Philosophie«, sagte Anne und verscheuchte mit der Hand eine Biene, die vor ihrem Gesicht herumschwirrte.

»Nicht so ernst gemeint. Ich bin jedenfalls nicht neidisch. Die Millionäre haben auch Probleme. Mehr Geld, mehr Verantwortung. Fortwährend Angst vor Steuern zu haben, bereitet den Menschen schlaflose Nächte. Sterben müssen wir alle. Obwohl ...« Sie legte den Arm um Anne, die stehen geblieben war, um sich das Gebäude näher anzusehen. »Ich würde dich jederzeit hier besuchen.«

»Du meinst, wenn ich mich hier niederlasse, nachdem ich im Lotto gewonnen habe.« Ihre schlechte Stimmung war verschwunden. Sie würde sich die letzten Urlaubstage nicht selbst vermiesen.

»Du spielst überhaupt kein Lotto.«

»Du hast doch gesagt, ich soll mich verändern.«

Kapitel 7

Am Abend saßen Linda und Anne zusammen im Strandkorb und beobachteten die Schafe, die in der Dämmerung nebeneinander grasten. Anne hatte ihr Smartphone dabei und machte Fotos von sich, Linda und den Tieren.

»Als Kind wollte ich auf einem Bauernhof leben«, sagte Linda und stieß Anne leicht in die Seite. »Stattdessen sitze ich in Köln und therapiere Menschen.«

»Dabei brauchen Schafe bestimmt ab und zu auch therapeutische Unterstützung«, sagte Anne und kicherte.

»Besonders die schwarzen.«

»Bereust du irgendetwas?«

Linda schwieg und trank einen Schluck Wein. »Nein, ich bin zufrieden mit meinem Job. Ich liebe Köln und möchte nirgendwo anders leben. Manchmal ...« Sie stoppte und wackelte mit ihren Zehen.

»Manchmal?«

»Ich wäre gern Mutter. Aber es hat halt nicht sein sollen.«

»Du wärst eine tolle Mutter. Im Gegensatz zu mir. Noah hat sich bis jetzt nicht gemeldet. Offenbar geht es ihm gut. Auch ohne mich.«

»Klar gehts ihm gut. Lass ihm Zeit, er muss seinen Stolz überwinden.«

»Sicher.« Anne lachte kurz auf. »Ich würd am liebsten Mäuschen spielen. Noah zusammen mit seinem Vater und Doris in der kleinen Wohnung.«

»Das ist nicht nett«, fiel Linda in ihr Giggeln ein.

»Nein, ist es nicht. Vielleicht malen sie nun zusammen Plakate für die nächste Demo.« Annes Bauch vibrierte vor Lachen. »Oder«, keuchte sie, »die Klimaaktivisten sitzen bis morgens um vier im Wohnzimmer und diskutieren die letzten

Wahlstrategien, während Milan und Doris um Schlaf ringen.« Ihr flossen Tränen die Wangen hinunter und sie wischte sich über die Augen.

Linda tätschelte ihren Arm. »Du vermisst ihn.«

»Ja und nein.«

Das Display ihres Smartphones leuchtete auf, bei WhatsApp war eine Nachricht eingegangen. »Warte mal, vielleicht ist das Noah.« Anne öffnete die App und stutzte. Ihr Herzschlag beschleunigte sich und sie schirmte mit der Hand den Bildschirm ab. »Augenblick, das ist nicht Noah. Ich komme gleich wieder.« Hastig stand sie auf und stieg über Lindas Beine, das Handy fest umklammert.

»Hey, pass auf.« Das Weinglas auf dem Schwenktisch wackelte und wäre zu Boden gefallen, wenn Linda es nicht festgehalten hätte.

»Sorry.«

Anne lief durchs Wohnzimmer in ihr Schlafzimmer und setzte sich auf das Bett. Ihre Finger zitterten, als sie sich durch die Mitteilung scrollte. *Moin Anne. Ich weiß, dass wir uns nicht wiedersehen wollten. Bin ab morgen mit meiner Mutter und Emilia auf der Insel, die beiden zieht es nach Sylt. Lass uns unvernünftig sein und es als Wink des Schicksals begreifen. Ruf mich an.*

Sie starrte auf die Buchstaben, ohne sie zu sehen. Ihre Haut prickelte und sie umfasste sich mit den Armen, hielt sich minutenlang umfangen. Gedanken wirbelten durcheinander, der Verstand meldete sich. Pro und Contra, abwägen. Denk nach. Ihr Zeigefinger kreiste über dem Display, sie drückte auf die Nummer.

»Hallo du«, ertönte die Stimme von Robert. »Ich bin so froh, dass du dich meldest.«

»Ich auch«, flüsterte Anne. »Obwohl es gegen alle Regeln verstößt.«

»Immer noch die Anwältin.«

»Ja. Die begleitet mich auch im Urlaub. Du kommst nach Sylt?«

»Emilia und meine Mutter möchten eine Freundin besuchen, die in Wenningstedt lebt. Sie haben die Frau letztes Weihnachten auf der Insel kennengelernt. Das Zimmer im Miramar ist reserviert, wir fahren morgen früh los.«

»Ich dachte, die Insel sei komplett ausgebucht?«

»Dachte ich auch, aber du weißt nicht, wie hartnäckig die beiden sein können. Vermutlich haben sie dem Hotelchef die Hölle heißgemacht.«

»Und du? Wie lange bleibst du?« Anne presste ihre Hand auf den Oberschenkel, um das Zittern zu stoppen.

»Ich hab kein Zimmer, fahre abends zurück und hole die Damen am Sonntag wieder ab. So eine Art Shuttleservice. Nächste Woche fliegen sie zurück nach Mallorca.« Er seufzte.

»Ist das ein bedauernder Seufzer?«

»Die beiden können ganz schön anstrengend sein. Du hast sie ja kennengelernt. Aber ich vermisse sie auch, wenn sie nicht da sind. Sind nicht mehr die Jüngsten und man weiß nie ...«

»Besuchst du sie in Spanien?«

»Mal sehen. Treffen wir uns morgen?«

Anne knetete die Bettdecke. Sie schloss die Augen und spürte, wie sich ihr Herzschlag beschleunigte.

»Anne?«

»Ja, wir sehen uns morgen. Aber ...?«

»Keine Verpflichtungen, ich weiß.«

»Gute Nacht.«

»Gute Nacht, schlaf schön.«

Langsam tastete sie sich durch die Wohnung zurück zur Terrasse. Es war inzwischen so dunkel, dass sie aufpassen musste, nicht an Möbelstücke zu stoßen. Draußen leuchtete ihr Kerzenlicht entgegen, Linda hatte das Windlicht angezündet.

»Na, hat sich Robert endlich gemeldet?«

»Woher weißt du das?«

»Ich bin deine beste Freundin und außerdem Psychologin.«

»Haha.« Anne schenkte sich vom Wein ein, der in einem Flaschenkühler auf dem Tisch stand. Sie quetschte sich in den Strandkorb. »Du hast recht. Er fährt morgen seine Mutter und Emilia nach Sylt, die beiden bleiben ein paar Tage hier.«

»Oha. Trefft ihr euch?«

Anne zog die Schultern hoch. Sie hatte bei der Verabredung mit Robert komplett ausgeblendet, dass sie nicht allein auf der Insel war.

»Ist das in Ordnung für dich? Ich meine ...«

»Sei nicht albern«, unterbrach Linda sie. »Natürlich triffst du ihn. Wenn er keine Unterkunft hat, schläft er halt bei uns. Besser gesagt, bei dir.« Sie knuffte Anne.

»Er will morgen zurück nach Hamburg.«

»Vielleicht überlegt er sich das noch.« Linda kicherte. »Ich unterhalte so lange die beiden Ladys.«

Anne tastete nach Lindas Hand. »Du bist lieb.«

»Ich weiß.«

»Linda, ich ...«

»Ja?«

»Ich bin nicht so optimistisch wie du, wenn es um Männer geht. Ich meine, ich ... hab Schwierigkeiten, wieder jemandem zu vertrauen. Mich neu einzulassen.«

»Mach dir nicht so einen Stress, genieß doch einfach mal.«

»Dir gelingt das mühelos. Deshalb muss ich mich auch um dich kümmern. Erst recht, wenn du wieder mit Lennart zusammenkommst.«

»Anne, jetzt gehst du ...«

»Das war Spaß«, unterbrach sie Linda.

»Ich bin mir da nicht so sicher.«

❁ ❁ ❁

Am nächsten Morgen erwachte Anne mit einem Kribbeln im Bauch. Vorfreude. Du benimmst dich wie ein Teenager im Liebestaumel, dachte sie und räkelte sich unter der Bettdecke. Sie hörte, wie die Wohnungstür ins Schloss fiel. Linda war auf dem Weg zum Bäcker.

Im Badezimmer drehte sie den Regler voll auf und genoss den warmen Wasserstrahl. Minutenlang blieb sie stehen. Erst als sie vor lauter Dampf die Duschwand nicht mehr erkennen konnte, schaltete sie das Wasser aus. Zu Hause hatte Noah sich über ihr endloses Duschen moniert. Damit war Schluss, die Wohnung gehörte wieder ihr. Sie trocknete sich ab und wischte mit dem Handtuch über den Spiegel. Ihr Gesicht hatte Farbe bekommen, trotz Lichtschutzfaktor fünfzig. Behutsam verrieb sie Sonnenschutzcreme und verzog ihre Lippen zu einem Grinsen. Die Falten waren nicht verschwunden, im Gegenteil. Egal. Entweder Runzeln oder jung sterben, pflegte ihre Mutter zu sagen. Die war kurz vor ihrem achtzigsten Geburtstag an einem Schlaganfall verstorben, der Vater wenige Monate später. Ohne seine Frau hatte er es nicht ausgehalten. Fast sechzig Jahre verheiratet, eine Leistung, die Anne nicht vergönnt war. Mit Johann war sie auf dem richtigen Weg gewesen. Vielleicht war sie für lange Beziehungen nicht geschaffen. Sie sollte sich den Rat von Linda zu Herzen nehmen: einfach genießen, solange es möglich war.

❁ ❁ ❁

Robert meldete sich am frühen Nachmittag per WhatsApp. *Sind im Westerland angekommen. Sehen wir uns nachher zu dritt am Strand? Mutter und Emilia erholen sich von der Fahrt, wollen uns alle um halb sieben im Hotel zum Essen einladen. Lust?*

Anne betrachtete Linda, die neben ihr mit Kopfhörern im Ohr auf dem Liegestuhl lag. Sie lauschte mit geschlossenen Augen einem Hörbuch oder sie schlief. Anne erhob sich und klopfte ihr leicht auf die Schulter. Linda zuckte zusammen, das iPad auf ihrem Bauch rutschte zur Seite.

»Erschreck mich nicht so.« Sie zog die Ohrenstöpsel heraus.

»Sorry. Robert will sich mit uns am Strand treffen.«

»Mit mir auch? Bist du sicher?«

»Klar. Emilia und Dorothea haben uns heute Abend zum Essen eingeladen. Wird bestimmt lustig.«

»So so. Ich denke, ich verbringe den Tag heute in diesem Gerät und rühre mich nicht vom Fleck. Du holst mich nachher zum Essen ab.«

Anne schüttelte den Kopf. »Ich will dich nicht ausschließen, bitte, komm mit.«

»Du ziehst dir jetzt was an und los gehts. Ich unterhalte mich prima mit meinem Thriller.«

Anne umarmte sie von hinten und presste ihre Stirn an ihre Wange. »Danke.«

❁ ❁ ❁

Sie hatten sich vor dem »Miramar« verabredet. Anne entdeckte Robert sofort. Durch ihre schwarze Sonnenbrille beobachtete sie, wie er vor dem Eingang des Hotels hin- und herlief. Kurze Hose und T-Shirt, die Haare zum Pferdeschwanz gebunden. Ihr Herz pochte und ihr Atem beschleunigte sich. Sie holte tief Luft und zwang sich, einige Sekunden zu warten, bevor sie langsam auf ihn zuschritt. Er erkannte sie erst, als sie vor ihm stand.

»Hallo Robert«, sagte Anne und beugte sich zu ihm, um ihm einen Wangenkuss zu geben.

Robert bewegte sich ebenfalls in ihre Richtung und die beiden Köpfe stießen aneinander.

»Oh, sorry«, sagte Anne und rieb sich die Schläfe.

»Keine Beule, hoffe ich. Nochmals richtig.« Er legte die Hände um ihr Gesicht und drückte seinen Mund zärtlich auf ihren. Automatisch öffnete sie die Lippen und schmeckte einen Hauch von Kaffee. In ihr vibrierte es, sie drängte sich näher an ihn heran. Robert seufzte und erwiderte den Kuss.

Etwas berührte ihr Bein und sie fuhr zusammen. Ein schwarzer Mischlingshund war an ihr vorbeigeschossen, Kurs auf den Strand nehmend.

»Wo ist Luzifer?«, fragte sie Robert und trat einen Schritt zurück.

»Den hab ich bei meiner Nachbarin gelassen. Da kann er mit ihrem Dackel spielen. Wasser ist nicht so sein Fall. Lange Autofahrten auch nicht.« Er rollte mit den Augen und zog aus seinem Rucksack eine Baseballkappe hervor, die er sich aufsetzte. »Wollen wir runter zum Strand? Ich muss wenigstens die Füße ins Nasse halten.«

An der Kurkartenkontrolle löste Robert eine Tageskarte. Sie schlenderten über die Promenade in Richtung Wenningstedt. Auf der Spaziermeile wimmelte es von Besuchern, einige trugen Masken. Anne war die Menschenmassen nicht mehr gewöhnt und versuchte, den Entgegenkommenden auszuweichen. Robert nahm ihren Arm.

»Komm, nix wie weg hier, am Strand ist es nicht so voll.«

Sie zogen ihre Schuhe aus und gingen Händchen haltend zur Wasserkante. Es herrschte Ebbe, der feuchte Untergrund war ideal zum Gehen. Robert watete ins Meer, während Anne die herankommenden Wellen über die Füße fließen ließ. Das Wasser war erfrischend, zum Baden allerdings zu kalt für sie.

»Wenn du schwimmen willst, nur zu«, rief sie.

»Ich hab keine Badehose mit«, antwortete er, kam zurück und fasste erneut ihre Hand.

»Da vorne ist der FKK-Strand.« Anne zeigte nach Norden.

»Nur, wenn du mitkommst.«

»Null Chance, ich bin eine Warmduscherin.«

Sie liefen an der Wasserlinie entlang und Anne erzählte ihm, wie erholsam es die letzten Tage auf der Insel gewesen waren. »Ich hab momentan wenig Lust auf Köln und mein Büro. Lieber würde ich hierbleiben, am Strand laufen und meine Nase in Bücher stecken.«

»Hast du überhaupt schon mal eine längere Auszeit vom Job genommen?«

»Noch nie. Noah kam nach dem zweiten Examen zur Welt und ich musste mich sputen, Geld zu verdienen.«

»Was war mit dem Vater?«

»Milan hat mich mit dem Kind sitzen gelassen, seine finanzielle Unterstützung war eher«, sie bückte sich nach einer Muschel, »dürftig.«

»Verstehe.«

»Glaub ich nicht.« Sie hob den Kopf und sah ihn an. Beide waren stehen geblieben. »Ohne die Hilfe von Freunden und harter Arbeit hätte ich das damals nicht geschafft.«

Er blinzelte. »Du hast recht, entschuldige. Ich rede ab und zu ohne nachzudenken drauflos.«

»Immerhin gibst du es zu. Nicht einfach für einen Mann, oder?« Sie knuffte ihn spielerisch in die Seite.

»Dein Männerbild scheint verbesserungswürdig zu sein.«

»Yep.«

Sie gingen weiter und Anne wich einer rötlichen Qualle aus.

»Feuerquallen. Als ich Kind war, gabs die häufig hier.«

»Ist das erfreulich oder nicht?«

»Was meinst du?«

»Na, Feuerquallen sind doch eher blöd. Zumindest für den Badeurlauber.«

»Sie sind bestimmt für irgendetwas gut.«

»Ja.« Noah hätte ihr an dieser Stelle einen Vortrag über den Nutzen eines jeden Lebewesens gehalten. Sie seufzte.

»Alles in Ordnung?« Robert griff nach ihrer Hand und streichelte sie mit dem Daumen. Ihr Herz pochte und das Bild ihres Sohnes verschwand. Brauchte sie so dringend einen Mann? Sie beschleunigte das Tempo.

»Ich hab an Noah gedacht, meinen Sohn. Der hätte jetzt über das Artensterben doziert.«

»Nichts daran ist falsch, oder?«

»Nein, im Gegenteil. Nur, dass er kein anderes Thema mehr hat, ist anstrengend.«

»Das Privileg der Jugend. Ohne die wären wir weiter vom Umweltschutz entfernt als je zuvor.«

»Stimmt.«

»Er fehlt dir.«

»Wer?«

»Dein Sohn.«

»Ja, aber keine Sorge. Der meldet sich wieder. Spätestens, wenn er Geld benötigt.« Anne merkte, wie verbittert das klang, und zwang sich zu einem Lächeln. »Lass uns von was anderem reden.«

»Klar. Denkst du, wir könnten hinter diesen Dünen ein wenig knutschen?«

Kapitel 8

»Warst du in der Nordsee?«, fragte Linda, die Anne im Wohnzimmer erwartete. Linda hatte sich für den Abend umgezogen, ein schwarzes Kleid mit weißen abstrakten Mustern gewählt. Lippenstift und leichtes Augen Make-up vervollständigten das Bild.

»Nur mit den Füßen. Wow«, sagte Anne und schlüpfte aus den Segelschuhen. »Du hast dich ja richtig fein gemacht. Sogar geschminkt.«

»Immerhin gehen wir in ein vornehmes Restaurant. Die Ladys haben sich bestimmt in Schale geworfen. Ich will sie nicht enttäuschen.« Sie musterte Anne. »Du siehst so aus, als könntest du eine Dusche brauchen. Beeil dich, ist schon kurz vor sechs.«

»Ja, bin gleich wieder da. Habe Robert gesagt, dass es ein paar Minuten später werden kann.«

»Wars schön?«

»Ja.«

»Erzählst du mir mehr?«

»Nein.«

»Dachte ich mir schon.«

Anne zog sich im Badezimmer langsam aus. Sand rieselte aus den Klamotten auf den Kachelboden. Ihre Beine und Arme waren von einer dünnen Schicht überzogen und erinnerten an ein paniertes Schnitzel. Im Spiegel leuchtete ihr ein rotes Gesicht entgegen, die Haare zerzaust.

Sie stand minutenlang unter dem warmen Wasserstrahl, bewegte sich nicht. Das Wasser prickelte auf ihrer Haut. Sie verrieb Duschgel, ein zitroniger Duft breitete sich aus. Für einen Augenblick schweiften ihre Gedanken zum Nachmittag, zu den Küssen in den Dünen. Seine Hände auf ihrer Brust. Herumknutschen wie Teenager.

Beim Anziehen rief sie sich die Worte von Robert in Erinnerung. Eine Auszeit nehmen. Der Mann hatte null Ahnung von der Realität. Er hatte kein Kind, das er ernähren musste. Hatte nicht bei Krankheit nächtelang am Bett gewacht oder sich gegen Ende des Monats gefragt, woher das Geld für die Miete kommen sollte. Hippiekarriere in Vietnam. Sie schnaubte und bürstete ihre Haare mit energischen Strichen. Männer.

❁ ❁ ❁

Robert erhob sich, als sie den Speisesaal betraten. Sein Zopf glänzte feucht, er hatte sich rasiert. Ein helles Oberhemd locker über einer schwarzen Jeans, um den Hals ein rot-weiß gestreifter Schal.

»Moin zusammen.« Er gab Linda und Anne einen Kuss auf die Wange. »Toll siehst du aus«, flüsterte er in Annes Ohr. »Können wir das heute Nacht fortsetzen?«

Anne spürte, wie sich ihr Gesicht rötete. Sie trat hastig einen Schritt zur Seite.

»So schnell sieht man sich von Neuem«, sagte Dorothea und klopfte auf den Stuhl neben sich. »Anne, setz dich doch zu mir.«

»Guten Abend«, antwortete sie und streckte ihren Arm zur Begrüßung aus, zog ihn sofort wieder zurück. »Ups«, brach es aus ihr heraus. »Ich weiß gar nicht, ob das in Ordnung ist.«

»Klar«, rief Emilia. »Wir sitzen den ganzen Abend hier zusammen und sind alle geimpft. Stimmt doch, oder?« Sie hielt ihr die Hand hin, die Anne schüttelte. Dorothea nickte zu ihr hin und trommelte erneut auf den leeren Platz.

Der Tisch war in Weiß eingedeckt, mit Kerzen und cremefarbenen Rosen. Gediegenes Ambiente. Emilia und Dorothea wirkten wie exotische Blumen. Roberts Mutter war in Blautönen, Emilia in Rot gewandet. Beide trugen Blusen mit Papageien, die vom selben Designer stammten. Gut, dass sie sich für ein schlichtes schwarzes Leinenkleid entschieden hatte.

»Wie schön, dass wir uns so schnell wiedersehen«, sagte Linda, die sich neben Emilia gesetzt hatte.

»Ja, nicht wahr. Manchmal muss man Schicksal spielen.« Emilia lächelte ihr zu und legte ihre Hände auf die Tischplatte. Anne bemerkte, dass die Finger mit breiten Ringen geschmückt waren. An den Handgelenken baumelten Armbänder mit rötlichen Steinen.

Robert hustete und Dorothea winkte nach dem Kellner. »Ein Glas Champagner für uns alle.«

»Ich möchte ein Jever«, sagte Robert.

»Sehr wohl die Herrschaften, ich bringe Ihnen gleich unsere heutige Menüwahl.«

»Betrachtet euch als eingeladen«, rief Emilia und klatschte in die Hände. »So jung kommen wir nicht mehr zusammen.«

»Aber ...«, protestierte Anne.

»Nix da, Kindchen, ich kann mein Geld nicht ins Grab mitnehmen.«

»Da hat sie ausnahmsweise recht«, sagte Dorothea. »Mein Erbe geht natürlich an dich.« Sie warf Robert einen Blick zu, dabei verzogen sich ihre dunkelrot geschminkten Lippen zu einem breiten Lächeln. »Das Haus auf Mallorca und alles andere. Emilia muss da wohnen bleiben.«

»Wieso denkst du, dass du vor mir stirbst?«

»Du bist zäh.«

»Natürlich bleibt ihr beide so lang wie möglich auf Mallorca, ist doch klar«, mischte sich Robert ungeduldig ein.

»Meinem Sohn sind Gespräche über den Tod unangenehm. Kaum zu glauben, dass er mit dir über Testamente gesprochen hat. Das Interview muss ich unbedingt lesen.«

»Ich schicke es dir zu«, sagte Robert und verdrehte die Augen.

»Die meisten Menschen sprechen nicht über den Tod«, sagte Anne. »Obwohl es das Einzige auf Erden ist, was wirklich sicher ist.«

»Wahre Worte«, sagte Emilia. »Ich hab schon vor langer Zeit meinen letzten Willen verfasst.«

»Das hoffe ich doch«, konterte Dorothea.

»Ich denke, du stirbst vor mir.«

»Trotzdem. Nicht auszudenken, wenn es doch anders kommen sollte und ich mich mit deiner Verwandtschaft rumschlagen muss.«

»Dafür hast du doch jetzt Anne.«

»Anne ist im Urlaub! Können wir bitte von etwas anderem reden?« Robert berührte sie unter dem Tisch mit seinem Knie.

»Ist schon in Ordnung. Hauptsache, du hast ein ordentliches Testament gemacht.«

»Klar, ich habe alles aufgeschrieben.«

»Mit der Hand?«

»Natürlich, ich bin doch nicht blöd.«

»Wunderbar.« Anne rückte von Roberts Bein weg. Sie konnte sich nicht konzentrieren, wenn er so dicht neben ihr saß.

»Ich habe auch ein Testament«, meldete sich Linda zu Wort. »Anne hat so lange auf mich eingeredet, bis ich es geschrieben habe.«

»Das gehört zu meiner Jobbeschreibung«, verteidigte Anne sich.

»Hast du Kinder?«, fragte Emilia in Richtung von Linda.

»Nein«, antwortete die. »Auch keinen Ehemann.«

»Hat auch Vorteile, das Alleinleben«, brummte Robert.

Anne presste die Finger unter dem Tisch zusammen und versuchte, nicht laut loszulachen. Die beiden Ladys nahmen kein Blatt vor den Mund. Robert hatte es nicht einfach. Der Kellner erschien mit den Getränken und sie prosteten sich zu.

»Auf einen schönen Abend«, sagte sie und stieß mit allen an.

Beim Essen plauderten sie über die Unterschiede zwischen der Nordseeinsel und Mallorca.

»Für alte Knochen ist das warme und sonnige Wetter wichtig, Kindchen«, sagte Emilia und fuchtelte mit ihrer Gabel herum. »Das wirst du auch merken, wenn du in mein Alter kommst.«

»So jung sind wir nicht mehr«, meinte Linda. »Ich bin das erste Mal im Norden, habe sonst immer Urlaub im Süden gemacht. Hauptsächlich wegen der Temperaturen und dem südlichen Flair. Ihr wisst schon: lange draußen sitzen, der Duft vom Oleander, farbenfrohe Sonnenuntergänge, weiche Luft, Tapas ...«

»Das hört sich sehnsüchtig an, meine Liebe.« Emilia klopfte mit dem Messer auf den Tisch. »Du musst uns unbedingt in Llucmajor besuchen.«

»Das mache ich auf jeden Fall, versprochen«, sagte Linda. »Hier gefällt es mir auch sehr gut. Ist halt anders, aber ...«

»Tolle Sonnenuntergänge erlebt man an der Nordsee ebenfalls«, unterbrach Robert sie. »Schau mal raus.«

Alle wandten ihr Gesicht zum Fenster, wo die Sonne rot am Horizont zu schwimmen schien. Anne spürte, wie Robert ihr mit den Fingern über das Knie strich. Sich nach oben tastete. Hastig schob sie seine Hand zur Seite.

»Wann geht der letzte Autozug«, fragte Dorothea. »Schaffst du noch das Dessert?«

War das ein Test? Hatte Dorothea die Annäherung ihres Sohnes bemerkt?

»Ich dachte, du bleibst auch bis Samstag«, sagte Linda und suchte den Blick von Anne.

»Bei uns ist kein Platz frei«, rief Emilia. »Wir hatten schon Riesenglück, dass es für uns ein Zimmer gab.«

»Das war kein Riesenglück, sondern meine gute Organisation und Verhandlungsgeschick.« Dorothea hob die Augenbrauen.

»Hast du den Concierge bestochen?«

»Natürlich nicht! Was du immer denkst, Emilia. Wir sind hier schließlich in Deutschland.«

»Das ist kein gutes Argument, Mutter«, warf Robert ein. »Hier sind sie genauso bestechlich wie überall.«

»Das glaub ich nicht. Frau Merkel würde das nicht zulassen«, antwortete Dorothea mit ernster Stimme, bevor sie anfing, zu kichern. »Ehrlich Robert, manchmal denke ich, du hältst mich für naiv.« Sie drehte sich zu Anne hin. »Hält dein Sohn dich auch für geistig minderbemittelt?«

»Ich fürchte ja«, sagte Anne. »Außerdem für eine Kapitalistin und Umweltsünderin.«

»Ach Kindchen, das gibt sich wieder,« sagte Emilia.

»Du kannst bei uns übernachten. Wir bleiben bis Samstag und haben eine Ausziehcouch im Wohnzimmer.« Linda ließ nicht locker.

»Danke, das Angebot nehm ich gern an. Sofern du nichts dagegen hast?« Robert sah Anne direkt in die Augen. Sie spürte, wie sie errötete. »Nein, ich freue mich.«

»Dann wäre das geklärt«, sagte Dorothea. »Ist auch gut, wenn du mal ein wenig Zeit mit deiner alten Mutter verbringst, anstatt immer in der Welt herumzujetten.«

»Dir ist sicher aufgefallen, dass ich schon längere Zeit nicht mehr umhergejettet bin.«

»Klar. Für irgendwas muss diese Pandemie doch gut sein.«

»Was ist mit Luzifer?«, hörte Anne sich zu ihrer eigenen Verwunderung sagen.

»Mach dir keine Sorgen, der fühlt sich wohl bei meiner Nachbarin.«

»Von Samstag bis Sonntag schläfst du dann am Strand«, sagte Emilia. »Das hab ich in meiner Jugend auch gemacht.«

»Damit ich am Sonntag nur noch kriechen kann«, antwortete Robert. »Du vergisst, dass ich nicht mehr der Jüngste bin.«

»Bis Samstag ist noch Zeit. Wenn es hier kein Zimmer gibt, nimmt dich unsere Freundin Marlene bestimmt auf. Oder sie kennt jemanden, wo du übernachten kannst. Nur kein Stress.« Dorothea beugte sich zu Anne hin. »Hauptsache, ihr habt euren Spaß.«

❁ ❁ ❁

Sie ließen die Autos stehen und nahmen sich zu dritt ein Taxi.

»Ich mag deine Mutter und Emilia, sie sind so erfrischend ehrlich«, sagte Linda, die neben dem Taxifahrer saß.

»Manchmal zu ehrlich für meinen Geschmack«, antwortete Robert. Seine Finger ruhten auf dem Oberschenkel von Anne, sie spürte die Wärme durch den Stoff hindurch. Es fühlte sich aufregend und irgendwie verrucht an.

»Kindern sind Eltern oft peinlich. Das hört auch im Alter nicht auf.«

»Da sagst du was«, sagte Anne und versuchte, ihre galoppierenden Gedanken zu kontrollieren. Eine Affäre unter den Augen der Freundin. Ihre Schlafzimmer lagen nebeneinander. Oh Gott! Wollte sie das wirklich? Wie sollte es weitergehen? An der Distanz von vierhundert Kilometern hatte sich nichts verändert. Einfach nur genießen hatte sie noch nie gekonnt. Der Kopf ließ sich nicht abschalten. Sie presste die Hand auf den Mund, um ein hysterisches Kichern zu unterdrücken.

»Alles in Ordnung?«, flüsterte Robert.

»Ja.«

In der Wohnung verschwand Linda im Bad, während Robert sich umsah.

»Gemütlich habt ihr es hier. Ich hole morgen früh gern Brötchen. Gut, dass ich in weiser Voraussicht ein paar Sachen eingepackt habe.« Er zeigte auf eine Sporttasche, die er vor dem Aufbruch vorhin aus seinem Auto geholt hatte.

»Allzeit bereit«, schoss es aus Anne heraus.

Robert sah sie aufmerksam an. »Ist es dir lieber, wenn ich gehe?«

Ihr Herz raste. »Nein«, raunte sie. »Es ist nur …« Sie deutete auf die Badezimmertür. »Wollen wir noch etwas trinken?«

»Linda ist das nicht peinlich und dir muss es auch nicht peinlich sein.« Er strich ihr über die Haare. »Ich werde ganz leise sein.«

Kapitel 9

Die Tage bis zur Abreise vergingen wie im Flug mit Strandspaziergängen, Treffen mit Emilia und Dorothea und gemeinsamen Mahlzeiten. Sie lernten Marlene kennen, die in Wenningstedt zusammen mit ihrem Hund lebte. Zu sechst verbrachten sie einen regnerischen Nachmittag in Westerland in der Buchhandlung von Paulina, einer Freundin von Marlene. Linda und Anne kauften diverse Romane. Für Lesestoff in den nächsten Wochen war vorgesorgt.

Je näher der Samstag heranrückte, umso nachdenklicher wurde Anne. Sie hatte Linda mehrfach dabei beobachtet, wie sie mit Lennart telefonierte. Linda freute sich auf Köln. Und sie? Die Vorstellung, am Montag wieder im Büro sein zu müssen, lockte ihr kein Lächeln ins Gesicht. Früher hätte sie es nicht erwarten können, die Kollegen wiederzusehen und sich auf die Akten gestürzt. Sie genoss es, sich in juristische Probleme hineinzuarbeiten und Lösungen für die Mandanten zu finden. War das auf einmal alles nicht mehr wichtig? Oder war es der Gedanke daran, allein in der Wohnung in Köln zu sitzen? Ohne Noah? Und was war mit Robert?

❁ ❁ ❁

Am Samstagmorgen frühstückten sie ein letztes Mal auf der Terrasse, dick eingemummelt in Pullover. Robert war zum Bäcker gelaufen und hatte Kaffee gekocht, während Anne und Linda ihre Sachen in den Golf räumten. Er würde noch für eine Nacht im Miramar bleiben. Paulina war es gelungen, für ihn ein Zimmer zu buchen. Es reisten an diesem Wochenende mehr Gäste ab, als Neuankömmlinge kamen.

»Erde an Anne«, sagte Linda und stupste sie in die Seite.

Sie saßen im Strandkorb und sahen den Schafen beim Grasen zu. Robert sprach am Ende des Gartens mit jemandem am Smartphone. Anne bemerkte, wie er mit der Hand gestikulierte. So verhielt er sich, wenn er besonders engagiert war.

»Ja?«

»Gehts dir gut?«

Anne verzog ihr Gesicht zu einem Grinsen. »Klar.«

»Warum glaube ich dir das nicht?«

»Lass gut sein.«

»Aber nur für heute. Wenn du den Mann magst, lass ihn nicht gehen.«

»Das Thema hatten wir schon. Köln und Hamburg liegen zu weit auseinander.«

»Du bist ein Feigling.«

»Und du nervig. Ich werde mich nicht auf eine Beziehung einlassen, die von vornherein zum Scheitern verurteilt ist. Noch ein Fiasko verkrafte ich nicht.«

Sie schwiegen. Anne verspürte einen leichten Druck hinter der rechten Schläfe und wühlte in ihrem Rucksack nach einer Schmerztablette. Sie mussten über sechshundert Kilometer Auto fahren. Kopfschmerzen konnte sie nicht gebrauchen.

Robert hatte sein Gespräch beendet und kam auf sie zu, seine Lesebrille baumelte an einem Band um den Hals. Er wirkte nachdenklich, in sich gekehrt.

Anne hätte liebend gern auf das bevorstehende Abschiednehmen verzichtet. Ginge es nach ihr, hätte man sich gestern Nacht getrennt. Einmal Sex und dann ... Sie rieb sich die Stirn. Woher kamen diese absurden Gedanken? Es drehte sich schließlich nicht nur um Sex. Sie wünschte sich auf den Autozug. Alles war besser als das hier.

»Ich mache nochmals einen Kontrollgang, damit wir nichts vergessen«, sagte Linda und stand auf. »In zwanzig Minuten müssen wir los.« Robert würde hierbleiben und den Schlüssel zum Büro des Vermieters bringen. Dadurch sparten sie Zeit. Linda verschwand im Haus und warf ihr einen aufmunternden Blick zu. Was erwartete sie von ihr? Sollte sie sich tränenüberströmt an Robert klammern?

Anne räusperte sich und sah an Robert vorbei zu den Schafen hin. »Das wars dann wohl, die Arbeit ruft. Ich wäre am liebsten geblieben, aber …« Ihre Augen wurden feucht, sie blinzelte die Tränen weg.

»Die Zwänge, ich verstehe«, antwortete Robert in einem sarkastischen Tonfall. »Ansehen kannst du mich trotzdem.«

»Bitte, lass uns in Freundschaft auseinandergehen«, sagte Anne und suchte seine Augen. Das Klopfen hinter der Schläfe weitete sich aus.

Robert hob abwehrend die Hände. »Ich weiß, was wir verabredet haben, halte dich nicht auf. Nur, damit es kein Missverständnis gibt: Ich will, dass wir zusammenbleiben, uns lieben, näher kennenlernen. Du willst das nicht, okay. Ich rufe dich nicht an, sollte ich nach Köln kommen. Wenn du es dir anders überlegst, bin ich für dich da.«

Anne presste mit den Fingern gegen die Stirn. »Das klingt so hart.«

»Das ist hart. Du willst keine Verpflichtungen, habe ich verstanden. Nur für eine lockere Beziehung bin ich aber nicht zu haben. Dafür ist das Leben zu kurz. Ganz oder gar nicht.« Er wandte sich zum Garten, wo der Hausmeister mit einem Rechen den abgemähten Rasen zusammen harkte.

Anne erhob sich ebenfalls und stellte sich hinter ihn. Atmete seinen Duft von herber Orange ein. Wie gern hätte sie ihn umfasst, geküsst. War das alles falsch? Ihr Magen meldete sich mit einem schmerzhaften Ziehen. Zu viel Kaffee.

»Bitte versteh mich doch. Noch eine gescheiterte Beziehung halte ich nicht aus.«

»Ich hätte nie gedacht, dass du so ein Feigling bist«, sagte er in Richtung der Schafe und schob die Schultern zurück. Feigling, dasselbe Wort hatte Linda benutzt. Bisher hatte sie sich nie so gesehen. Sie war eine taffe Frau, hatte Noah allein großgezogen und eine rasante Karriere hingelegt. Sie war nicht feige, sie schützte sich selbst. Das war ein Unterschied. Anne berührte mit der Hand seinen Rücken, bevor sie sich umdrehte. »Ich muss los. Mach es gut und grüße deine Mutter und Emilia von mir.«

Robert schwieg, drehte sich nicht um.

❁ ❁ ❁

Nach nur einer kurzen Pause auf einem Rasthof an der Autobahn erreichten sie Köln am späten Nachmittag. Es nieselte, die Sonne verbarg sich hinter grauen Wolken. Während der Fahrt mied Linda das Thema »Robert« und Anne war dankbar dafür. Sie ertappte sich dabei, wie sie über eine Stellung in Hamburg nachdachte. Immerhin gab es dort eine Niederlassung ihres Arbeitgebers. Wen von den Kollegen kannte sie näher? Gab es Bedarf für eine Erbrechtlerin?

»Willkommen zurück«, rief Linda, als der Dom am Horizont auftauchte. »Ich werde immer aufs Neue sentimental, wenn ich ihn sehe.«

»Und das als Düsseldorferin.«

»Mach dich nur lustig über mich.«

Anne setzte Linda vor ihrer Haustür ab und half ihr, das Gepäck auszuladen.

»Willst du noch ein Wasser, bevor du fährst?«

»Nein danke, bin ja gleich zu Hause«, sagte Anne und blickte an der Fassade hoch zum Wohnzimmerfenster von Lindas Wohnung. Sie meinte, hinter der Gardine einen Schatten zu erkennen.

Linda umarmte sie und Anne spürte, wie ihr Tränen aufstiegen. Früher war sie nicht so eine Heulsuse gewesen. Musste an den Hormonen liegen. Sie trat einen Schritt zurück.

»Schön wars«, sagte sie lässig. »Lass uns telefonieren.«

Linda stemmte die Hände in die Hüften. Sie musterte Anne, die mit dem Autoschlüssel herumspielte.

»Es war ein toller Urlaub. Anne ...«

»Ja?«

»Ruf mich auf jeden Fall an. Auch, wenn Noah sich meldet und ...«

»Und?«

»Ach nichts.« Linda betätigte die Klingel, Sekunden später öffnete sich die Tür.

»Halt die Ohren steif«, sagte Anne und ließ den Schlüssel fallen. Sie fluchte und bückte sich. Linda war im Hausflur verschwunden, als sie den Golf startete.

❁ ❁ ❁

In ihrer Wohnung roch es abgestanden. Anne riss die Fenster im Wohn- und Schlafzimmer auf. Von Noah keine Spur. Vor seinem Zimmer zögerte sie. Erst alle Sachen heraufholen und die Waschmaschine anschmeißen. Einkaufen. Anschließend war immer noch Zeit genug, sich der Realität zu stellen.

Nach ihrer Rückkehr verstaute sie zuerst die Lebensmittel und eine Flasche Riesling im Kühlschrank, näherte sich danach erneut Noahs Zimmertür. Schweißtropfen rannten ihr den Rücken hinab und sie schluckte. Vorsichtig drückte sie die Klinke hinunter. »Sei nicht albern, Anne«, sprach sie mit lauter Stimme, »du hast es so gewollt.«

Das Rollo war hinuntergelassen, die Luft muffig. Anne tastete nach dem Lichtschalter und atmete tief durch. Das Bett war ungemacht, die Bettwäsche mit dem Geißbock leuchtete ihr entgegen. Ob Noah nun mit seinem Vater zum Fußball gehen würde?

Sie hastete zum Fenster und öffnete es, zog die Jalousie hoch. Ein Motorrad knatterte durch die Straße, sie sog den Geruch des Benzins ein. Willkommen zurück im Stadtleben.

Die Türen des Einbauschranks standen offen: Pullover, Hemden und ein in die Jahre gekommener Blazer, wild durcheinandergeworfen auf Regalbrettern. Fußballschuhe zwischen Handtüchern. Anne seufzte und griff nach einem T-Shirt, auf dem ein Regenbogen abgebildet war. Sie wühlte ihre Nase hinein und schnüffelte. Der unverwechselbare Geruch von Schweiß und Noah. Sie schloss die Augen, eine Träne ran ihr über die Wange. »Er ist ausgezogen«, flüsterte sie. »Auf deinen Befehl hin. Hör auf mit dem Heulen«. Anne ließ das Kleidungsstück zu Boden fallen und wandte sich zur Tür, als ihr ein Blatt Papier auf der ansonsten leeren Schreibtischplatte auffiel. Ihre Hände zitterten, als sie die geschwungenen Buchstaben ihres Sohnes erkannte. Eine richtige Mädchenschrift, wurde Noah früher in der Schule geneckt. Heute liefen ihm die Frauen hinterher, fanden seinen Aktivismus sexy.

Deinem Wunsch entsprechend hab ich die Wohnung verlassen. Den Rest meiner Sachen hole ich später. Noah

Anne zerknüllte den Zettel und trottete in die Küche, wo sie sich einen Weißwein einschenkte. Der Wein war zu warm, trotzdem trank sie die Hälfte des Glases aus, bevor sie die Flasche zurück in den Kühlschrank stellte. Sie sah auf ihr Smartphone: keine Nachrichten. Anne strich das Blatt, das sie in die Hosentasche gestopft hatte, wieder glatt und überlegte, ob sie sich bei Milan melden sollte. Welche Ironie. »Das tust du nicht«, beschwor sie sich. »Dein Sohn ist erwachsen, er wird es dich wissen lassen, wenn er es für angemessen hält. Gib ihm Zeit und dir auch.«

Sie scrollte durch die Fotos auf ihrem Handy. Selfies von Linda und ihr am Nordseestrand, in der Kupferkanne und auf dem Deich. Robert, den sie heimlich fotografiert hatte, mit geschlossenen Augen im Sand liegend. Sie tupfte mit dem Finger über sein Gesicht, versuchte, sich die letzte Nacht in Erinnerung zu rufen. Seinen Geruch, sein Lachen, die sanften Berührungen auf ihrer Haut.

Das Telefon im Arbeitszimmer läutete. Wer rief sie am Wochenende abends auf dem Festnetz an?

»Winter.«

»Dass ich dich mal erreiche, ist ein Wunder«, meldete sich am anderen Ende Johann. Willkommen in der Realität, sie wünschte sich augenblicklich zurück an die Nordsee.

»Welcher Ehre verdanke ich deinen Anruf?«, sagte Anne und fing an, mit einem Kugelschreiber Kringel auf einen Notizblock zu kritzeln.

»Dass du an einem Samstagabend überhaupt zu Hause bist.«

»Wüsste nicht, dass ich dir Rechenschaft schuldig bin. Was willst du?«

»Sei doch nicht gleich so ungehalten. Ich bin in der Stadt und wollte dich treffen.«

»Warum?«

»Muss es einen besonderen Grund geben, wenn man seine geschiedene Frau zum Essen ausführen will? Immerhin waren wir uns viele Jahre sehr verbunden.«

»Halt mich nicht für blöd«, fauchte Anne. »Das hat dich nicht interessiert, als du mich Knall auf Fall hast sitzen lassen.«

»Oh, oh, du bist immer noch beleidigt.«

Anne hielt den Hörer vor sich weg und überlegte. Da war etwas im Busch. Ob ihn seine Trulla verlassen hatte?

»Bist du länger in Köln?«

»Keine Ahnung. Würdest du dich freuen, wenn es so wäre?«

Oh Mann, Johann hatte sich nicht verändert. Genauso überzeugt von sich selbst wie eh und je. Trotzdem. Irgendetwas stimmte nicht. Wollte sie es genauer wissen?

»Bist du noch da?«

»Ruf mich am Montag im Büro an, ich bin gerade aus dem Urlaub zurück und kenne meine Termine nicht.«

»Für jemand, der gerade aus dem Urlaub zurückgekommen ist, hörst du dich ziemlich gestresst an. Gab es Probleme?«

Dieser Mann wusste exakt, wie er sie zur Weißglut bringen konnte. »Das geht dich nichts an. Bis Montag.« Sie drückte das Gespräch weg und steuerte erneut den Kühlschrank an. Mit Eiswürfeln würde der Wein trinkbar sein.

Kapitel 10

Anne zog den Kragen ihres Sommermantels zusammen. Ein Windstoß fuhr ihr durch die Haare und wirbelte Strähnen ins Gesicht. Sie fröstelte und beschleunigte ihre Schritte. Wo war der Sommer geblieben? War die Zeit des Draußen-Sitzens für dieses Jahr vorbei? Sie überquerte den Chlodwigplatz und schmunzelte. Im Café an der Ecke saßen Menschen rauchend vor ihrem Kaffee, eingehüllt in Decken. Die Sucht war stärker als die Kälte. Oder war es die Angst vor dem Virus, die dazu führte, Innenräume zu meiden?

Statt wie sonst den Aufzug zu nehmen, stieg sie zu Fuß in den dritten Stock. Bewegung schadete nicht. Gestern hatte sie den Tag auf dem Sofa verbracht, lustlos in den Romanen geblättert, die sie auf Sylt erstanden hatte. Kein Buch konnte sie fesseln, ihre Gedanken wanderten immer wieder zu Robert. Sie hatte sich die gemeinsamen Tage an der Nordsee in Erinnerung gerufen. Ein letztes Mal. Die lebhaften Diskussionen über die politische Situation des Landes, die Stunden in den Dünen und am Strand, wo sie die Hände nicht voneinander lassen konnten, die Vertrautheit. Anne schüttelte den Kopf, während sie Stufe um Stufe bewältigte. Schluss jetzt. Es wartete jede Menge Arbeit auf sie. Nicht die Zeit für Liebesträume.

Sie schnaufte vor der Bürotür und verharrte einen Moment, bevor sie sie aufschloss. Fast wäre sie mit ihrer Kollegin Sandra zusammengestoßen, die mit einem Kaffeebecher aus der Teeküche kam.

»Guten Morgen Anne, schönen Urlaub gehabt?«

»Ja, sehr schön. Leider immer viel zu schnell vorbei.«

»Stimmt. Abgesehen davon, dass sich die unerledigten Vorgänge in der Zwischenzeit stapeln.« Sandra rollte mit den Augen und Anne nickte zustimmend.

»Klar. Vor dem Urlaub arbeitet man alles ab und nach dem Urlaub hat man dieselben Vorgänge wieder auf dem Tisch, weil die Antworten vorliegen.« Sie blinzelte Sandra zu und ging in ihr Zimmer, wo sie ihren Mantel auf den Besucherstuhl schmiss. Auf der schwarzen Holzplatte des Schreibtischs lagen, fein säuberlich gestapelt, Akten und Notizzettel. Anne ignorierte den Papierhaufen und machte sich auf die Suche nach Frau Vosswinkel. Business as usual.

Ihre Sekretärin saß, Kopfhörer in den Ohren, an ihrem Platz und tippte, den Blick auf den Bildschirm gerichtet. Anne blieb im Türrahmen stehen und beobachtete sie. Graue Haare, zu einem Dutt aufgetürmt, dunkle Hosen und hellgraue Bluse. Anne hatte sie noch nie in Jeans gesehen. Vielleicht besaß sie keine. Dabei waren die Kleidervorschriften längst nicht mehr derart restriktiv wie vor Jahren. Ob es daran lag, dass sie selbst häufig im Kostüm ins Büro kam? Heute hatte sie ein lässig fallendes Wollkleid vorgezogen. Das schmeichelte ihrer Figur, engte sie nicht ein.

Frau Vosswinkel schien ihre Anwesenheit gespürt zu haben, sie zog die Ohrstöpsel heraus und lächelte Anne zu.

»Frau Winter, guten Morgen. Hatten Sie einen erholsamen Urlaub?«

»Ja, danke. An der Nordsee kann man sich gut erholen.«

»Das ist das Reizklima, nicht wahr? Sie hatten den Urlaub auch dringend nötig, so viel, wie Sie immer arbeiten. Es tut mir leid, dass ich Sie in der ersten Woche gestört habe.«

»Kein Problem«, sagte Anne. »Ich weiß ja, wie penetrant mein Exmann sein kann. Wenn er sich nochmals meldet, stellen Sie ihn durch.«

»Das mache ich.«

»Und sonst so? Gab es irgendwelche Besonderheiten?«

»Ich habe alles auf Ihren Schreibtisch gelegt, beziehungsweise in den Wiedervorlagen notiert. Das, was sofort gemacht werden musste, hat Herr Mronz erledigt. Der Rest wartet auf

Sie.« Frau Vosswinkel stand auf. »Soll ich Ihnen einen Kaffee bringen?«

»Nein danke, das ist nicht nötig. Ich sehe mir erst mal die Sachen an.« Anne wandte sich zur Tür.

»Frau Winter, eine Frage noch?«

»Ja?«

»Ich bin schon so gespannt auf das Interview mit Ihnen. Wann erscheint es denn? Nicht, dass ich es verpasse.«

Anne zuckte zusammen. »Keine Sorge. Ich zeige es Ihnen, sobald ich es habe.«

Zurück in ihrem Zimmer schloss sie die Tür und ließ sich in den Schreibtischstuhl fallen. Mit dem Interview hatte es begonnen. Es blieb als Verbindung, die nicht gekappt werden konnte. Sie rief sich ihre Wiedervorlagenliste auf und fing an, die während ihrer Abwesenheit eingegangenen Nachrichten und Schriftstücke zu lesen. Arbeit half ihr immer, persönliche Krisen zu bewältigen.

Gegen Mittag war sie auf dem aktuellen Stand, was ihre Akten betraf. Frau Vosswinkel hatte dafür gesorgt, dass niemand zu ihr durchgestellt wurde. Es machte ohne Kenntnis des Sachstands wenig Sinn, mit Mandanten zu telefonieren. Auch wenn die das häufig nicht verstanden. Ihr Magen meldete sich mit einem Knurren und sie überlegte, sich einen Salat vom Italiener kommen zu lassen. Wenn sie die nächsten zwei Wochen auf Süßigkeiten und andere Kohlenhydrate verzichtete, würde sie wieder ihr Vorurlaubsgewicht erreichen. Das wäre ein Anfang. Sie schob den Leitzordner zur Seite und langte nach ihrem Smartphone. Keine Mitteilungen.

Es klopfte und ohne, dass sie »Herein« gerufen hatte, schwang die Tür auf. Johann füllte den Türrahmen aus, dahinter Frau Vosswinkel, deren rot angelaufenes Gesicht aufleuchtete.

»Ich konnte ihn nicht aufhalten«, japste sie und drängte sich an Annes geschiedenem Ehemann vorbei. »Soll ich den Sicherheitsdienst anrufen? Ich …«

Anne erhob sich und brachte ihre Mitarbeiterin mit einer Handbewegung zum Schweigen. »Das wird nicht nötig sein. Schließen Sie bitte die Tür von außen.«

»Nun haben Sie sich doch nicht so, Frau Vosswinkel«, polterte Johann. »Wir zwei kennen uns doch schon länger.« Er stützte sich mit den Händen am Rahmen ab und versperrte den Ausgang.

»Mein Exmann vergisst ab und zu seine guten Manieren«, sagte Anne und trat vor den Schreibtisch. Johann löste seine Finger und ließ Frau Vosswinkel passieren. Sie schloss hinter sich die Tür.

»Was willst du?«, fragte Anne und taxierte ihn. Braungebrannt, die Haare extrem kurz geschnitten. Dunkelgrauer Anzug mit Weste, weißes Hemd, gestreifte Krawatte. Johann wich ihrem Blick nicht aus. Sekundenlang sprach niemand.

»Gut siehst du ...«

»Ich dachte, du ...«, fingen beide gleichzeitig an, zu sprechen. Johann lachte dröhnend los und drückte ihr zwei Küsse auf die Wangen. Sie roch sein Rasierwasser. Tabak und Sandelholz. Cool Water. Sein Eau de Toilette hatte er nicht ausgetauscht. Sie hatte es jahrelang für ihn gekauft. Ob das nun seine neue Freundin für ihn erledigte?

Anne stieß ihn von sich und fuhr sich mit den Fingern über das Gesicht.

»Lass das. Was willst du hier?«

»Dich zum Lunch einladen.« Johann rieb sich die Hände. »Wie ich dich kenne, hast du noch nichts zu dir genommen.« Lass uns um die Ecke ins »Limani« einfallen, da gibt es einen guten Mittagstisch.«

»Warum sollte ich mit dir irgendwo hingehen?«

»Weil ich Neuigkeiten habe, die dich interessieren werden.« Er leckte sich die Lippen.

»Das kann ich mir nicht vorstellen.«

»Es geht um Noah.«

❁ ❁ ❁

Das Lokal war gut besucht. Sie entschieden sich für einen Zweiertisch an der Wand auf der Terrasse, die Heizstrahler waren eingeschaltet. Anne ließ den Mantel an und überlegte, ob sie den Kellner bitten sollte, den Strahler näher an sie heranzuschieben. Noah hätte ob der Energieverschwendung umgehend das Restaurant verlassen.

»Ist es dir zu kalt?«, fragte Johann.

»Geht schon«, antwortete Anne und rieb sich die Hände. »Sag mir endlich, was du mit meinem Sohn besprochen hast.«

»Mit dem ich übrigens viele Jahre zusammengelebt habe. Ich betrachte ihn auch als meinen Sohn.«

Anne blieb stumm. Nur nicht aufregen. Eine Kellnerin erschien und nahm ihre Bestellung auf. Sie wählte den Salat mit Ziegenkäse, dazu Mineralwasser. Johann orderte das Hüftsteak zusammen mit einem Glas Weißwein.

»Du hast dich nicht verändert«, bemerkte er. »Ziemlich freudloses Essen.«

»Finde ich nicht.« Sie presste unter dem Tisch die Finger ineinander und gelobte, sich nicht reizen zu lassen. Abwarten, auch wenn es ihr schwerfiel.

Johann bediente sich von den Oliven. »Nicht so lecker wie in Jerez, aber durchaus essbar.«

Anne antwortete nicht, griff stattdessen zum Brot. Besser Kohlenhydrate als Konversation.

Die Getränke kamen und Johann prostete ihr zu. »Auf uns.«

»Uns gibt es nicht mehr«, zischte Anne. »Komm endlich zum Punkt. Was willst du hier? Wieso bist du nicht in Andalusien? Hat dich deine Flamme verlassen?« Kaum waren die Worte aus ihr herausgeschossen, hätte sie sich am liebsten auf die Zunge gebissen. Warum zeigte sie Johann gegenüber derartige Emotionen? Er war ihr doch gleichgültig.

»So aggressiv kenn ich dich gar nicht.« Johann nahm einen Schluck vom Wein, ließ die Flüssigkeit im Mund, kaute darauf herum. Ein Tick, der ihr schon immer auf die Nerven gegangen war.

»Ich bin in der Stadt, um mich um meine Investments zu kümmern. Ist prima, wieder Heimatluft zu schnuppern. Abgesehen von Rouladen und Sauerbraten, die ich wirklich vermisst habe, geht es mir in Andalusien hervorragend.«

»Ich glaub dir kein Wort.«

»War ein ausgesprochen gutes Timing. Noah hat mich um Hilfe gebeten, weil du ihn rausgeschmissen hast. Ich konnte ihm helfen.«

»Aha«, murmelte Anne und kniff sich mit den Fingernägeln in den Handteller.

»Ja«, sprach Johann unbeirrt weiter. »Wir haben uns getroffen und geredet.«

»Schön für euch. Wenn man bedenkt, dass du damals Hals über Kopf abgehauen bist ...« Sie stockte. »Es gab bestimmt jede Menge Gesprächsstoff.«

»Allerdings.« Johann beugte sich vor, er legte seine Finger über ihre. Warme Haut. Vertraut.

»Hör auf damit«, stieß sie hervor und befreite ihre Hand.

»Sorry, Macht der Gewohnheit.« Er räusperte sich. »Anne, was passiert ist, tut mir leid. Ich wollte das so nicht. Du weißt doch, wie wir Männer sind. Die ersten grauen Haare, das Gefühl, das Leben ist endlich und ...«

»Verschone mich mit deinen Plattitüden.«

»Gut«, er richtete sich auf. »Verstehe, dass du sauer bist. Bedenke aber, dass wir über zwanzig Jahre zusammen waren. Es war nicht alles schlecht. Wenn du das leugnest, negierst du einen großen Teil deines Lebens.«

»Wow«, rief sie. »Hast du einen Kurs besucht? Den richtigen Umgang mit der Expartnerin? Achtsamkeit ist ja gerade sehr in Mode.«

Die Kellnerin servierte das Essen. Der Ziegenkäse war leicht geschmolzen und duftete nach Rosmarin. Annes Magen verknotete sich. Ihr war der Appetit vergangen.

»Bitte ...« Johann hob die Hände. »Lass es dir schmecken und uns nicht streiten.«

Anne spießte eine Cocktailtomate auf und probierte zögerlich. Sie kaute bedächtig auf der Tomate herum und überlegte, was Johann von ihr wollte. Warum war der auf einmal so versöhnlich? Sie zwängte die Tomatenstücke hinunter und kostete von dem Ziegenkäse. Der Gegensatz von Honig und Säure prickelte auf ihrer Zunge. Wieso hatte sich Noah an ihren Ex gewandt? Dieser Verräter.

Ein paar Minuten vergingen schweigend, während sie aßen. Anne beobachtete, wie Johann das Steak zerteilte und der rote Fleischsaft sich auf dem Teller ausbreitete. Außer dem blauen Siegelring am rechten Ringfinger trug er keine Ringe. Verheiratet war er scheinbar nicht. Der Handteller war gebräunt, die Nägel manikürt. Das Bild von Robert schob sich vor ihr Gesicht. Seine zupackenden Hände, die nie Bekanntschaft mit einem Nagelstudio gemacht hatten.

»Was hat Noah dir erzählt?«

»Dass du ihn praktisch vor die Tür gesetzt hast. Ein Schritt, der übrigens überfällig war.«

»Ach ja?«

»Sicher«, sagte Johann und legte das Steakmesser zur Seite. »Ich halte nichts davon, wenn ein junger Mann bei seiner Mutter herumhängt. Er muss hinaus ins Leben.«

»War in den letzten Monaten nicht so einfach, das mit dem Hinaus-ins-Leben.« Verteidigte sie etwa ihren Sohn?

»Wem sagst du das. Ich habe wochenlang in meinem Haus gesessen.«

»Aha, daher weht der Wind. Lagerkoller und nicht Sauerbraten.«

Johann wieherte und blinzelte ihr zu. »Ertappt. Ihr habt

hier echt Glück gehabt. In Spanien sah das aber ganz anders aus.«

»Hat halt nicht nur Vorteile, wenn man auswandert.«

»Yep. Deshalb habe ich mir auch in Marienburg eine Wohnung gekauft.«

»Du hast was? Willst du zurück nach Köln?« Ein Kälteschauer durchfuhr sie und sie fröstelte. Hoffentlich erkältete sie sich nicht. Wo war die Hitzewelle, wenn man sie brauchte?

»Du klingst ein wenig panisch, meine Liebe.« Johann ließ das Besteck auf den Teller fallen und griff nach seinem Weinglas. »Keine Sorge, ist nur eine Art Zweitwohnsitz. Mein Haus am Atlantik behalte ich natürlich auch. Kannst mich dort ja mal besuchen.«

»Soll das ein Witz sein? Was ist aus deiner Flamme geworden? Wie hieß sie noch, irgendwas mit S?«

»Sabrina. Wir haben uns getrennt.« Johanns Gesicht blieb regungslos.

»Ach was.« Ein leichtes Kribbeln breitete sich in Annes Bauch aus. Auf einmal verspürte sie Lust auf ein Glas Wein. Sie bemühte sich, die aufkommende Genugtuung nicht zu zeigen. Contenance.

»Sie hat sich anderweitig orientiert.« Johann winkte der Kellnerin und zeigte auf sein leeres Glas.

»Und du ertränkst deinen Kummer nun in Alkohol«, sagte Anne und griff demonstrativ nach dem Wasser.

»Quatsch. Ich hab einige neue Projekte aufgetan und werde mir die Zeit zwischen Köln und der Costa de la Luz aufteilen. Das Nichtstun bekommt mir nicht.« Er klopfte sich auf den Bauch. »Da setzt man nur Fett an.«

Anne sah an ihm vorbei in Richtung Rhein. Ihre Gedanken überschlugen sich. Johann war zurück in Köln. Sie musste ihm sofort klar machen, dass er in ihrem Leben nichts mehr zu suchen hatte. Das hier war eine einmalige Sache.

»Schön für dich. Was hat das mit mir zu tun?«

»Ich dachte, ich ... äh ...« Er stotterte leicht und Anne bemerkte Schweißperlen auf seiner Stirn. »Wir könnten uns ab und zu sehen. Essen gehen zum Beispiel oder mal ins Kino.«

»Ins Kino? Du wolltest mit mir nie ins Kino.«

»Ich habe mich verändert.«

»Schön für dich«, wiederholte sie sich. »Ich mich auch. Ich hab mir ein neues Leben aufgebaut und du gehörst nicht mehr dazu.«

»Hast du einen anderen?«

»Das geht dich überhaupt nichts an.« Anne winkte nach der Kellnerin. »Ich möchte zahlen.«

»Sei doch nicht gleich so sauer«, sagte Johann und fing ihren Blick ein. »Außerdem hab ich dich eingeladen.«

»Ich bin nicht sauer.« Anne betonte jedes Wort einzeln. »Ich bin heute den ersten Tag wieder im Büro und hab eine Menge zu tun. Du erinnerst dich bestimmt noch, wie es ist, wenn man regelmäßig arbeitet.«

»Vage«, sagte Johann und lächelte ihr zu. »Willst du nicht wissen, was ich mit Noah vereinbart habe?«

»Spucks schon aus.«

Johann lehnte sich im Stuhl zurück. »Er wird zu mir in die Wohnung ziehen, ins Gästezimmer.«

»Du ...!« Anne sprang auf.

»Lass mich bitte ausreden. Er muss Miete zahlen und sein Studium absolvieren, außerdem nebenbei arbeiten. Ich schenke ihm nichts.«

Sie zitterte vor Wut. Wie konnte Johann es wagen, sich in ihre Angelegenheiten einzumischen! Ihre Hand bewegte sich in Richtung des Wasserglases.

»Er wird sich bei dir melden. Das hat er mir versprochen.«

Ihr Herz raste. Was für eine Unverschämtheit. Hatten die beiden sich hinter ihrem Rücken verschworen? Wieso machte Noah da mit? Nach allem, was Johann auch ihm angetan hatte?

Keine Sekunde länger würde sie sich das anhören. Sie tastete nach dem Glas, die Augen auf Johann gerichtet. »Misch dich nie wieder in mein Leben ein«, sagte sie eisig und schleuderte ihm das Wasser ins Gesicht.

Kapitel 11

»Du hast was getan?« Lindas Stimme überschlug sich.

»Das hätte ich schon längst tun sollen.« Anne saß an ihrem Schreibtisch, die Füße auf die Platte gelegt. Sie hatte Linda in deren Pause erwischt.

»Seinen Blick hätte ich gern gesehen.«

»Wir hätten mit versteckter Kamera arbeiten sollen«, sagte Anne und kicherte. Langsam fiel die Anspannung von ihr ab.

»Was unternimmst du nun wegen Noah?«

»Nichts. Wenn er sich nicht meldet, hat er Pech gehabt.«

»Oder du. Man soll keine Gesprächslosigkeit eintreten lassen.«

»Sagt die Psychologin.«

»Falsch. Das ist ein freundschaftlicher Rat.«

»Sehen wir uns am Freitag nach der Arbeit?«

»Äh, Freitag«, stotterte Linda, bevor sie mit festem Ton fortfuhr. »Da kann ich leider nicht, gehe mit Lennart auf eine Vernissage.«

»Ach so.«

»Sei nicht beleidigt.«

»Ich bin nicht beleidigt, wieso auch. Ist er inzwischen dauerhaft bei dir eingezogen?«

»Lennart sucht nach einer Wohnung, wir werden erst mal nicht zusammenleben.«

»Na ja, genau genommen lebt ihr doch schon zusammen.«

»Er wohnt derzeit in der Woche bei einem Freund.«

»Ach.«

»Hast du was von Robert gehört?«

»Nein und das werde ich auch nicht.«

»Du bist ganz schön stur.«

»Lass uns nicht wieder davon anfangen.« Anne malte mit ihrem Kugelschreiber Herzen auf die Schreibtischunterlage und strich sie mit ausladenden Linien durch.

»Ich muss Schluss machen. Die nächste Patientin steht vor der Tür. Melde mich.«

Anne drückte das Gespräch weg und öffnete ihren E-

Mailaccount. Kaum zu glauben, wie viele Nachrichten sich während ihrer Abwesenheit angesammelt hatten. Damit würde sie bis zum Abend genug zu tun haben.

❁ ❁ ❁

Kurz vor acht schaltete sie den Computer aus und ließ die Schultern kreisen. Das Gros der E-Mails hatte sie beantwortet, die anderen gelöscht. Wenn sie etwas Wichtiges übersehen hatte, würde der Absender erneut schreiben. Sie griff nach ihrem Smartphone, eine WhatsApp ploppte auf. Ihr Herz raste, mit zitternder Hand entriegelte sie das Gerät. »Hi Mum, hoffe, du bist relaxt aus dem Urlaub zurück. Rufe dich die Tage an. Noah.«

Annes Finger kreisten über dem Display. Sie tippte die ersten Worte, korrigierte einen Schreibfehler. Welches Emoji sollte sie wählen?

Das Telefon fiel auf den Boden. »Anne Winter«, raunte sie vor sich hin. »Du wirst deinem Sohn nicht sofort antworten. Nachher ist auch noch Zeit.«

»Hallo, alles in Ordnung?«

Anne zuckte zusammen und bückte sich. Sie tastete nach dem Handy und stieß bei dem Versuch, es zu erreichen, mit dem Kopf an das Gestell des Schreibtischs. Ein dumpfer Schmerz breitete sich aus. »Aua.« Das würde eine dicke Beule geben. Eine kalte Messerklinge oder Eis halfen. Beides war nicht in der Nähe.

»Denkst du nicht, dass es für heute reicht?«

Anne rieb sich mit der Hand über die Stirn. Sven Mronz, der Kollege, der sie in ihrer Abwesenheit vertreten hatte, stand mitten im Zimmer.

»Äh ja«, sagte sie und erhob sich langsam.

»Die Akten sind morgen auch noch da.«

»Das sagt der Richtige«, antwortete sie und zwang sich zu einem Lächeln. Der Kopfschmerz verstärkte sich.

»Hast du heute überhaupt was gegessen?«

»Ja, heute Mittag.«

»Hm. Ich gehe heim. Bin wieder zu spät zum Abendessen.« Er schüttelte den Kopf. »Kaum zu glauben, dass Mira es so viele Jahre mit mir ausgehalten hat.«

»Du bist eben ein Guter«, sagte Anne. »Mira weiß, was sie an dir hat.«

»Hach, wenn ich das nur glauben könnte.« Sven verbeugte sich leicht. »Grüß Noah von mir. Wir sehen uns morgen. Mach nicht mehr so lang.«

❁ ❁ ❁

Zu Hause ließ sie sich ein Bad ein. Während sich der Duft nach Orange und Ingwer im Badezimmer ausbreitete, plünderte sie den Kühlschrank. Käse und Tomaten, die Weißweinflasche war halb voll. Sie nahm sie heraus, drückte das kühle Glas gegen die Schläfe. »In der Woche null Alkohol«, sagte sie laut und stellte den Wein zurück. »Es ist so weit, ich rede wieder mit mir selbst. Ist das der Anfang vom Ende?«

Auf dem Weg zum Bad zog sie sich aus, die Kleidung ließ sie auf dem Boden liegen. Einer der Vorteile am Alleinleben. Sie konnte tun und lassen, was sie wollte. Definitiv ein Anfang.

❁ ❁ ❁

In ihren Bademantel eingehüllt auf dem Sofa liegend, las sie zum wiederholten Male die Nachricht von Noah. Ob er es ernst meinte? Oder war das die von Johann angekündigte Reaktion? Johann. Wieso war der auf einmal zurück in ihrem Leben? Was wollte er von ihr? Sie nippte an ihrem Kräutertee. Von der auf der Packung versprochene Beruhigungswirkung merkte sie nichts. Was hatte Linda gesagt? Nicht den Zustand der Gesprächslosigkeit manifestieren. Was für ein Wort. Sollte sie Noah anrufen? Sie hatte den Gesprächsfaden schließlich nicht gekappt.

Anne tippte auf die Nummer von Noah und lauschte dem Klingelton. Ihr Herzschlag beschleunigte sich. »Du dumme Kuh«, sagte sie laut.

»Hi Mum!« Im Hintergrund dröhnende Bässe. »Mach mal kurz leiser«, schrie er. Sekunden später verstummte der Lärm.

»Ich freue mich, dass du dich gerührt hast«, sagte Anne.

»Klar.«

»Du wohnst jetzt bei Johann?«

»Ja. Willst du ihn sprechen? Er ist gerade nicht da.«

»Nein, ich habe dich angerufen. Wollen wir uns in den nächsten Tagen treffen? Ich koche uns etwas.«

»Klar. Hör mal, ich kann grad nicht. Sorry Mum. Melde mich wieder bei dir.«

»Okay«, sagte sie. »Ich warte auf deinen Anruf.«

Anne sah in ihren Becher. Einige dunkelbraune Teeblätter hatten sich auf dem Grund abgesetzt. Sie schüttelte das Getränk, die Flocken bewegten sich. Zeit, ins Bett zu gehen.

⁂

Noah rief die ganze Woche nicht an. Auch in der darauffolgenden nicht. Anne erledigte ihre Arbeit im Büro und bei Gericht, traf sich an drei Abenden mit langjährigen Mandanten zum Essen und meldete sich zu einem Probetraining in einem Fitnessstudio an.

Das Wetter erinnerte sich an die Jahreszeit. Es hörte auf zu regnen und die Sonne ließ sich phasenweise blicken.

In ihrer Wohnung überfiel sie ab und zu eine unbestimmte Leere, wenn sie an die Zukunft dachte. Das Bild von Robert verschwamm allmählich.

Am Freitag nahm sich Anne den Nachmittag nach einem nervenaufreibenden Gerichtstermin frei, um sich einen Shoppingbummel in der Stadt zu gönnen. Zwei arbeitsintensive Wochen lagen hinter ihr. Sie schlenderte durch die Mittelstraße, sah in die Schaufenster der Boutiquen, die sie seit Monaten nicht betreten hatte. Zweimal spazierte sie in einen Laden, um sich umzuschauen. Verkäuferinnen zeigten ihr die neue Herbst- und Winterkollektion. Anne war unmotiviert, Kleidungsstücke anzuprobieren. Lag es an der Maske, die alle trugen? In Hamburg hatte es mit dem Durch-die-Geschäfte-Ziehen doch funktioniert. Verlor sie die Lust am Einkaufen? Fehlte nun auch das Shopping-Hormon? Mit schlechtem Gewissen erstand sie jeweils eine Kleinigkeit, bevor sie sich im »Fassbender« einen Cappuccino bestellte. Während sie an einem Tisch in der Sonne auf ihr Getränk wartete, beobachtete sie durch ihre Sonnenbrille die Menschen, die mit Einkaufstüten bewaffnet durch die Straße flanierten. Das Wochenende lag vor ihr. Außer dem Termin im Fitnessstudio hatte sie keine Verabredung. Der Urlaub war vorbei, das Leben nahm langsam wieder Fahrt auf. Normalität kehrte ein Stück weit zurück. Sollte sie sich einen Tag in der Claudius-Therme gönnen?

Eine junge Frau brachte den Cappuccino. Anne hob die Tasse zum Mund, schloss die Augen und versuchte, den Geruch des Kaffees für sich zu definieren. Ein Hauch von Schokolade, vermischt mit Zimt. Seit sie vor einem Jahr einen Mann vertreten hatte, der früher als Kaffeekoster arbeitete, bemühte sie sich, ihren Geruchssinn zu schärfen. Der Mandant hatte ihr Päckchen mit unterschiedlichen Bohnen geschenkt, die sie pflichtschuldig testete. Seitdem kaufte sie den Kaffee für zu Hause in ausgesuchten Geschäften.

Sie probierte und genoss den Geschmack von leichter Bitterkeit, gepaart mit Milchschaum.

»Hallo Anne«, rief eine Männerstimme hinter ihr. Sie zuckte zusammen, die Kaffeetasse vibrierte auf dem Unterteller. Johann. Verfolgte er sie?

Ohne zu fragen, setzte er sich ihr gegenüber, verdeckte die Sicht auf die Sonne.

»Genießt du auch das schöne Wetter?«

»Bis eben ja«, antwortete sie.

»Ah, immer noch kratzbürstig.« Johann lachte dröhnend los.

»Immer noch in Köln?«

»Ja, komme gerade von einem Termin« Er deutete auf den Hauseingang neben dem Café. »Ein Start-up mit einer interessanten Geschäftsidee.«

»Eines der Projekte, mit dem du dir die Langeweile vertreibst?«

»Trinkst du ein Glas Champagner mit mir?« Johann lehnte sich zu ihr hin. Die obersten Knöpfe seines gestreiften Hemds waren geöffnet, die Krawatte hing locker um seinen Hals.

»Warum nicht«, antwortete sie leichthin. »Vielleicht ertrage ich dich mit Alkohol besser.«

»Das ist doch ein Wort.« Johann winkte nach der Kellnerin, die Sekunden später auftauchte. Bei ihm funktionierte das problemlos. Bei ihr dauerte es deutlich länger, bis das

Servicepersonal reagierte. Es stimmte, was man in den einschlägigen Frauenmagazinen zu lesen bekam. Ab einem gewissen Alter wurden Frauen gesichtslos.

Sie biss in den Keks, der mit dem Cappuccino serviert worden war. Sollte sie Johann auf Noah ansprechen? Der setzte sich breitbeinig hin und seufzte wohlig auf.

»Was für ein schöner Tag. Bei Sonnenschein sieht alles gleich ganz anders aus.«

»Sonne gibt es in Südspanien nach meiner Kenntnis ausreichend. Wie lange bleibst du noch in Köln?«

»Kann es sein, dass du mich fortwünscht?«

»Sehr gut erkannt.«

Die Kellnerin erschien mit dem Champagner und Anne hob ihr Glas.

»Auf dein spezielles Wohl.« Anne genoss das herbe Prickeln auf der Zunge. Zusammen mit der Wärme der Sonnenstrahlen war das die perfekte Kombination.

»Immerhin hab ich deinen Geschmack nicht vergessen. Ich weiß doch, wie sehr du Champagner magst.« Johann prostete ihr zu.

»Die meisten Frauen mögen Champagner. Außer Linda.«

»Ach ja, Linda. Wie geht es ihr?«

»Sehr gut.« Anne trank einen weiteren Schluck. Linda hatte nichts mehr von sich hören lassen. »Lennart lebt wieder bei ihr.«

»Echt? Hatte sie den nicht abserviert?«

»Schon. Er ist wieder aufgetaucht. Genauso wie du.«

»Hm. Hat Noah sich bei dir gemeldet?«

»So, wie du es ihm befohlen hast.«

»Ich hab ihm gar nichts befohlen. Ich hab ihn gebeten, sich bei dir zu melden.«

»Das hat er getan.« Anne griff nach ihrem Glas.

Johann zog seine Anzugjacke aus und hängte sie über die Stuhllehne. Er krempelte die Ärmel seines Hemdes hoch. »Wir kommen gut miteinander aus. Ich hab den Eindruck, dass er sich ab nächstem Monat ernsthaft dem Studium widmen will. Für mich wäre das Studieren nur online auch schwierig gewesen. Ich hab besser gelernt, wenn man mir es live erklärt hat.«

Anne nickte. »Das stimmt, für die Studenten war es keine einfache Zeit. Hatte aber nicht den Eindruck, dass Noah intensiv studiert hat, er ist eher mit der Fridays-for-Future-Bewegung beschäftigt gewesen.«

»Ja.« Johann fing ihren Blick ein. Für einen kurzen Augenblick trafen sich ihre Augen, bevor Anne sich abwandte. »Damit ist er immer noch zugange. Ist doch gut, wenn ein junger Mann Ideale hat.«

»Solange er auch an seine Ausbildung denkt.«

»Klar. Mach dir keine Sorgen, das wird schon. Jungs brauchen häufig etwas länger.« Er lachte laut auf.

Anne trank den Rest des Champagners.

»Hast du nicht Lust, uns am Wochenende zu besuchen? Sonntagnachmittag? Dann siehst du selbst, wie wir zwei Männer uns eingerichtet haben.«

Ihre Sicht verschwamm für einen Moment. Konnte es sein, dass ihr der Alkohol zu Kopf gestiegen war? Sie hatte bloß ein Glas getrunken. Zugegebenermaßen auf nüchternen Magen. War das auch eine Folge der Wechseljahre? Vertrug sie nichts mehr? Johann sah sie gespannt an. »Äh ... ich ...«, stotterte sie. »Ich weiß gar nicht, ob ich am Sonntag Zeit habe, bin schon lose verabredet.«

»Ich schicke dir meine Adresse per E-Mail, vielleicht verrätst du mir deine Handynummer. Überlege es dir. Würde mich freuen. Noah auch.«

»Das glaub ich weniger.« Anne erhob sich, sie musste dringend etwas Handfestes zu sich nehmen. »Vielen Dank für den Champagner und Grüße an Noah.« Sie ergriff ihren Rucksack und die Einkaufstüten, bemüht um einen würdevollen Abgang. Johann schwieg. Bewusst langsam, einen Schritt vor den anderen setzend, entfernte sie sich Richtung Rudolfplatz. Sie würde mit der Straßenbahn nach Hause fahren. Als sie in dem Wagen der Bahn saß, fiel ihr auf, dass sie ihren Cappuccino nicht bezahlt hatte.

Kapitel 12

Anne stieg am Bayenthalgürtel aus und spazierte am Bismarckturm vorbei. Mehr als zehn Minuten würde sie für den Weg zu Johanns neuer Behausung nicht benötigen. Die Oberschenkel schmerzten bei jedem Tritt, ihr gesamter Körper fühlte sich steif an. Der Fitnesstrainer, ein Student der Sporthochschule, hatte ihr gestern Nachmittag die Geräte erklärt, mit ihr ein sogenanntes Einsteigerprogramm erarbeitet. Anne stöhnte, während sie den Gürtel entlang schlenderte. Wenn das das Einsteigerprogramm war, wollte sie das Fortgeschrittenprogramm nicht kennenlernen.

Johann hatte ihr prompt am Freitagnachmittag seine Adresse per E-Mail geschickt. Sie ignorierte die Nachricht, fest entschlossen, ihn auf keinen Fall zu besuchen. Noah sollte sich gefälligst bei ihr melden, wie versprochen. Was hatte sie mit ihrem Ex zu schaffen?

Nach einer zwanzigminütigen Trainingseinheit auf dem Fitnessfahrrad, »zum Warmfahren« wie ihr der Trainer empfohlen hatte, war der Ärger über beide Männer abgeebbt. Sie vermisste Noah. Nie Gesprächslosigkeit eintreten lassen. Außerdem war sie die Ältere. Sie war seine Mutter, hatte ihn großgezogen. Sie hatte das verdammte Recht ihn zu sehen. Auf dem Weg zurück in die Wohnung hatte sie Johann geantwortet und sich für heute angemeldet.

Anne bewunderte die Jugendstilfassade des Anwesens zu ihrer Linken. Gekiester Gartenweg mit geschnittenen Buchsbäumen. Nicht die Spur von Unkraut. Die Dichte der Nobelkarossen war enorm. Definitiv ein Viertel, in dem die Wohlhabenderen lebten. Der richtige Ort für Johann. Ob Noah bei ihm ebenfalls den Großkapitalismus kritisierte? Sie hob eine Kastanie auf und ließ sie in ihrer Handfläche hin- und hergleiten. Die glatte Oberfläche der frisch geschlüpften Frucht war jedes Jahr erneut eine Offenbarung.

Welche Art von Behausung hatte sich Johann wohl ausgesucht? Marienburg war ein Villenviertel, in dem sich die unterschiedlichsten Baustile fanden: Cottagehäuser neben Jugendstilvillen und Bauhaushäusern. Johann war nicht der Gartentyp. Die Arbeit war damals an ihr hängen geblieben. Sie tippte auf ein Penthouse mit Tiefgaragenplatz. Der Jaguar musste untergebracht werden, konnte nicht draußen stehen. »Worüber machst du dir Gedanken«, brummte sie und schmetterte die Kastanie auf die Straße. Während der Ehe hatten sie in einem freistehenden Haus im Malerviertel in Rodenkirchen gelebt, mit unverbautem Rheinblick. Sonntagsfrühstück auf der Terrasse. Gespräche bei Sonnenuntergang. Anne seufzte. Es war nicht alles schlecht gewesen. Sie hatte Johann geliebt, mit ihm alt werden wollen. Was war schiefgelaufen?

Ein Blick auf ihr Smartphone verriet ihr, dass es nicht mehr weit war. Sie bog um die Ecke und lief direkt auf ein zurückgelegenes Mehrfamilienhaus zu, vor dem Garten ein schmiedeeisernes Tor mit Klingelschild. Darüber eine Kamera. Hier kam niemand ohne Aufforderung durch die Tür. Sie beugte sich nach vorn, um die Namen zu entziffern. Johann Winter. Anne strich sich mit den Händen die Haare hinter die Ohren. Noch konnte sie wieder gehen.

»Kommt überhaupt nicht in Frage«, flüsterte sie und drückte fest auf den Klingelknopf. Wenige Sekunden später ertönte ein Summer, das Tor sprang auf. Anne folgte dem grau gepflasterten Weg bis zum Eingang, vorbei an geharkten Beeten, aus denen ihr rötlich-gelbe Astern entgegenleuchteten. Ein sirrendes Geräusch drang in ihr Ohr. Eine Biene auf dem Weg zum Nektar.

Die Haustür stand sperrangelweit auf, daneben hatte sich Johann postiert, die Arme vor der Brust verschränkt. Ein gestreiftes Hemd in eine blaue Baumwollhose gestopft. Der Gürtel war neu. Anne schob ihre Schultern zurück.

»Hallo meine Liebe, bist du etwa zu Fuß gekommen?« Er ging auf sie zu und umfasste sie leicht, gab ihr zwei Küsse auf die Wangen. Es roch intensiv nach Cool Water. Sie wedelte mit der Hand. »Hast du zu viel Eau de Toilette aufgetragen?«

»Alles nur für dich.«

»Lass deine blöden Witze. Ist Noah da?«

»Klar, der sitzt vor dem PC. Komm rein.«

Mit dem Fahrstuhl fuhren sie in die obere Etage. Anne unterdrückte ein Kichern. Penthouse.

Der Aufzug führte in einen weitläufigen Flur. Heller Holzboden, moderne Grafiken an den Wänden. Johann breitete die Arme aus. »Willkommen in unserem Reich.«

Sie schwieg und folgte ihm in ein riesiges Wohnzimmer. Über die gesamte Breite des Raums zog sich eine Küchenzeile. In der Mitte des mit einer Theke abgeteilten Bereichs befand sich ein Block mit einem Gasherd unter einer messingfarbenen Dunstabzugshaube. Ein Paradebeispiel aus »Schöner Wohnen«.

»Hast du kochen gelernt?«

»Wie kommst du darauf?«, fragte Johann und öffnete den Kühlschrank, der mit Eiswürfelbereiter und Wasserspender farblich mit dem Herd harmonierte.

»Ach nur so.« Anne ging Richtung Terrassentür. Gegen ihren Willen war sie beeindruckt. Vor ihr lag eine Balkonfläche, auf der man ohne Weiteres ein größeres Fest feiern konnte. Johann musste sein Vermögen in den letzten beiden Jahren deutlich vermehrt haben, wenn er sich diese Wohnung leisten konnte. Hatte er sie bei der Scheidung übers Ohr gehauen?

»Ich weiß genau, was du denkst.«

»So«, antwortete sie schnippisch und drehte sich um. Ihr Exmann trug in jeder Hand ein gefülltes Sektglas.

»Klar. Du überlegst, woher ich so viel Geld habe, um das

hier zu kaufen. Als kluge Anwältin bilanzierst du, ob ich dich finanziell hintergangen habe.« Er stellte die Gläser auf der Theke ab. »Stoß mit mir an und hör auf zu grübeln. Wir haben uns vor zwei Jahren fair geeinigt.«

»Wenn du das sagst.« Anne schaute auf die roséfarbene Flüssigkeit. Dass Johann noch wusste, was sie gern trank, war erstaunlich. In ihrer Ehe hatte er den Hochzeitstag regelmäßig vergessen.

»Veuve Clicquot Rosé, dein Lieblingschampagner. Lass uns auf die alten Zeiten trinken.«

»Besser nicht.« Anne rührte das Getränk nicht an.

»Wie du willst. Dann trink ich halt allein.« Er hob das Glas in ihre Richtung und blinzelte ihr zu. »Santé.«

»Hi Mum.«

Ihr Herz machte einen Satz und sie drehte sich ruckartig um. Noah kam auf sie zu, ein Grinsen auf den Lippen. Dieselbe verwaschene Jeans, in der sie ihn das letzte Mal gesehen hatte. An den Füßen bunte Stricksocken, die farblich zu einem Pullover passten, der Anne unbekannt war. Beim Friseur war er nicht gewesen, der Pony war zu lang und verdeckte seine Augen.

»Hi Sohn«, sagte sie lässig und wartete, bis er vor ihr stehen blieb. Noah schob sich die Haare aus dem Gesicht und beugte sich zu ihr hinunter. Seinen Kuss auf ihrer Wange spürte sie kaum, eine flüchtige Berührung.

»Magst du auch ein Glas?«, fragte Johann und deutete auf die Champagnerflasche, die er in einen silbernen Weinkühler gestellt hatte.

»Nee, du weißt doch, dass ich das Blubberwasser nicht mag. Ich nehm mir lieber ein Kölsch.« Noah öffnete den Kühlschrank und Anne erhaschte einen Blick auf die Getränkeablage hinter der Tür. Diverse Bierflaschen, nebeneinander aufgestellt.

»Du scheinst dich hier ja schon wie zu Hause zu fühlen«,

schoss es aus ihr hervor. Im gleichen Moment hätte sie sich am liebsten die Zunge abgebissen.

»Klaro«, sagte Noah.

»Du hast bestimmt nicht vergessen, dass Noah bei mir auch ein Zuhause hat«, mischte sich Johann ein.

»Jetzt, wo du mich erinnerst«, sagte Anne und machte einen Schritt in Richtung Champagnerflasche. »Bis vor Kurzem war seine Bleibe dann in Spanien, oder?«

»Ach Mum, ist doch egal. Streitet euch nicht.« Noah stieß mit der Kölschflasche gegen Johanns Glas. »Die Hauptsache ist doch, dass wir uns gut verstehen.«

»Finde ich auch«, sagte Johann und legte den Arm um Noahs Schulter.

Anne wollte sofort wieder gehen. Diese Harmonie war nicht zum Aushalten. Sollte sie Noah daran erinnern, dass er nach dem Verschwinden seines Stiefvaters abgrundtief beleidigt war? Noah hatte es vehement abgelehnt, mit Johann in Kontakt zu treten, seine diesbezüglichen Versuche ignoriert. Ihres Wissens gab es seit der Trennung keine Kommunikation zwischen den beiden. Was hatte sich verändert? War Noah so leicht zu korrumpieren?

Johann gab Noah einen Schubs. »Los, zeig deiner Mutter dein Zimmer. Ich bestell derweil unser Essen. Ich dachte an eine Vorspeisenplatte vom Italiener, danach gibt es Lasagne, die übrigens Noah vorbereitet hat.« Er zeigte auf den Ofen. »Im Gegensatz zu mir kann er kochen.« Johann lachte dröhnend und zwinkerte Anne zu. Noah drehte sich um und rutschte auf den Socken in Richtung Flur. Anne folgte ihm widerspruchslos. Im Gehen schnappte sie sich das Champagnerglas.

Am anderen Ende des Flures stoppte er und deutete eine leichte Verbeugung an, bevor er die Tür aufriss. »Nach dir Mum«, sagte er und ließ sie vorbei.

Der Raum war geräumig, Fenster bis zum Boden. Eine Schiebetür führte auf die umlaufende Terrasse. Trotz eines

Schranks, eines Doppelbetts und eines Schreibtischs, auf dem sich ein Laptop und Unterlagen stapelten, wirkte das Zimmer steril. Keine Bilder an den Wänden.

Anne blieb in der Mitte stehen und nippte an ihrem Getränk. War lange her, dass sie zuletzt Veuve Clicquot getrunken hatte. Seit der Trennung von Johann hatte sie sich den Genuss verkniffen. Zu sehr mit Erinnerungen behaftet. Sie schmeckte das beerige Aroma, die erfrischende Fruchtigkeit und nahm einen weiteren Schluck. Noah lehnte am Schreibtisch und beobachtete sie.

»Wie war dein Urlaub?«

»Erholsam.«

»Hat dir Sylt gefallen?«

»Ja, es war sehr schön.« Anne drehte den Stil des Glases in der Hand. »Ich soll dich von Linda grüßen.«

»Danke. Gehts ihr gut?«

»Ja.«

»Setz dich doch.« Noah machte einen Schritt zur Seite und deutete auf den einzigen Stuhl im Raum.

»Danke, schon okay. Ich steh lieber.«

Er zuckte mit den Schultern.

»Geht es dir gut?«, fragte Anne und unterdrückte ein aufsteigendes Kichern. Belangloser ging es wirklich nicht mehr.

Noah strich sich durch die Haare. »Mum, ich ... es tut mir leid.«

»Was genau?«

»Wie ich mich zuletzt aufgeführt habe. Du hattest recht mit allem.«

»Mit allem?«

»Na ja, natürlich nicht mit allem.« Noah grinste und schob eine Haarsträhne aus dem Gesicht.

Annes Hals zog sich zusammen, ihre Augen wurden feucht. »Ich glaub, ich setz mich doch.« Sie steuerte den Stuhl an und nahm verkehrt herum Platz, Arme auf die Lehne gestützt.

»Gut«, stieß Noah hervor und ließ sich auf das Bett fallen.

»Seit wann machst du dein Bett?«, fragte Anne und stellte das Glas auf den Parkettboden.

»Interessiert dich das wirklich?«

»Sorry, doofe Mutterfrage.« Anne lachte, ihre Schultern entspannten sich. »Erzähl mir, wieso du hier gelandet bist. Mein letzter Stand war, dass du bei Milan einziehen wolltest.«

Noah kratzte sich am Kopf. »Das war nur so daher gesagt. Du kennst doch Milan. Kein Geld und keine Unterkunft für mich.«

»Hm. Und da bist du auf Johann gestoßen?«

»Nee, es war nicht so, wie du denkst.«

»Ich denke gar nichts.«

Noah rollte mit den Augen.

»Na gut, ich hab mich gefragt, wieso du bei ihm einziehst. Hast du mir nicht mehrmals gesagt, dass du kein Kontakt mit ihm möchtest?«

»Ja, hab ich. Das war Blödsinn. Er ist für mich immer mehr Vater gewesen als Milan. Das weißt du.«

Anne langte nach dem Glas und trank. Er hatte recht.

»Hast du ihn angerufen?«

»Wir sind uns zufällig begegnet.«

»Okay?«

»Du glaubst mir nicht?«

Anne schwieg.

»Nachdem du mich rausgeschmissen hast, hab ich ein paar Nächte bei meinen Kumpels übernachtet. Auf die Dauer keine Lösung. Ich war bei Milan und Doris, habe einmal auf der Couch geschlafen. Ging gar nicht. Milan hat mich zugetextet und über dich hergezogen.«

»Das kann ich mir gut vorstellen.«

Noah schnippte mit den Fingern. »Egal. Ich wusste ja, dass du nicht da bist, und bin zur Wohnung gefahren. Vor der Tür habe ich Johann getroffen, der dich besuchen wollte.«

»Er wollte was?« Anne stampfte mit dem Fuß auf und

erwischte das Glas. Es klirrte und die restliche Flüssigkeit verteilte sich auf dem Fußboden.

»Shit«, sagte Noah.

»Nicht so schlimm.« Anne zog aus ihrer Hosentasche eine angebrochene Packung Tempos und bückte sich. »Ich mache die Schweinerei weg und du erzählst weiter.«

»Gibt gar nicht mehr viel zu sagen. Wir sind im ›Filos‹ was essen gegangen und haben uns ausgesprochen.«

»So so, ausgesprochen.« Anne bedeckte den ausgelaufenen Champagner mit den Taschentüchern und sah zu, wie die sich vollsogen.

»Ach Mum, mach es mir nicht so schwer.«

»Sorry. Ich geb mir Mühe, nicht weiter über meinen Ex zu lästern, versprochen.«

»Johann hat sich verändert.«

»Ach?«

»Wirklich. Er weiß, dass er damals einen Fehler gemacht hat.«

»Das hat er dir gesagt?«

»Nicht so direkt, aber ...«

»Seine Affäre hat ihn verlassen, das ist der Grund.« Anne stand auf und ging zum Fenster.

»Vielleicht, vielleicht auch nicht. Jeder hat eine zweite Chance verdient, oder? Sagst du doch immer.«

»Solange du nicht verlangst, dass ich ihn wieder aufnehme und so tue, als wäre nichts geschehen ...«

»Natürlich nicht«, unterbrach er sie. »Vielleicht könnt ihr irgendwann so was wie Freunde werden.«

»Freunde, klar«, sagte Anne. Ein Eichhörnchen sprang von einem Baum gegenüber auf die Terrassenbrüstung und für einen Moment sah sie in die braunen Augen, bevor es zurück auf einen Ast hüpfte.

»Willst du auf Dauer hierbleiben?«, fragte sie und drehte sich zu Noah hin.

»Ehrlich, ich weiß es nicht. Ich mein«, sagte er und zuckte mit den Schultern. »Johann hat Platz und ist selten da. Ich kann in Ruhe studieren.«

»So so.«

»Es ist wahr. Ich schaffe den Abschluss, danach suche ich mir was Eigenes. Mum, ich hab mich verliebt.« Er richtete sich auf und suchte ihren Blick. »Es ist diesmal ernst.«

Anne sah ihn an. Ihr großes kleines Kind. Wie oft hatte er das schon gesagt. »Kenne ich sie?«

»Nein. Sie studiert BWL und arbeitet nebenbei bei Greenpeace. Sie heißt Franka.«

»Stellst du mir sie mal vor?«

»Klaro. Sie kommt nachher vorbei. Ich hab ihr von dir erzählt. Sie findet es cool, dass du als Anwältin arbeitest.«

Es klopfte und Johann sah durch den Türspalt. »Habt ihr euch ausgesprochen? Die Vorspeisen kommen jede Minute.«

»Wir kommen gleich«, antwortete Noah. Er wartete, bis Johann sich entfernt hatte. »Mum, ich meins wirklich ernst. Tut mir leid, dass ich so ein Idiot war. An deiner Stelle hätte ich mich längst rausgeschmissen.«

Anne setzte sich zu ihm aufs Bett und legte den Arm um seine Schultern. »Du findest nicht mehr, dass ich so typisch CDU bin?«

»Das hab ich gesagt?«

»Eher geschrien.«

»Wow.«

❁ ❁ ❁

»Ich habe mir erlaubt, dir ein neues Glas einzugießen«, sagte Johann. Er stand neben einem runden Holztisch vor der Fensterfront. Eine Platte mit Vitello tonnato, Tomaten mit Mozzarella, eingelegten Paprika, Oliven und anderen Leckereien waren auf einem bunten Teller angerichtet. Daneben Ciabatta.

Johann hatte sogar an ein Schälchen mit Olivenöl gedacht. Annes Bauch knurrte leise. Sie hatte bisher nur Kaffee und ein Brötchen gefrühstückt und später nichts mehr gegessen. Die Begegnung mit Noah hatte ihr buchstäblich im Magen gelegen.

»Danke«, sagte sie. Johann lächelte ihr zu und Anne beschloss, den heutigen Nachmittag zu genießen. Die Gesellschaft ihres Sohnes und das Essen. War Essen nicht der Sex des Alters? Johann würde sie in Kauf nehmen.

»Erzähl doch mal von deiner neuen Freundin«, sagte sie. »Wo habt ihr euch kennengelernt?«

»Ah. Noah hat dir das Wichtigste berichtet«, sagte Johann und reichte den Brotkorb herum.

»Bei der letzten Fridays-for-Future-Demo.« Noah bediente sich ausgiebig vom Parmaschinken.

»Warst du nicht bis vor Kurzem noch Vegetarier?«, fragte sie.

»Prinzipiell bin ich das immer noch. Franka sagt, Ausnahmen sind erlaubt. Natürlich nur, wenn es Biofleisch ist.«

»Aha.« Anne biss in eine Olive und kaute energisch auf dem nussigen Fruchtfleisch. Johann blinzelte ihr zu.

»Muss ja eine tolle Frau sein, wenn du auf sie hörst«, rutschte es aus ihr heraus.

»Klaro. Franka ist eine Superfrau. Du wirst sie liebgewinnen, nicht wahr Johann? Dir hat sie doch auch sofort gefallen.«

Anne spülte den Geschmack der Olive mit Champagner hinunter. »Gibt es auch Wasser?«

»Sicher.« Noah sprang auf und holte ihr das Gewünschte.

»Du hast also bereits ihre Bekanntschaft gemacht«, sagte Anne und bemühte sich, die Gereiztheit zu unterdrücken.

»Ja. Sie ist ein ständiger Gast in dieser Hütte. Du weißt doch, wie frisch Verliebte so sind.« Johann prostete ihr zu. Anne nahm sich eine weitere Olive.

»Sie kommt nachher vorbei, wollte dich unbedingt kennenlernen.« Noah gestikulierte mit seiner Gabel.

»Mhm«, brummte Anne.

»Sie findet es gut, dass du mich rausgeschmissen hast. Franka will keinen Mann, der noch bei seiner Mutter lebt.«

»Aber beim Vater schon.«

»Du begibst dich auf gefährliches Eis«, bemerkte Johann launig. »Mütter und Schwiegertöchter sind bekannt für besonders innige Beziehungen.«

Anne verschluckte sich und rang nach Luft. »Du willst heiraten?«, japste sie.

»Irgendwann schon«, sagte Noah trocken. »Obwohl ihr beide nicht als Vorbild taugt. Ich will eine Familie gründen und damit nicht warten, bis ich steinalt bin.«

»Ich dachte immer, dass du so eine langweilige Institution wie die Ehe ablehnst«, sagte Anne und langte nach dem Wasserglas.

»Einmal ist keinmal«, sagte Johann und schlug Noah auf die Schulter. Anne stieß ihn unter dem Tisch mit dem Fuß an. »Aua«, sagte er und grinste sie an. »Ich habe doch Recht, oder?«

»Du bist noch viel zu jung zum Heiraten. Außerdem musst du erst dein Studium absolvieren.« Anne bemühte sich um einen lässigen Tonfall.

»Das ist wieder so ein Anwältinnensicherheitsding«, sagte Noah. »Du hast doch auch jung geheiratet.«

»Ja, und du weißt, was dabei herausgekommen ist.«

»Na ich.«

»Sicher, das war das Beste an dem Ganzen.« Sie tätschelte die Hand von Noah. »Der Rest war unerfreulich. Abgesehen davon war ich deutlich älter und hatte mein Referendariat beendet. Beinahe jedenfalls.«

»Wir werden es besser machen.«

»Klar. Ihr macht es besser.« Anne schüttelte langsam den Kopf. »Oma werden möchte ich eigentlich auch noch nicht.«

»Du wärst eine zauberhafte Oma«, sagte Johann.

»Können wir bitte das Thema wechseln?«

Die Lasagne schmeckte köstlich. Anne lobte Noah und Johann bediente sie den gesamten Nachmittag über. Die Zeit verging wie im Flug. Alle drei plauderten entlang aktueller Themen und vermieden es, von Vergangenem zu sprechen. Es war beinahe wie früher, in ihrem alten Haus sonntagnachmittags in Rodenkirchen.

Sie waren inmitten einer Diskussion darüber, wer die Bundestagswahl gewinnen würde, als es klingelte. Noah sprang auf und eilte mit langen Schritten in den Flur.

»Das wird Franka sein«, sagte Johann. »Unser ständiger Übernachtungsgast.« Er stand auf und räumte den Tisch ab. »Kann ich dir noch etwas bringen? Einen Espresso vielleicht?«

»Ein Schnaps wäre besser«, murmelte Anne und rief: »Nein danke, ich habe genug getrunken.«

Der Fahrstuhl glitt mit einem leisen Surren nach oben, wenige Sekunden später ertönte ein helles Lachen. Anne erhob sich und ging zum Fenster. Es dämmerte. Sie würde gleich gehen. Die vor ihr liegende Arbeitswoche war gefüllt mit diversen Terminen und Fristsachen. Sie sollte den Montag ausgeschlafen beginnen.

»Mum, das ist Franka.«

Noah hatte den Arm um eine zierliche junge Frau mit langen blonden Haaren gelegt, die sich von ihm löste, als Anne auf sie zutrat.

»Hallo Frau Winter. Ich freu mich so, dass wir uns kennenlernen.« Franka drückte ihre Hand und sah ihr ohne Scheu in die Augen.

»Ich freu mich auch. Bis vorhin wusste ich nicht, dass es Sie gibt.«

»Noah hat mir viel von Ihnen erzählt.«

»Das glaube ich.«

»Könnt ihr euch bitte duzen.« Noah war neben Franka getreten und legte erneut den Arm um ihre Schultern. Die schmiegte sich an ihn. Mit ihren schwarzen Plateauschuhen reichte sie ihm bis zur Brust. Sie trug ein blaues Kleid, was knapp über dem Knie endete.

»Kommt Kinder, setzt euch. Franka, was möchtest du trinken? Der Champagner ist leider alle.« Johann trat hinter der Theke hervor und begrüßte Franka mit zwei Wangenküssen.

»Für mich nur Wasser bitte.«

»Niemand trinkt mit mir einen Verdauungsschnaps.« Johann stellte eine Flasche Grappa auf den Tisch und goss sich ein.

»Liegt vielleicht daran, dass wir alle morgen arbeiten müssen«, sagte Anne.

»Haha, selbst schuld. Ich kann mir meine Arbeit einteilen.«

Anne öffnete den Mund und fing den Blick von Noah ein. Sie schloss ihn wieder und wandte sich stattdessen Franka zu. »Wir können uns gern duzen. Ich bin Anne.«

Franka Gesicht verfärbte sich rötlich. »Danke schön, ich bin die Franka.«

»Noah hat gesagt, dass ihr euch auf der Demo kennengelernt habt?«

»Ja. Wenn es zeitlich passt, bin ich immer mit dabei.«

»Ist ja auch eine wichtige Sache«, antwortete Anne lahm.

Noah legte seine Hand auf den Arm von Franka. »Klaro. Ohne die Fridays-For-Future-Bewegung hätte sich hier nichts bewegt.«

»Weniger jedenfalls.« Anne goss sich den Rest des Wassers ein.

»Du stimmst mir zu?« Noah löste seine Hand und starrte Anne an.

»Natürlich stimme ich dir zu. Jeder denkende Mensch sieht das so. Wir müssen alle Anstrengungen unternehmen, um der Klimakrise Herr zu werden. Wichtig ist halt, dass man so viele Menschen wie möglich mitnimmt. Sonst geht der Schuss nach hinten los.«

»Das sehe ich auch so«, sagte Franka. »Wir müssen alternative Technologien entwickeln, um Energie bezahlbar zu machen und gleichzeitig den Klimaschutz voranzubringen. Wir müssen der Wirtschaft Anreize schaffen, mit Verboten allein kommen wir nicht weiter.«

»Ohne Verbote aber auch nicht«, warf Noah ein. »Das Tempolimit muss kommen.«

»Die Deutschen sind Autonarren, du weißt schon Freiheit und so.« Franka wedelte mit der Hand vor seinem Gesicht herum.

»Dass was für die Deutschen die Autobahn ist, ist für die Amis die Waffe«, sagte Anne, der die Diskussion anfing, Spaß zu bereiten. Noah und Franka schienen auf einer Wellenlänge zu sein.

»Genau.«

»Ihr wollt mir doch nicht verbieten, mit meinem Jaguar über die Autobahn zu heizen«, sagte Johann und stellte eine neue Wasserflasche auf den Tisch. »Ich bin eine aussterbende Art. Grappa und Jaguar.«

»Leider bis du das nicht«, sagte Noah und schlug sich auf den Mund. »Entschuldige, so hab ich es nicht gemeint.«

»Schon gut mein Sohn«, sagte Johann. »Es ist einfach ein irres Gefühl, mit einem schicken Wagen und einem Haufen PS unter der Haube über die Straße zu brettern. Das verstehst du nicht.«

»Nee, das werde ich nie verstehen«, sagte Noah.

»Eure Ideen mit den Elektrorollern und E-Autos sind auch nicht das Gelbe vom Ei. Wer entsorgt die Batterien?« Johann ließ nicht locker.

»Abgesehen davon, dass man aufpassen muss, nicht über die Roller zu fallen«, sprang Anne ihm bei.

»Richtig«, warf Franka ein. »Manche Menschen sind so

asozial, die stellen die Dinger einfach irgendwo hin, ohne nachzudenken.«

»Und ihr müsstet euch dafür einsetzen, dass dieser Müll bei den Coffee-to-go verschwindet. Wir haben damals nicht so viel Müll produziert wie heute.« Johann goss sich erneut einen Grappa ein. »Dieser ganze Fastfood-Scheiß. Lieber direkt was Echtes.« Alle lachten.

»Es gibt so viel zu tun, aber ich befürchte, dass sich nicht so viel ändern wird«, sagte Anne nachdenklich.

»Mum, du bist immer so negativ.«

»Bin ich gar nicht. Ich bin Realistin.«

»Du musst dich auch mal was trauen, dich verändern, positiv nach vorn schauen. Wir schaffen das, wenn wir wollen.«

»Mein Sohn zitiert Angela Merkel«, sagte Anne und hob die Augenbrauen. »Dass ich das noch erlebe.«

»Die einzig coole Aktion, die sie hinbekommen hat.«

»Darüber kann man vortrefflich streiten«, sagte Johann.

»Aber nicht heute«, sagte Anne. »Klimakrise und Flüchtlingsproblematik sind zu viel für einen Sonntagabend. Abgesehen davon muss ich jetzt los.«

»Du weißt schon, dass das eine das andere bedingt«, sagte Noah.

»Natürlich weiß sie das«, sagte Franka.

»Danke schön. Wenigstens eine hier am Tisch, die mir etwas zutraut.« Anne lachte und klopfte mit der Faust auf den Tisch. »Es war nett, dich kennenzulernen Franka. Wenn du Lust hast, komm doch mal mit Noah bei mir zum Essen vorbei, dann können wir die Diskussion vertiefen. Oder wir sprechen einfach über Klamotten.« Sie zwinkerte ihr zu. »Bleibt sitzen, ich finde allein hinaus.«

»Kommt gar nicht in Frage«, sagte Johann »Ich bringe dich raus.« Er erhob sich.

»Tschö Mum«, sagte Noah. »Ich melde mich.«

»Gut, euch beiden noch einen schönen Abend.«

❁ ❁ ❁

Johann fuhr mit ihr im Fahrstuhl hinunter. Beide schwiegen, bis sie vor der Haustür angekommen waren.

»Wo steht dein Auto?«, fragte Johann, der mit ihr vor das Haus trat.

»Schon vergessen? Ich bin mit der Bahn gekommen. Klimakrise, du weißt schon.«

»Ich ruf dir ein Taxi.«

»Auf keinen Fall, ich bin groß und bis zur Straßenbahn ist es nicht weit.«

»Das ist zu gefährlich. Warte, ich hol mir schnell eine Jacke und begleite dich.«

»Das ist lieb von dir, aber nicht nötig. Wir sind in der Marienburg. Hier gibt es, wenn überhaupt, nur Wirtschaftskriminelle. Ich fahre zwei Stationen bis zum Ubierring und gehe von dort zu Fuß nach Hause.«

Johann sagte nichts, rückte ein Stück näher an sie heran. Die Mischung aus Rasierwasser und Grappaduft stieg ihr in die Nase. Anne gab ihm einen sanften Kuss auf die Wange und wich zurück. »Das war ein schöner Abend. Danke, dass du mich eingeladen hast. Eigentlich wollte ich nicht kommen ...« Sie zögerte, bevor sie weitersprach. »Ich bin froh, dass ich hier war.«

Ohne auf eine Antwort zu warten, ging sie in Richtung Tor.

»Schick mir eine WhatsApp, wenn du zu Hause bist.«

❁ ❁ ❁

Die Straßenlaternen verbreiteten ein trübes Licht. Anne war erleichtert, als sie auf dem belebteren Gürtel angekommen war. Sie hatte sich mehrfach umgedreht. Das Gerede von Johann über lauernde Gefahren wirkte. Außer ihr war niemand auf der Straße gewesen. Am Ubierring wurde sie vom üblichen

Gewimmel in der Südstadt begrüßt. Die Straßencafés und Kneipen waren gut besucht. Viele genossen die Möglichkeit, wieder mit Freunden zusammen zu sitzen.

In ihrer Wohnung blinkte der Anrufbeantworter. Hoffentlich keine unangenehmen Nachrichten. Ihre Freude benutzen das Handy, wenn sie sie kontaktieren wollten. Anne kramte in ihrem Rucksack. Sie hatte in den letzten Stunden nicht auf das Teil gesehen. Auf dem Display leuchteten ihr fünf WhatsApp von Linda entgegen. Hastig las sie die Mitteilungen: »Ruf mich an, wenn du das liest. Ich habe eine Überraschung für dich.« Mehrere Fragezeichen folgten.

Anne drückte auf die Taste des Anrufbeantworters, die aufgeregte Stimme von Linda schallte durch den Raum.

»Wo bist du? Warum meldest du dich nicht? Ruf mich zurück, egal wie spät es ist. Es gibt großartige Neuigkeiten.«

Anne sah auf die Uhr, es war kurz vor zehn. »Melde mich morgen bei dir, war ein langer Tag. Nicht böse sein. LG Anne.« Ihr Finger kreiste über den Worten. Bevor sie es sich anders überlegen konnte, presste sie auf das Sendesymbol. Sekunden danach schickte sie Johann ein Smiley.

Kapitel 13

»Was ist mit dir passiert?« Linda schrie durch den Telefonhörer.

»Ich habe Noah und Johann besucht. Du hast doch gepredigt, den Gesprächskontakt nicht abreißen zu lassen.« Anne hatte die Beine auf die Schreibtischplatte gelegt, vor sich einen Salat mit Thunfisch.

»Aber doch nicht mit deinem Ex. Willst du dich etwa wieder mit ihm vertragen?«

»Wäre das so schlimm?« Anne sah auf ein Foto von Noah, das einzige, das den Weg in ihr Büro gefunden hatte. Es zeigte ihn kurz vor dem Abiball. Die Bilder, auf denen Johann mit abgebildet war, hatte sie in die hinterste Ecke des Kleiderschranks verbannt.

»Was genau ist seit unserem Urlaub mit dir geschehen?«

»Nichts. Ich arbeite.« Anne brach ein Stück Brot ab und rieb es zwischen den Fingern, »Ach halt, Noah hat eine neue Freundin.«

»Lenk nicht ab.« Es raschelte im Hintergrund. Anne hörte, wie Linda mit jemandem redete.

»Da bin ich wieder. Habe gleich einen Notfall. Hör mal, wir müssen uns dringend treffen.«

»Ach.«

»Ja, ich weiß, ich hab mich nicht gemeldet. Freitagabend bei mir? Ich koch auch was Leckeres.«

»Gut. Du hast mir deine Überraschung noch nicht erzählt.«

»Als es brandaktuell war, wollte ich es dir sofort berichten. Jetzt musst du dich bis Freitag gedulden.«

»Du bist …«

»Tschö.«

❁❁❁

Die Woche verging wie im Flug. Gerichtstermine, die im Frühjahr ausgefallen waren, reihten sich aneinander. Dicht gefolgt von Mandantenbesprechungen und den üblichen Fristen. Anne war froh, wenn sie rechtzeitig zur Tagesschau zu Hause war. Meistens schlief sie auf dem Sofa ein und schleppte sich irgendwann vor Mitternacht ins Bett. Morgens gab ihr ein Milchkaffee den nötigen Schwung, um in den Tag zu kommen.

Am Freitagmorgen wurde sie vom Wecker aus einem Traum gerissen. Weißer endloser Strand, Sonnenstrahlen auf ihrer Haut und eine Hand, die sie streichelte. Wohliges Verlangen und Leichtigkeit. Sie tastete nach der Uhr, die erbarmungslos piepte. Normalerweise wurde sie vor dem Alarm wach. Mit geschlossenen Augen versuchte sie, die Vision zurückzuholen, strich sich über den Bauch. Vergeblich. Sie rief sich Roberts Gesicht in Erinnerung. Seinen Geruch, der Hauch von Orange. Bilder der gemeinsamen Tage flimmerten durch ihren Kopf. Die Nächte, in denen sie sich geliebt hatten. Stopp. Anne stütze sich ab und stand auf. Dabei flog das Buch, über dem sie eingeschlafen war, zu Boden. »The Silent Wife« von Karin Slaughter. Eine Frau zwischen zwei Männern, von denen der eine tot war. Ein Serienkiller und Beziehungsprobleme. Genau das Richtige für eine Singlefrau. Sie tappte ins Badezimmer, sah in ihr verquollenes Antlitz und wandte sich wieder ab. Duschen war angesagt.

❁❁❁

Mit einem Strauß bunter Rosen klingelte sie gegen sieben Uhr an Lindas Eingangstür. Die Freundin lebte in Bayenthal, einem Stadtteil, der an die Südstadt angrenzte. An dem Reihenhaus prangte ein weißes Schild mit Namen und Telefonnummer. Linda hatte sich das Haus vor vielen Jahren gekauft und unten ihre Praxis eingerichtet. Zu der Zeit, wo man sich einen Hauskauf noch leisten konnte. Meine Altersvorsorge, pflegte sie zu sagen. Für Anne wäre die Kombination aus Arbeitsplatz und Wohnort nicht in Betracht gekommen. Linda betonte immer, dass sie gut zwischen Privatem und Beruflichem unterscheiden konnte. Ihre Wohnung befand sich im ersten Stock und war über einen separaten Eingang zu erreichen. Trotzdem. Die Vorstellung, dass Mandanten vor ihrer Wohnungstür warteten, ließ Anne erschaudern. Ihre Privatadresse war im Netz nicht zu finden.

Linda öffnete die Tür im Bademantel, ein Handtuch um den Kopf gewickelt. »Komm rein, ich bin gleich soweit. Musste kurz unter die Dusche hüpfen, den Geruch der Woche abwaschen.«

Anne umarmte sie. Wassertropfen streiften ihr Gesicht, Linda duftete nach Kokosmilch. »Du duftest nach Palmen. Bekomme sofort Lust auf Urlaub«, scherzte sie, während sie Linda in die Küche folgte.

»Urlaub ist ein super Stichwort. Ich zieh mir nur kurz etwas an, bin gleich wieder da. Schau doch bitte nach dem Auflauf. Wenn der Käse zu braun wird, nimm ihn raus.«

Lindas Küche war ein Sammelsurium aus Weichholzmöbeln und Hightech. Auf den Ablageflächen standen Gewürze in Gläsern, diverse Essig- und Ölflaschen sowie Schalen mit Obst und Gemüse. Das Fensterbrett beherbergte alte Tomatendosen, in denen Kräuter ihr Zuhause gefunden hatten. Bei dem Backofen handelte es sich um ein nagelneues Dampfbackgerät. Anne hatte am Rande verfolgt, wie Linda Testergebnisse gewälzt hatte. Für sie wäre eine solch teure Anschaffung pure Verschwendung. Vor einiger Zeit hatte sie erwogen, sich einen Thermomix anzuschaffen, sie erhoffte sich unkomplizierte Mahlzeiten. Dabei war es geblieben. Linda drohte mit Kündigung der Freundschaft und hielt ihr einen Vortrag über gesunde Ernährung.

Es duftete verführerisch nach Knoblauch und Mittelmeerkräutern. Anne bückte sich und bewunderte die rote Auflaufform, die mit Nudeln und allerlei Grünzeug gefüllt war. Die Käseschicht war goldgelb. Kein Grund, irgendwie tätig zu werden.

Linda hatte den Tisch in der Küche gedeckt. Auf dem Weißholztisch lagen gewebte Sets in Regenbogenfarben, in der Mitte stand eine blaue Glasschüssel mit Salat. Anne bediente sich von dem Wasser und scrollte durch ihre Handynachrichten. Nur Berufliches. Das konnte warten bis Montag. Anne runzelte die Stirn. Keine Nachricht von Noah. Johann hatte auf ihre WhatsApp vom Sonntag mit einem Herzchen reagiert. Das war alles. Sie trank das Wasser in einem Rutsch aus. Was erwartete sie eigentlich? Ihr Sohn war glücklich mit seiner Franka. Sie hatte ihn aus der Wohnung herauskomplimentiert. Und warum dachte sie an ihren Ex? War sie so einsam, dass sie auf ihn zurückgreifen musste? Gedankenverloren zupfte sie an einem Basilikumblatt und atmete den intensiven Duft ein, bevor sie sich das Blatt in den Mund schob.

»Gab es nichts zum Mittag, dass du schon meine Kräuter anknabbern musst?« Linda öffnete die Ofentür. Der Geruch von Knoblauch intensivierte sich. Anne lief das Wasser im Mund zusammen.

»Du hast kein Date eingeplant, oder?«

»Wieso?« Linda griff zwei Topflappen und stellte die Form auf ein Brett.

»Mit der Knoblauchmenge kannst du einen Vampir bändigen.«

»Vielleicht will ich das ja.« Linda verteilte zwei großzügige Portionen auf Teller.

»Gibt es etwas, was ich nicht weiß?«

»Setz dich. Was willst du trinken? Ich hab extra einen Riesling für dich gekauft.«

»Dann nehm ich ...« Anne pausierte und grinste Linda an. » ... den Riesling.«

»Du Quatschkopf.« Linda holte eine Weinflasche aus dem Kühlschrank und goss ihr ein. Für sich öffnete sie eine Flasche Kölsch.

»Guten Appetit.«

Anne tauchte ihre Gabel in die Käsekruste und probierte. »Autsch, ist heiß.« Hastig trank sie von dem Wasser.

»Ach nee.« Linda prostete ihr mit der Bierflasche zu und Anne nippte am Wein. Eine wohlige Wärme durchströmte ihren Körper. Sie senkte die Schultern und suchte mit beiden Füßen Bodenkontakt.

»Erde an Anne. Bist du noch da?«

»Danke für deine Einladung. Ist das erste Mal in dieser Woche, dass ich zur Ruhe komme. Außer, wenn ich schlafe natürlich.«

»Du arbeitest zu viel und kümmerst dich zu wenig um dich.«

»Das Thema hatten wir schon. Ich bin bereit für deine Neuigkeiten.« Anne lud sich von den Spinat-Champignon-Nudeln auf die Gabel und pustete.

»Emilia hat sich gemeldet.«

Für einen Augenblick lang wusste Anne nicht, von wem sie sprach. Sie schluckte das Essen hinunter und schaufelte sich sofort wieder eine Portion auf den Löffel. »Das schmeckt köstlich. Gibst du mir das Rezept?«

»Sicher. Es wird wie all die anderen auf dem Stapel in deiner Küche landen.«

»Jetzt bist du ungerecht.«

»Sie laden uns nach Mallorca ein.«

»Was?« Anne ließ den Löffel fallen.

»Ende nächsten Monats, für eine Woche. Wir können bei ihnen in Gästezimmern schlafen. Ohne jede Verpflichtung.«

»Das geht doch nicht.«

»Warum? Ist doch süß. Ich habe mir die Woche gleich mal im Kalender geblockt. Meine Termine kann ich umlegen.«

Anne runzelte die Stirn. »Du willst eine Woche mit mir im Haus von Dorothea und Emilia verbringen?«

»Sicher. Das wird großartig. Wenn wir Glück haben, ist es warm und wir können im Meer baden. Mittelmeerfeeling. Abgesehen davon sind die beiden Damen allerliebst. Wenn ich in dem Alter auch noch so rüstig und geistig frisch bin, wäre es grandios. Komm, gib dir einen Schubs. Ich kümmere mich auch um die Flüge.«

Anne trank einen Schluck Wein. In ihrem Kopf wirbelten Gedanken durcheinander. Wieso diese Einladung? Steckte Robert dahinter?

»Robert hat nichts damit zu tun.«

»Wie kommst du jetzt auf den?«

»Halte mich nicht für blöd, meine Süße. Ich weiß genau, was in deinem Kopf vorgeht. Abgesehen davon, dass ich Robert schätze. Er würde dir guttun ...«

»Das Thema hatten wir auch schon«, unterbrach Anne sie.

»Emilia hat betont, dass nur wir zwei bei ihnen wohnen werden. Über Robert haben sie nicht gesprochen.«

»Und das glaubst du?«

»Sicher.«

»Dorothea sucht eine Frau für ihren Sohn. Das hat sie mehr als deutlich zu erkennen gegeben.«

»Und wenn schon. Dazu gehören schließlich immer noch zwei. Los, sag ja. Eine Woche Mallorca. Sonne, Tapas, Nichtstun.« Linda rutschte auf dem Stuhl hin und her.

»Was sagt Lennart dazu?«

»Hä? Wie kommst du jetzt auf den?«

»Ich dachte, ihr seid wieder ein Paar.« Anne bugsierte einen Champignon von der einen Seite des Tellers auf die andere.

»Du bist immer noch sauer, weil ich mich nicht gemeldet habe.«

»Ich ...«

»Stopp, warte einen Moment. Horch in dich hinein und sag mir, dass ich mich irre.« Linda sah sie aufmerksam an.

»Ich hasse es, wenn du diese Psychotricks benutzt.«

»Das sind keine Psychotricks, das ist meine ausgesprochen gute Beobachtungsgabe. Du kannst es auch Einfühlungsvermögen nennen.«

Anne schwieg. Sie starrte auf den Teller und fixierte den Champignon. Ein Glucksen stieg aus der Tiefe ihres Bauchs hervor. Die Lippen aufeinandergepresst, hob sie den Kopf. Linda beobachtete sie mit gerunzelter Stirn.

»Du, du …«

»Ja?«

»Du machst mich fertig«, schoss es aus ihr heraus. Anne legte die Hand auf den Mund, um nicht lauthals loszuprusten. »Einfühlungsvermögen, dass ich nicht lache. Du …« Sie kicherte und konnte nicht mehr aufhören. Tränen liefen die Wangen herab, sie wischte mit dem Ärmel über ihr Gesicht. »Du bist …« Eine erneute Lachsalve hinderte sie am Weitersprechen.

»Ich freue mich, dass ich zu deiner Erheiterung beitrage«, sagte Linda mit Grabesstimme.

Anne japste nach Luft, verschluckte sich und hustete. »Ich bin nicht …« Sie röchelte und griff nach dem Wasser.

»Soll ich dir auf den Rücken klopfen?«

Anne hob abwehrend die Hand. »Sauer«, stieß sie hervor.

»So? Bist du nicht?« Linda hob die Augenbrauen. »Umso besser, dann gibt es auch keinen Grund, warum du mich nicht nach Mallorca begleiten kannst.«

»Ich hab Termine.«

»Die haben wir alle, immerzu. Kann man verschieben. Für dich getestet.«

»Du bist albern.«

»Ab und zu tut das gut.«

Anne seufzte. In ihrem Gehirn ratterte es. Würden die

Kollegen im Büro nicht ungehalten sein, wenn sie wieder wegfuhr? Sie war gerade erst unterwegs gewesen. Andererseits standen ihr sechs Wochen zu, laut Sozietätsvertrag. Letztes Jahr war sie zu Hause geblieben. Wie viele andere auch. Was würden die Mandanten sagen? Anne Winter, es geht um sieben lumpige Tage und nicht um ein Sabbatjahr. Sie schüttelte den Kopf und bemerkte, dass Linda sie beobachtete.

»Die Welt geht nicht unter, wenn wir uns frei nehmen. Wir müssen nicht urlaubsreif sein, können uns das einfach gönnen.«

»Du hast ja recht, aber ...«

»Kein aber. Wir werden statistisch immer älter und müssen mit unseren Kräften haushalten. Wenn wir noch lange arbeiten wollen, müssen wir uns Erholungspausen gönnen.«

»Irgendwie hast du dir soeben widersprochen. Geht es um den Urlaub, um unsere Arbeitsfähigkeit zu erhalten, oder geht es um unser Vergnügen.?«

»Um beides, meine scharfsichtige Freundin. Du und ich sind keine Typen, die sich dem wochenlangen Nichtstun hingeben können. Ein Stück weit kann man es aber lernen, nicht immer rund um die Uhr im Job zu sein.«

»Ich bin nicht nur im Job unterwegs.«

»Ach nein?« Linda zog die Augenbrauen hoch. »Was genau machst du denn außer Arbeiten?«

»Ich, äh, ich lese viel, geh gern essen, treffe mich mit Freunden ...« Anne stockte. »Ich bin nicht deine Patientin.«

»Viel besser: Du bist meine beste Freundin.« Linda fuchtelte mit den Händen vor ihrer Nase herum.

Anne lehnte sich zurück. »Du willst mir nicht den Freitagabend verderben, oder?« Sie griff nach ihrem Weinglas und wurde durch Lindas Hand gestoppt. Finger strichen sanft über ihre Haut. Es prickelte.

»Will ich nicht. Freundinnen sind nicht nur dazu da, alles klasse zu finden. Man darf kritische Töne äußern.« Sie zog den Arm weg. Anne verharrte in der Position, vermisste die Berührung. »Machst du doch auch.«

»Äh, was mache ich?«

»Du erzählst mir, wie ich mein Privatleben zu organisieren habe.«

»Ich will nicht, dass du enttäuscht bist.« Anne konzentrierte sich wieder auf die Unterhaltung.

»Same here. Ich will auch nicht, dass es dir schlecht geht.«

»Touché. Ich kapituliere.« Anne langte nach dem Weinglas. »Ich verspreche, über die Mallorcareise nachzudenken.«

»Mehr will ich ja gar nicht. Es reicht, wenn ich am Montag die Flüge buche und Emilia Bescheid gebe.«

❁ ❁ ❁

Hoffentlich erkannte sie niemand. Nicht auszudenken, wenn einer ihrer Mandanten sie bei ihren kläglichen Fitnessbemühungen ertappen würde. Anne rieb sich mit einem Handtuch über ihre schweißnasse Stirn und sah sich verstohlen um. Mehrere Meter entfernt von ihr traten zwei durchtrainiert aussehende Kerle mit Radlerhosen und Radsportschuhen so in die Pedalen, als wären sie auf der Flucht. Anne bekam schon vom Zuschauen Muskelkater. Über den Bildschirm vor ihr flimmerte eine der Serien, in die man auch nach einhundert Folgen problemlos einsteigen konnte. Die Männer klebten mit den Augen an einem Fußballspiel, das auf dem anderen Monitor gezeigt wurde. Dann lieber Soap. Durch ihre an dem Fitnessfahrrad eingestöpselten Kopfhörer lauschte Anne dem verzweifelten Gejammer der jugendlichen Heldin, deren Badboy soeben das Ende der Beziehung eingeläutet hatte. Sie drohte ihm damit, sich die Pulsadern aufzuschneiden. So wird das nichts, meine Liebe, dachte Anne und sah auf die Uhr an ihrem Fahrrad. Zehn Minuten, bevor sie aufhören konnte. Die körperliche Ertüchtigung gelang ihr nur mit seichter Ablenkung. Gegen ihren Willen fasziniert verfolgte sie, wie der Held in einem Ferrari davonbrauste und die zurückgelassene Ex einen Heulkrampf in der Bar erlitt. Vor sich den Cocktail, den ihr der Verflossene vor seinem Verschwinden bestellt hatte. Von hinten näherte sich ein schnuckelig aussehender Typ, der sie versuchte zu trösten. Klar, in der Welt des Fernsehens tauchten diese Männer in Rudeln auf. Im wahren Leben suchte man sie vergebens. Erst recht in ihrer Altersklasse. Anne schnaufte und strampelte, während sie den Worten der Protagonisten lauschte. Sieh an, die Heldin lächelte wieder. So schnell konnte es gehen.

Das Bild von Johann geisterte durch ihren Kopf. War es Zeit, ihm zu verzeihen? Würde sie sich danach befreiter fühlen? Frei für eine neue Liebe? Anne trat heftiger in die Pedalen, die Hörmuscheln lösten sich. Woher sollte der Mann kommen? Mit Robert hätte es einen Neuanfang geben können. Sie war zu feige gewesen.

»Wow. Ich wusste gar nicht, dass du auch hier trainierst.«

Anne zuckte zusammen. Sie stoppte und musste sich am Lenker festhalten, um das Gleichgewicht nicht zu verlieren.

»Sorry, wollte dich nicht erschrecken.« Franka baute sich vor ihr auf. Der hautenge schwarze Gymnastikanzug betonte ihre Figur, die Haare waren zu einem Pferdeschwanz zusammengebunden. Anne trocknete sich mit dem Handtuch Stirn und Hände und stieg langsam ab. Ihre Beine fühlten sich wie Wackelpudding an. Sie lehnte sich gegen das Fitnessgerät und atmete mühsam aus. »Hallo Franka, ich bin noch nicht so lange Mitglied hier.«

»Und? Gefällt es dir hier? Ich finde es super.« Sie tänzelte auf der Stelle wie ein Rennpferd vor dem Start. Anne überlegte, ob sie ihr wahrheitsgemäß antworten sollte, entschied sich dagegen.

»Es gefällt mir gut, ist nicht so weit weg von meiner Wohnung.«

»Tolle Trainingsgruppen hier. Ich bin mindestens dreimal die Woche mit dabei. Tut so gut, den Kopf freizukriegen nach all dem Unistress.«

»Äh ... Ich komme immer samstags.« Dass es erst das zweite Mal war, verschwieg sie.

»Klar, verstehe ich. Du hast ja auch superviel zu tun.«

»Mhm.« Anne zermarterte sich das Hirn, wie sie das Thema wechseln konnte.

»Noah geht auch regelmäßig trainieren. Für mich müssen Männer Sport treiben. So Couchpotatos mag ich gar nicht.«

»Mhm.« Franka kam ihr heute deutlich redseliger vor als letzten Sonntag. Sie nickte ihr zu und ging mit langsamen Schritten zum Fenster, wo die Flasche mit dem Desinfektionsmittel stand. Mit Papierhandtüchern ausgestattet, kam sie zurück und desinfizierte das Fahrrad. »Willst du mich hier ablösen?«, fragte sie scherzhaft und machte eine auffordernde Geste mit der Hand.

»Nö, ich geh gleich zu meinem Pilates-Kurs. Wenn du Lust hast, komm nächstes Mal mit. Ich reserviere gern telefonisch einen Platz für dich mit.«

»Danke, das ist lieb von dir. Ich bleib erst mal bei meinem Trainingsprogramm.« Das hätte ihr noch gefehlt. Sich zusammen mit dieser personifizierten Sportlichkeit zu quälen, womöglich Matte an Matte.

»Grüß Noah von mir. Wenn ihr Lust habt, die Einladung zum Essen steht.« Sie winkte Franka zu und zog den Bauch ein, als sie an ihr vorbeiging. Ihre dunkelgraue Jogginghose beulte sich an den Knien aus und das Ringel-T-Shirt hatte ebenfalls schon bessere Tage erlebt. Kein Wunder, waren es doch die Klamotten, die sie nur zu Hause trug. Am liebsten auf der Couch. Sollte sie sich sportlich neu einkleiden? Als einen weiteren Schritt in ein verändertes Leben?

Es dämmerte bereits, als sie sich auf den Weg nach Hause machte. Vor dem Odeon in der Severinsstraße hatte sich eine

Schlange gebildet. Anne versuchte, sich daran zu erinnern, welchen Film sie zuletzt gesehen hatte. Sie wusste es nicht mehr. Noah hatte ihr vor Monaten Netflix auf dem iPad installiert. Es kam vor, dass sie sich an einer Serie festbiss und sich die Nacht um die Ohren schlug. Trotzdem nicht dasselbe wie ein Kinoabend. Ob Johann es mit der Einladung ernst gemeint hatte?

❁ ❁ ❁

Am Montagmorgen schickte ihr Linda eine E-Mail mit den Flugdaten. In fünf Wochen würde sie, wenn alles gut ging, auf Mallorca sein und Mittelmeersonne auf der Haut spüren. Ihre Laune verbesserte sich. Es war schön, etwas zu haben, worauf man sich freuen konnte. Sie öffnete ihren Terminkalender: Nichts, was man nicht verschieben konnte. Linda hatte recht. Sie brauchte öfter Erholungspausen als früher. Schließlich wollte sie leistungsfähig bleiben.

Anne holte sich in der Teeküche einen Kaffee und schritt in das Büro ihrer Mitarbeiterin.

»Ich bin Ende Oktober für eine Woche nicht da, habe das im Kalender notiert.«

Frau Vosswinkel strahlte sie an. »Fahren Sie weg?«

»Eine Woche nach Mallorca. Wenn alles gut geht.«

»Warum sollte das nicht funktionieren? Mein Mann und ich haben unseren nächsten Urlaub auch da geplant. Man will ja mal was anderes sehen als die Eifel.«

Anne deutete auf den Stapel an Eingangspost, der neben dem Bildschirm lag. »Irgendetwas Wichtiges?«

»Frau Niederstein hat sich wieder gemeldet.«

»Was? Sagen Sie nicht, sie will wieder heiraten.«

»Sie haben es erfasst.« Frau Vosswinkel blätterte sich durch die Post und zog einen aufgeschlitzten violetten Briefumschlag hervor.

»Lassen Sie mich raten. Es ist ihr Ex.«

»Das war nicht so schwer.« Frau Vosswinkel grinste sie an. »Vorher möchte sie einen Ehevertrag abschließen.«

»Keine blöde Idee, dazu habe ich ihr bereits beim zweiten Mal geraten.«

»Ich versteh nicht, warum man ein und denselben Mann immer wieder heiratet. Ich mein ...« Frau Vosswinkel zuckte mit den Schultern. »Warum leben sie nicht einfach so zusammen, wenn es denn unbedingt sein soll. Kosten doch ein Heidengeld, diese Scheidungen. Wenn mein Mann mich betrügen würde, wäre ich weg.«

Anne hob den Zeigefinger. »Solange sie das Geld in unsere Kanzlei trägt.« Sie griff nach dem Kuvert und hielt es sich an die Nase. »Schwacher Lavendelduft. Manche Sachen ändern sich eben nicht. Frau Niederstein ist konservativ, ohne Heirat lebt sie nicht mit dem Mann zusammen. Vielleicht mag sie Hochzeiten? Oder die Idee des Neubeginns? Ein Ehevertrag ist jedenfalls eine hervorragende Idee. Das predige ich ihr schon seit der ersten Scheidung.« Sie legte den Umschlag zurück auf den Schreibtisch. »Vereinbaren Sie bitte einen Termin mit ihr.«

Auf dem Weg in ihr Zimmer dachte sie über die Worte ihrer Mitarbeiterin nach. Frau Vosswinkel war sicher mehr als zwanzig Jahre verheiratet, ihr Mann arbeitete bei Ford. Anne kannte ihn vom Sehen. Ein ruhiger Zeitgenosse, der Gelassenheit ausstrahlte. Die beiden wirkten vertraut miteinander. Der würde sie bestimmt nicht hintergehen. Anne rief ihre E-Mails auf und scrollte gedankenverloren durch die Nachrichten.

Was für ein Blödsinn. Jeder Mensch war zu einem Betrug fähig, wenn Zeit, Ort und Umstände stimmten. Wer wusste das nicht besser als sie, die unzählige Gespräche mit betrogenen Partnern geführt hatte. Es kam nicht selten vor, dass Geschiedene es erneut zusammen versuchten. Verzeihenkönnen war der Schlüssel zum Glück und die Gabe, zu erkennen, wenn man sich in eine Sackgasse manövriert hatte. Hilfe anzunehmen war wichtig. Alles kluge Ratschläge, die sie ihren Mandanten predigte. Das Telefon klingelte. Anne hob ab und ließ sich den ersten Anrufer des Tages durchstellen.

Kapitel 14

Konnte es sein, dass der wöchentliche Besuch im Fitnessstudio Früchte trug? Anne betrachtete ihre Silhouette im Schlafzimmerspiegel. Sie stellte sich auf die Zehenspitzen und zog den Bauch ein. Der rote Spitzenbody schlug Falten. Sie fuhr über den seidigen Stoff, zwickte sich in die Seiten. Ihr Kostümrock saß lockerer, obwohl sie nur ein Kilo abgenommen hatte. Oder war das Einbildung? Anne schob sich zurück auf die Fersen, schob den Rock hoch und betastete die Oberschenkel. Die Dellen in der Haut blieben sichtbar, würden nicht verschwinden. In Würde altern, meine Liebe, flüsterte sie und setzte ein Lächeln auf. Keine Alternative.

Wie jeden Morgen scrollte sie beim Kaffee durch die Nachrichten auf ihrem Smartphone. Nur beruflicher Kram, nichts Privates. Robert hatte sich seit Sylt nicht gemeldet. Du wolltest es so, ermutigte sie sich und versuchte, die irrationale Enttäuschung wegzuschieben.

In der letzten Woche waren Noah und Franka zum Essen gekommen, sie hatten seinen Geburtstag nachgefeiert. Anne hatte scharfes Gemüsecurry vom indischen Restaurant in Sülz besorgt. Hauptsache kein Fleisch. Mit den Feinheiten der vegetarischen Küche kannte sie sich nicht aus. Bei jungen Leuten wusste man nie, auf welchem Trip sie gerade waren. Es war ein vergnüglicher Abend, sie hatten viel gelacht. Franka tat Noah gut. Er war nicht mehr so absolut in seiner Meinung. Bereit, andere Ansichten zu akzeptieren. Seine restlichen Sachen wollte er spätestens bis Ende des Monats abholen, wenn sie mit Linda auf Mallorca war.

❁ ❁ ❁

Auf dem Weg ins Büro bemühte sie sich, bewusst die Umgebung wahrzunehmen und ihren Kopf zu leeren. Nur beobachten. An einer Straßenecke stellte eine Frau mit grüner Kittelschürze verschiedene Blecheimer mit Blumen vor die Ladentür. Zusammengebundene Rosen in Rot- und Goldtönen. Sie beugte sich zu einem der Gefäße hinunter, holte ein Bund orangefarbener Rosen hervor und schnupperte daran. Es roch moderig.

»Die duften nicht, junge Frau«, sagte die Verkäuferin, die einen Karton mit Topfpflanzen in den Armen hielt. »Heutzutage sind alle daran interessiert, dass die Rosen lang halten und kräftige Farben haben. Da bleibt der Duft auf der Strecke. Darf ich mal?« Anne trat zur Seite und sah zu, wie die Frau die Töpfe mit den Grünpflanzen einzeln neben den Eimern abstellte.

»Das wusste ich gar nicht.«

»Da sind Sie nicht allein. Wenn Sie mich fragen, ist die Welt zum Untergang verurteilt. Nur noch Schein. Nehmen Sie die Blumen?«

Anne nickte und folgte der Blumenhändlerin nach drinnen. Sie würde Frau Vosswinkel eine Freude bereiten.

❁ ❁ ❁

Auf ihrem Schreibtisch lag ein großer Umschlag, Anne erkannte die ausladende Schrift von Johann. War der noch immer in Köln? Sie hatte es sich in der letzten Woche verkniffen, mit Noah über ihren Exmann zu sprechen. Mit dem Blumenstrauß bewaffnet, ging sie in das Zimmer ihrer Mitarbeiterin. Die war nicht an ihrem Platz. Anne würde später wiederkommen, für die Rosen derweil eine Vase besorgen. Auf dem Weg zur Teeküche traf sie Sven, der einen Becher

Kaffee in der Hand hielt. Es roch nach frisch gemahlenen Bohnen.

»Guten Morgen. Den brauche ich auch gleich. Alles gut bei dir?«

»Ja. Abgesehen von den üblichen Katastrophen ist alles im grünen Bereich.« Er trank einen Schluck und deutete auf die Rosen. »Ist heute ein besonderer Tag? Ich habe doch nicht etwa deinen Geburtstag vergessen.«

»Nee, wieso? Der ist erst im März. So schnell möchte ich auch nicht älter werden. Die Rosen sind für Frau Vosswinkel. Ich stell die nur schnell ins Wasser.«

»Ach, deshalb lief sie mit Blumen über den Flur. Normalerweise sammeln wir doch für unsere Angestellten. Das muss an mir vorbei gegangen sein.«

Anne schüttelte den Kopf. »Frau Vosswinkel hat auch nicht Geburtstag. Die Rosen sind einfach nur so.«

»Okay, scheint heut nicht mein Tag zu sein. Ich setze mich wieder an meine Verträge und sage besser nichts mehr.« Er lächelte Anne zu und ging an ihr vorbei in sein Arbeitszimmer.

In der Teeküche traf sie auf ihre Mitarbeiterin, die Wasser in eine weiße hohe Porzellanvase laufen ließ. Neben der Spüle lagen drei langstielige roséfarbene Rosen.

»Guten Morgen. Ich dachte, ich geb denen Wasser, bevor sie austrocknen.«

Anne hielt ihr die orangefarbenen Rosen hin. »Denen bitte auch. Sind für Sie, als kleine Aufmerksamkeit zwischendurch. Von wem sind denn die anderen?«

»Weiß ich nicht. Wurden von einem Boten abgegeben, zusammen mit einem weißen Umschlag. Den hab ich auf Ihren Schreibtisch gelegt. Vielen Dank. Das ist wirklich nett von Ihnen.«

Anne schritt mit den Rosen zurück in ihr Büro. Wieso schickte Johann ihr Blumen? Das Innere ihres Halses verengte sich und sie musste schlucken. Der Kloß in der Kehle verschwand nicht. Sie hustete bewusst, um sich Luft zu verschaffen, und riss den Umschlag auf. Zwei Tickets fielen zu Boden, eine Karte mit einem bunten Harlekin auf der Vorderseite konnte sie gerade noch festhalten.

Liebe Anne, anbei zwei Kinokarten. Ich weiß, dass du Daniel Craig Fan bist. Habe nicht alles vergessen. Hast du Lust, mit mir am Samstag im Residenz den Film zu sehen? Wenn nicht, behalte die Karten und nimm jemand anders mit. Kuss Johann.

Anne kniete sich hin und hob die Tickets auf. »James Bond 007: Keine Zeit zu sterben, Samstag um 16.00 Uhr.« Sie drückte die Eintrittskarten an ihre Brust und überlegte. Der Film lockte sie, keine Frage. Allein ins Kino zu gehen war blöd, nur in absoluten Ausnahmefällen eine Option. Was sollte sie tun?

Jedenfalls nicht sofort antworten. Heute Abend war es früh genug. Nicht, dass sich Johann einbildete, sie würde nach einer Verabredung mit ihm lechzen. War es das überhaupt? Hatte sie nun ein Date mit ihrem Ex?

✽ ✽ ✽

Vor dem Kino hatte sich eine Schlange gebildet. Pärchen, Händchen haltend, standen geduldig hinter Grüppchen von Frauen, die sich lautstark begrüßten. Es waren deutlich mehr weibliche Wesen als Männer zu sehen. Kein Wunder, dachte Anne und sah sich verstohlen nach Johann um. Daniel Craig war ein Frauentyp.

Viertel vor vier. Von ihrem Ex keine Spur. Anne rief sich in Erinnerung, dass Johann immer auf den letzten Drücker kam. Das hatte sie jedes Mal zuverlässig wieder auf die Palme gebracht. Sie schätzte es, einige Minuten vor der Zeit am Ort des Treffens zu sein. Es war extrem unhöflich, kurz vor Beginn angehetzt zu kommen. Man ließ den anderen in Ungewissheit.

Anne hätte sich nie getraut, zu spät zu einem Gerichtstermin zu erscheinen. Etwas, was für viele Kollegen normal war. Die vergaßen die Aufregung der Mandanten, die angespannt auf dem Gerichtsflur warteten. Das ging gar nicht.

Abgesehen davon: War es nicht umso schlimmer, bei einem Date unpünktlich zu sein?

Die Schlange löste sich auf. Anne sah zum wiederholten Male auf ihre Uhr, fünf vor vier. Sie überlegte, den Film sausen zu lassen und stattdessen durch die Innenstadt zu Fuß zurückzugehen. Sich einen Cappuccino mit einer Zimtschnecke zu gönnen. Oder sollte sie sich James Bond allein ansehen? Nicht ihr Problem, wenn Johann draußen blieb. Sofern er überhaupt noch kam. Sie wühlte in ihrem Rucksack nach den Kinokarten und setzte sich in Bewegung.

»Anne, sorry. Warte bitte!« Hinter ihr erscholl lauthals die Stimme ihres Ex. Sie fuhr zusammen, der Inhalt des Rucksacks ergoss sich auf dem Bürgersteig.

»So ein Mist«, fluchte sie und kniete sich hin. Hastig sammelte sie Schminktäschchen, Schlüssel, Taschentücher, Masken und Handy wieder ein.

»Also echt«, ächzte sie und stütze sich mit der Hand ab, um aufzustehen. Johann umfasste ihren Arm und zog sie hoch. »Hallo erst mal«, sagte er und küsste sie leicht auf die Wange. »Hat etwas gedauert, bis ich einen Parkplatz gefunden habe.«

Anne schluckte die bissigen Worte, die ihr auf der Zunge lagen, hinunter. Manche Menschen änderten sich nicht. »Lass uns reingehen, der Film fängt gleich an.«

❁❁❁

Johann hatte einen Zweiersitz im hinteren Bereich des Kinosaals am Rand besorgt. Auf der Leinwand lief Werbung, ein Mitarbeiter führte sie zu den Kinosesseln und flüsterte: »Wenn Sie etwas zu trinken oder essen haben möchten, müssen Sie es jetzt bestellen.«

»Für mich ein Wasser«, sagte Anne schnell, bevor Johann sich einmischen konnte.

»Bist du sicher? Der Film ist lang. Für mich ein Kölsch, eine Tüte Chips und Erdnüsse.«

Anne schwieg und dachte an ihre Figur. Sie schmiegte sich in den weichen Sessel und streckte die Beine aus. Johann beugte sich zu ihr hin, sie sog den Duft seines Rasierwassers ein. Diesen speziellen Johann-Geruch würde sie zeitlebens nicht vergessen. »Wenn du Lust hast, lade ich dich hinterher zu einem Abendessen ein.«

Der Film startete und Anne tauchte in die Bilder der schneebedeckten Landschaft ein. Blut auf Schnee. Spannung von der ersten Sekunde an. Minuten später erklang die sentimentale Titelmelodie. Anne hatte sie bereits gehört, ihr war sie zu kitschig. Neben ihr riss Johann die Tüte auf und stopfte sich eine Handvoll Chips in den Mund. Er schien ebenfalls nicht ergriffen zu sein.

Die Geschichte packte sie, Daniel Craig in Höchstform. Mehrmals krallte sie sich an den Armlehnen fest und schloss die Augen, um sie sofort wieder aufzureißen. James bestellte in einer Bar in Havanna einen Martini, geschüttelt und nicht gerührt. Anne wünschte sich auf die kubanische Insel, ein Mojito wäre nicht schlecht. Sie leckte sich über die Lippen und trank einen Schluck Wasser, legte den Kopf zurück an die Lehne und bewunderte die Nonchalance, mit der James flirtete. Johanns Hand legte sich auf ihre. Anne zuckte zusammen, bewegte sich nicht. Finger streichelten sanft über ihr Handgelenk. Maschinengewehre wurden abgefeuert. Johann befühlte mit zwei Fingern die Unterseite ihres Armes, kreiste über der Haut. Es kribbelte bis in ihren Unterleib hinein. Vertraut. Instinktiv rückte sie weiter nach rechts, hin zu Johann. Der fuhr mit der Hand weg vom Arm über ihre Strickjacke, zog den Reißverschluss auf. Finger glitten über den Seidenstoff der Bluse bis hoch zu ihrer Brust, umfassten sie im Schutz der Dunkelheit. Anne hielt die Luft an. Die Finger verharrten sekundenlang, bevor sie einen Knopf öffneten und sich unter den Stoff schoben. Tastend und streichelnd zugleich. Sie schloss die Augen, gab sich der Berührung hin. Druck auf der Haut. Nicht aufhören. Zwei Finger zwängten sich unter den BH, massierten ihre Brust. Anne presste die Lippen aufeinander, unterdrückte ein Stöhnen.

Es krachte, ein Feuerball erhellte den Saal. Sie legte ihre Hand auf seine, schob sie weg und stand auf. »Bin gleich wieder da.« Mit zitternden Beinen eilte sie zu den Toiletten. Froh, dass sie niemand sah.

Im Vorraum wusch sie sich die Hände und bedeckte mit den nassen Fingern die Schläfen. Der Herzschlag dröhnte in ihren Ohren. Hatte sie das eben wirklich genossen? Sollte sie das Kino verlassen? Johann aus dem Weg gehen?

Nichts da, sie würde den Film zu Ende sehen und ihm danach deutlich machen, dass es zwischen ihnen aus sei. Finito. Noah war das einzige Verbindungsglied.

Anne bestellte sich an der Theke einen Espresso und stürzte ihn hinunter. Das scharfe Aroma hinterließ einen bitteren Geschmack. Süßigkeiten würden helfen. Mit Weingummis in der Jackentasche kehrte sie zurück in den Saal.

»Alles in Ordnung?«, flüsterte Johann, als sie sich setzte.

»Alles klar.« Sie rückte im Sessel so weit wie möglich zum Gang hin und stopfte sich zwei Weingummi in den Mund. Den Rest des Films sah sie nach vorn, ignorierte Johann. Der ließ seine Hände bei sich. Am Ende schossen ihr Tränen in die Augen, sie wühlte in ihrem Rucksack nach einem Taschentuch.

»Hier, nimm eins von meinen.« Johann hielt ihr eine Packung Tempos hin und schob sich an ihr vorbei.

Die Tüte Weingummi war leer. Annes Magen knurrte, als sie aufstand. Sodbrennen würde folgen, sie brauchte eine ordentliche Mahlzeit. Johann wartete in der Eingangshalle auf sie. Sie drückten sich an den Menschen vorüber, die vor der Tür standen. Anne überlegte fieberhaft, was sie ihm sagen sollte. Oder sollte sie das Erlebte einfach ignorieren? War sie süchtig nach Berührungen geworden?

Johann pfiff vergnügt vor sich hin und bot ihr den Arm an, als sie nebeneinander in Richtung Friesenplatz schlenderten. Anne wich einen Schritt zur Seite, knöpfte ihren Mantel zu und wickelte sich ihren dunklen Kaschmirschal um den Hals. Abstand halten.

»Wo hast du geparkt?«

»Hier, unter dem Ring.« Er wies auf einen Treppenabgang zur Rechten.

»Okay, ich …«

»Lass uns noch was essen gehen«, unterbrach Johann sie.

»Nein, ich bin nicht hungrig.«

»Ach? Mir war so, als hätte ich deinen Magen knurren gehört.«

Anne blieb stehen und sah zu ihm auf. »Johann, ich …«

»Ja?«

»Wir sind geschieden«, platzte es aus ihr heraus. »Ich will das nicht.«

»Ich weiß, dass wir geschieden sind. Wenn du mir sagst, dass ich dich in Ruhe lassen soll, bin ich weg. Obwohl …« Er zögerte und blickte sie an.

»Obwohl?«

»Ich hatte den Eindruck, dass wir uns wieder nähergekommen sind.« Er zog die Stirn in Falten. »Hast du einen Freund?«

»Das geht dich nichts an.«

»Also nicht.«

Anne schüttelte den Kopf. »Du hast dich nicht verändert.«

»Warum sollte ich?« Er strich ihr über die Wange. So sanft. »Es war ein Fehler, dich zu verlassen. Das wird nicht wieder passieren, ich verspreche es.«

»Was willst du? Dass wir unsere Ehe fortsetzen?«

»Für den Anfang würde mir eine Beziehung reichen.«

»Ha, du suchst eine Frau, die dir das Bett wärmt«, rief Anne.

»Pst, nicht so laut. Muss ja nicht gleich die ganze Stadt erfahren.« Johann packte sie am Arm. »Ja, ich will mit dir schlafen. Ich will aber auch wieder Bestandteil deines Lebens sein.« Er presste sie an sich. Anne legte den Kopf an seine Wange, Bartstoppeln kratzten über ihr Gesicht. Eine Gruppe junger Männer ging johlend an ihnen vorbei.

»Lass uns zu dir nach Hause fahren«, flüsterte er in ihr Ohr. »Wir können uns unterwegs etwas zum Essen besorgen.«

Anne löste sich von ihm und trat einen Schritt zurück. »Das ist keine gute Idee.«

»Das ist eine hervorragende Idee.« Johann nahm ihre Hand und dirigierte sie über die Straße. Wenige Minuten später standen sie in der Tiefgarage vor seinem grünen Jaguar. Racing Green hatte er die Farbe genannt. Anne gefiel der Ton nicht. Sie hätte sich an seiner Stelle für ein dezentes Grau entschieden, James Bond ließ grüßen.

Johann zwängte sich zwischen den parkenden Autos durch und setzte den Wagen zurück, damit Anne einsteigen konnte. Den Jaguar hatte er sich kurz vor der Trennung gekauft, ein richtiges Angeberauto. Vermutlich wollte er damit Sabrina beeindrucken. Oder seine Midlife-Probleme kompensieren.

Er drückte ihre Hand, bevor er das Auto in Richtung Ausfahrt lenkte. »Fahren wir zu dir?«

»Bei mir vor der Tür findest du nie einen Parkplatz.«

»Das lass mal meine Sorge sein. Zur Not parke ich illegal.«

»Mir egal, ich muss die Knöllchen ja nicht mehr zahlen.«

»Genau.« Johann gab Gas und der Wagen beschleunigte. Gegen ihren Willen genoss Anne die Fahrt. Der Wagen roch nach der vertrauten Mischung aus Rasierwasser und Leder. Ihr war wohlig warm, Johann hatte die Sitzheizung angeschaltet. Stumm beobachtete sie ihn. Seine absolute Selbstsicherheit, die sie immer an ihm bewundert hatte. Er wusste, was er wollte und setzte es durch. Bis zu seiner Affäre hatte sie an die Mär des perfekten Paares geglaubt. Perfekte Paare, gab es die überhaupt? In der Erziehung von Noah hatte er ihr freie Hand gelassen, sich selten eingemischt. Andererseits hatte er pausenlos gearbeitet und war oft nicht da. Dafür lebten sie im Wohlstand, an Geld mangelte es nicht. Für jemand wie sie, die zum Zeitpunkt des Kennenlernens mit einem Kleinkind nur mühsam über die Runden kam, war das ein finanzieller Glücksfall. Es war aber nicht der Mammon gewesen, der sie anzog. Sie hatte sich verliebt. Die Liebe war weg. Oder?

»Stimmt irgendwas nicht?«

»Warum fragst du?«

»Du schaust mich kritisch an und schweigst.«

»Ich frage mich, warum ich dich geheiratet habe.«

»Bisschen spät, oder?«

»Findest du?«

»Ich habe dich geheiratet, weil du die vollkommene Frau für mich bist. Ich liebe dich immer noch.«

»Du hattest es zwischenzeitlich nur vergessen«, sagte Anne. Ihr fiel auf, mit welcher Leichtigkeit sie auf einmal über die Vergangenheit sprechen konnte. Das bittere Gefühl war verschwunden. Konnte eine Freundschaft zwischen ihnen beiden entstehen?

»Genau. Ich wusste doch, dass du mich verstehst.« Johann legte seine Finger auf ihre.

Vor dem Mehrfamilienhaus, in dem Anne lebte, war ein Parkplatz frei. »Das glaub ich jetzt nicht«, rief sie. »Ich bekomm hier nie einen.«

Johann setzte den Jaguar in die Lücke. »Ein Wink des Schicksals, meinst du nicht?«

»Haha.«

Anne stieg aus und ging zur Tür. Ihre Hände zitterten unvermittelt, der Schlüsselbund fiel zu Boden. Johann bückte sich und hob ihn auf. Er streichelte mit dem Finger über ihre Lippen. »Ich freu mich so.«

In der Wohnung blieb Anne unschlüssig stehen. »Soll ich uns etwas vom Inder bestellen?«

»Später«, flüsterte Johann und nahm ihre Hand. »Zeigst du mir dein Schlafzimmer?«

❁ ❁ ❁

Sex mit Johann war wie nach Hause kommen. Vertraut. Eingespielt. Befriedigend. Hinterher lagen sie nebeneinander, die Bettdecke bis zur Taille hochgezogen. Johann schob seinen Fuß zwischen Annes Füße. »Du trägst immer noch Socken im Bett.«

»Ich hatte keine Zeit, mir die auszuziehen.« Sie wackelte mit den Zehen.

»Glaub ich nicht, du und deine kalten Füße.«

»Manche Dinge ändern sich eben nicht.«

»Das ist auch gut so.« Johann gähnte und verschränkte die Arme hinter seinem Hals. »Was meinst du? Wollen wir uns was zu essen bestellen? Rufst du an?«

Irgendetwas machte Klick. Anne krabbelte aus dem Bett und sammelte die auf der Erde verstreuten Kleidungsstücke ein. Mit ihren Sachen unter dem Arm verschwand sie im Bad, wo sie sich auf den Rand der Badewanne setzte. Sie stützte den Kopf in die Hände und starrte auf die terrakottafarbenen Bodenfliesen. Ihr Hirn war leer. Was hatte sie getan?

Sie ließ sich vom Badewannenrand hinuntergleiten und kniete auf der Matte. Ein weißer wolliger Traum. Mit der Stirn den Boden berühren. Die Haltung des Kindes. Die flauschige Baumwolle kitzelte über ihr Gesicht. Anne vergrub ihre Nase im Stoff. Es duftete nach Waschpulver. Sie würde einfach hier liegenbleiben.

Es klopfte an der Tür. »Anne, bist du da drin? Ist was passiert?«

Sie zwang sich, die Augen zu öffnen. Wenige Zentimeter vor dem Badezimmervorleger lag eine tote Fliege. War die vorhin auch schon da gewesen?

»Anne?«

»Ja.« Mit eingeschlafenen Beinen, die sich weigerten zu gehorchen, rappelte sie sich auf. Unterhose und T-Shirt lagen in der Wanne. Sie zog sie an und entsperrte die Tür. Johann, der seine gestreiften Boxershorts verkehrt herum trug, sah sie fragend an.

»Ist dir nicht gut?«

»Nein«, sagte sie langsam und klammerte sich an den Türrahmen. »Mir ist nicht gut. Du musst gehen, bitte. Es war ein Fehler.«

»Anne, ich ...« Er hob abwehrend die Hand.

»Nein«, sagte sie und konzentrierte sich auf ihre Atmung. Ein- und ausatmen. »Du musst gehen. Sofort.« Sie zog die Tür zu und drehte den Schlüssel. Kniete sich hin und versank mit dem Gesicht erneut im Flausch. Minuten später hörte sie, wie die Wohnungstür ins Schloss fiel.

Kapitel 15

Das Flugzeug setzte sanft auf und bremste hart. Anne hielt sich an den Armlehnen fest. Ihr erster Flug seit mehr als einem Jahr. An das Maskentragen hatte sie sich inzwischen gewöhnt. Wenn man längere Verhandlungen im Gericht mit dem Teil überstand, war das Fliegen mit Mundschutz ein Kinderspiel.

Linda kniff sie in den Arm und reckte den Daumen zum Himmel. »Wir sind da.«

»Natürlich«, sagte Anne und zog das Parfüm, was sie an Bord gekauft hatte, aus der Sitztasche hinaus. »Hast du gedacht, wir stürzen ab?«

»Sehr witzig.« Linda rollte mit den Augen. Die sonnengelbe Maske betonte ihre dunklen Augenbrauen. Heute Morgen hatte sie Anne im Auto mit einer Zehnerpackung der farbenfrohen Artikel überrascht. Wenn wir die Dinger schon tragen müssen, sollen sie wenigstens freundlich sein, hatte sie gesagt. Anne musste ihre weiße Maske gegen die gelbe Variante tauschen. Lennart hatte sie mit dem Wagen eines Kumpels zum Flughafen gebracht, dadurch sparten sie die Parkhausgebühren. Außer einem »Guten Morgen«, einem »Tschö« und »Vielen Dank«, wechselte sie auf der zwanzigminütigen Fahrt kein Wort mit ihm. Linda plauderte die ganze Zeit mit ihrem Liebsten. Ihre übersprudelnde Laune war nicht ansteckend und Anne war erleichtert, als die zwei sich mit einer innigen Umarmung voneinander verabschiedeten. Nicht nett, dachte sie, während sich das Flugzeug zum Hangar bewegte. Aber Linda hatte recht: Es ging nicht um sie. Wenn ihre Freundin mit ihm glücklich war, sollte sie das respektieren. Immerhin hatte er sich bis jetzt nicht vom Acker gemacht. Anne nahm sich vor, nicht mehr so garstig zu sein.

❁❁❁

Im Flughafengebäude tummelten sich die Menschen. Braungebrannte Urlauber mit Sommerkleidung kamen ihr auf dem Laufband entgegen. Wenn das Wetter so blieb, wie es vorhergesagt war, würden sie sonnige und warme Tage auf der Insel verbringen. Anne knüllte ihre leichte Daunenjacke zusammen und stopfte sie in den Rucksack. Hoffentlich wartete der Mietwagen startklar auf sie. Emilia und Dorothea hatten sie ursprünglich mit dem eigenen Wagen abholen wollen. Damit war Anne nicht einverstanden gewesen. Schließlich wusste sie nicht, wie die Ladys Auto fuhren. Ab einem gewissen Alter sollte man den Führerschein abgeben. Linda hatte ihren Einwand beiseitegeschoben und sie als typische Juristin geneckt. Glaub nicht, dass ich mich unbeliebt mache, hatte sie gesagt. Das kannst du den beiden selbst erzählen. Im Ergebnis waren sie sich aber einig, dass sie unabhängig sein wollten. Daher der Leihwagen.

Das Kofferband setzte sich in Bewegung und ihre Mitreisenden stürzten nach vorn, als ob es etwas umsonst gäbe. Sie verfolgte, wie die ersten Gepäckstücke auftauchten. War das Lindas knallrote Reisetasche? Apropos Linda? War die nicht eben neben ihr gegangen? Anne sah sich suchend nach ihrer Freundin um. Ihre auffällige orangefarbene Jacke war nirgendwo zu sehen. Anne drängte sich durch eine Gruppe von Männern, alle trugen das gleiche blaue T-Shirt mit dem Aufdruck eines Vereins. Sie erwischte die Tasche und hob sie vom Band. Ein kurzer Check des Anhängers, sie hatte die Richtige.

»Soll ich Ihnen helfen?« Einer der Herren in Blau stellte sich ihr in den Weg, seine Maske hing unter der Nase.

»Nein danke, ich warte noch auf ein Teil.«

»Sie reisen aber mit großem Gepäck.« Der Mann lachte lauthals los und ging zurück zu seinen Freunden. Anne sah sich erneut um. Wo war Linda? Und wieso hatte sie sich keinen Flughafentrolley besorgt? Ihr Rollkoffer purzelte auf das Band, Sekunden später wuchtete sie ihn hinunter. Unter den abschätzenden Blicken der Männer schulterte sie ihren Rucksack und schritt mit den beiden Gepäckstücken, die sie hinter sich herzog, mitten durch die Gruppe. In einem Abstand von mehreren Metern blieb sie stehen. Schweißperlen standen auf ihrer Stirn. Sie fuhr sich mit der Hand über die Augen. War Linda etwa ohne sie durch die Kontrolle gegangen?

Da tauchte die Freundin wie aus dem Nichts vor ihr auf. »Da bist du ja, ich hab dich schon gesucht.«

»Du hast mich gesucht? Wo denn?« Anne stieß die Worte ärgerlich hervor, Linda wich zurück. »Sorry, das war blöd. Ich hab mir Sorgen gemacht.«

»Ich hab dir doch Bescheid gegeben, dass ich kurz auf die Toilette gehe. Außerdem hab ich mit Emilia telefoniert.«

Anne erinnerte sich nicht daran, dass Linda mit ihr gesprochen hatte. »Sorry nochmals, hab ich nicht gehört. Wieso hast du Emilia angerufen?«

»Um sie von unserer Ankunft zu unterrichten. Außerdem habe ich ihr gesagt, dass wir erst am späten Nachmittag da sein werden, damit sie nicht beunruhigt sind.«

»Wieso so spät?« Anne kratzte sich am Hinterkopf. Inzwischen sehnte sie sich nach einem kühlen Getränk im Freien, ohne Maske.

»Wir zwei suchen uns jetzt ein sonniges Plätzchen unter Palmen, wo wir in Ruhe miteinander reden können.«

»Ich verstehe nicht? Wir können die ganzen nächsten Tage miteinander sprechen.«

»Irgendetwas ist mit dir passiert. Du sprichst nicht mit mir und bist dauerschlechtgelaunt. Ich möchte das klären, bevor wir bei den Ladys auflaufen.«

Linda schnappte sich ihre Tasche und hastete mit langen

Schritten Richtung Ausgang. Anne blieb nichts anders übrig, als ihr zu folgen.

❁ ❁ ❁

Sie fuhren nach Son Verí Nou und ließen das Gepäck im Auto, einem in die Jahre gekommenen Fiat. Während der kurzen Fahrt vom Flughafen sprachen sie nur das Nötigste. Anne überlegte krampfhaft, was sie Linda sagen sollte. Seit sie vor einer Woche mit Johann geschlafen hatte, befand sich ihr Gehirn in einer Art Endlosschleife. In Gedanken ging sie immer wieder den Samstagnachmittag und Abend durch. Warum war sie mit ihm ins Bett gegangen? War sie so bedürftig nach Zärtlichkeit?

Johann überschüttete sie mit WhatsApps, nachdem sie auf seine Anrufe nicht reagiert hatte. Heute früh hatte sie ihm geschrieben und gebeten, ihr Zeit zu lassen. Ihm eine Antwort nach der Mallorcareise versprochen. Einerseits tat er ihr leid, andererseits auch nicht. Das Jahr nach der Trennung war eines der schwersten gewesen. Es hatte endlos gedauert, bis sie die Verletztheit überwunden, ihr Selbstvertrauen wiedererlangt hatte. Das sollte alles vergessen sein? Sollte sie mit ihm von vorn anfangen?

Die Arbeit in der Kanzlei lenkte sie ab. Ohne die Herausforderungen dort hätte sie die letzten Tage im Bett verbracht. Die über Jahrzehnte erworbene Disziplin kaschierte ihr zerrissenes Innenleben.

»Erde an Anne. Wollen wir hier etwas trinken?« Linda deutete auf eine unscheinbare Bar.

»Wie du willst.«

Sie nahmen Platz und bestellten eine Flasche Wasser. Anne trank das erste Glas in einem Rutsch, die Flüssigkeit belebte sie.

»Spucks aus«, sagte Linda. »Ich kenn dich lang genug.

Was immer es auch ist, du kannst es sowieso nicht ewig verheimlichen.«

»Meinst du«, sagte Anne. Sie blätterte durch die Speisekarte.

Linda legte ihre Hand auf Annes. »Komm schon, reden befreit.«

»Die Psychologin, wie sie leibt und lebt. Wir sind im Urlaub.«

Linda schwieg, verstärkte den Händedruck.

Anne schüttelte ihre Finger ab. »Ich habe mit Johann geschlafen.«

Lindas Augen weiteten sich.

»Wir haben den neuen James-Bond-Film gesehen.«

»Ist er so toll, wie alle sagen?«

»Willst du mich veräppeln? Ich hatte Sex mit meinem Ex. Nach alldem, was er mir angetan hat. Und du fragst nach der Filmkritik?«

»Ich dachte, es wäre was Ernstes.«

»Wie? Das ist ernst.«

»Ich dachte ...« Linda stockte.

»Ja?«

»Du wärst krank.«

»Ich bin frustriert, leide unter Hitzewallungen und Fehleinschätzungen. Ansonsten geht es mir gut.« Sie riss die Papierserviette in kleine Schnipsel und formte sie zu Kügelchen. »Stimmt nicht. Ich bin allein und frustriert. So frustriert, dass ich mit Johann schlafe.«

Linda kicherte. Anne sah hoch. »Das ist nicht lustig.«

»Doch ... ich ...«

»Hör sofort auf zu lachen. Du nimmst meine Probleme nicht ernst.«

»Ich ...« Linda keuchte, Tränen liefen ihr über das Gesicht.

Anne kniff sich in den Handteller, um den aufkommenden Lachreiz zu unterdrücken. Vergeblich. Ihr Bauch vibrierte und sie lachte lauthals los. Der Knoten im Magen löste sich. Auf einmal waren die Zweifel, die sie die letzte Woche mit sich herumgetragen hatte, verschwunden. Was sollte passieren? Sie saß mit ihrer besten Freundin auf einer spanischen Insel in der Sonne und amüsierte sich.

»Du hast wirklich geglaubt, dass ich krank bin?«, fragte sie.

»Ja, ich hab mir große Sorgen gemacht. Du hast mir nichts erzählt, dich abgeschottet. Und dann deine schlechte Laune. Und ...« Linda stoppte und wurde rot.

»Und?« Anne beugte sich vor.

»Johann hat mich angerufen?«

»Was?«

»Nicht so laut. Er hat sich Sorgen um dich gemacht. Wollte wissen, ob ich irgendetwas weiß.«

»Dieser ... Hat er dir was vom Samstagabend erzählt?«

»Nur, dass ihr im Kino wart und du danach komisch zu ihm warst. Dass es dir nicht gut ging. Und du dich nicht mehr gemeldet hast.«

»Ha. Immerhin hat er den privaten Teil weggelassen.«

»Er ist halt ein Gentleman.« Linda gluckste und streichelte über Annes Arm. »Mach das nie wieder. Ich hab mir die schlimmsten Dinge ausgemalt.«

»Tut mir leid. Ich bin gar nicht auf die Idee gekommen, dass du so etwas denken könntest.«

»Du Schäfchen.«

»Und jetzt?«

»Jetzt genießen wir unseren Urlaub. Übrigens ...« Linda zwinkerte ihr zu. »Sex mit dem Ex ist ein bekanntes Phänomen. Man genießt die Zeit zusammen, ohne sich Gedanken über Gefühle zu machen. Ihr wisst doch bereits, dass die Beziehung nicht funktioniert hat.«

»Du bist ja die Expertin auf diesem Gebiet, nicht wahr? Wie oft hattest du schon Sex mit Lennart, nachdem ihr euch getrennt habt? Ach nein, ihr habt euch immer wieder sofort versöhnt, das ist natürlich etwas anders. «

Linda ließ sich nicht aus der Ruhe bringen. »Jedes Ding hat zwei Seiten. Menschen ändern sich und jeder hat eine zweite Chance verdient.«

»Na super, das lässt jede Interpretationsmöglichkeit offen. Ich dachte bis eben, dass das eine Spezialität von uns Anwälten sei.«

Kapitel 16

Sie fuhren nach Llucmajor und hielten trotz Navigationsgerät mehrfach an, um sich zu orientieren. Die Gässchen, die sich durch den Ort zogen, waren teilweise so schmal, dass sie selbst mit dem Fiat aufpassen mussten, nicht anzuecken. Anne saß hinter dem Steuer, alle Muskeln angespannt. Sie atmete laut aus, als sie aus dem Einbahnstraßengewirr wieder auf eine breitere Allee stießen.

»Puh, hier bewegt man sich besser zu Fuß.«

»Oder mit dem Fahrrad. Mallorca ist ein Paradies für Fahrradfahrer.«

»Viel zu bergig.«

»Du treibst doch jetzt Sport.«

»Sehr witzig.«

Es vergingen weitere zehn Minuten, bis sie ihr Ziel erreichten. Ein zweistöckiges rötlich-braunes Haus lag zurückgesetzt von der Straße. Umgeben war es von einer Steinmauer und Palmen. Anne parkte den Fiat neben einem in die Jahre gekommenen dunkelroten Mercedes.

»Oh mein Gott«, sagte Linda. »Schau dir das an. So pompös hatte ich es mir nicht vorgestellt.«

»Verarmt scheinen die beiden nicht zu sein.«

»Verdient man als Lehrerin so viel Geld? Irgendwas habe ich wohl falsch gemacht«, sagte Linda und löste den Anschnallgurt.

»Da haben wir wieder was gemeinsam.« Anne betrachtete die Flügel der hölzernen Eingangstür. Rechts und links davon wuchsen zwei kleine Orangenbäume in Terrakottatöpfen. Dahinter war ein schmiedeeisernes Gitter. Das Anwesen würde in jedem Hotelprospekt eine gute Figur abgeben. Ob Robert das auch so empfand? Robert. Anne erlaubte sich, an ihn zu denken. Sie rief sich seinen Geruch in Erinnerung. Ein Hauch von Orangen. Unwillkürlich strich sie sich mit dem Finger über die Lippen und ...

Linda riss die Autotür auf. »Willst du im Auto übernachten?«

»Komme ja schon.«

Ihre Ankunft war nicht unentdeckt geblieben. Das Gittertor öffnete sich und eine junge Frau trat auf den Hof.

»Buenas tardes«, sagte sie und lächelte ihnen zu. Sie trug über einer Jeans eine weiße Schürze, ihr schwarzes Haar war in einem Knoten zusammengefasst. »Ich bin Ines. Kann ich Ihnen mit dem Gepäck helfen?«

Linda gab ihr die Hand und Anne beeilte sich, dem Beispiel zu folgen. »Guten Tag. Ich glaub, das schaffen wir allein.« Sie drückte den Kofferraum auf und holte Lindas Reisetasche heraus.

»Bitte, dafür bin ich doch da. Geben Sie mir Ihren Autoschlüssel, ich bring die Sachen rein.«

Anne kapitulierte und legte die Schlüssel in die ausgestreckte Handfläche von Ines. Es war ihr peinlich, sich von einer Frau den Koffer tragen zu lassen.

»Juhu, da seid ihr ja endlich«, ertönte die schrille Stimme von Emilia. »Wo wart ihr denn so lange? Ich hab extra meinen berühmten Mandelkuchen gebacken.«

»Jetzt lass unsere Gäste doch in Ruhe ankommen.« Dorothea war hinter ihre Freundin getreten. Im Arm hielt sie eine getigerte Katze. Beide Damen waren in Leggins gekleidet, darüber bunte Kittel. Emilia trug ihre rote Kappe. Ob sie mehrere Exemplare besaß?

Linda umarmte Emilia. »Ich freue mich so, dass das geklappt hat. Nächstes Mal kommt ihr zu mir nach Köln.« Sie drehte sich zu Dorothea hin. »Darf ich dich auch umarmen, oder werde ich dann gekratzt?«

Dorothea setzte das Tier auf die Erde. Die Katze strich um

ihre Beine, bevor sie um die Ecke verschwand. »Willkommen in unserem Heim. Lucrezia ist wählerisch. Sie braucht eine Weile, um sich an Gäste zu gewöhnen.« Sie ging auf Linda zu und gab ihr zwei Küsse auf die Wangen.

Anne stand vor dem Eingang und beobachtete die Szene. Es kam ihr unwirklich vor, hier zu sein. Vor wenigen Monaten das Interview mit Robert, das vorige Woche veröffentlicht worden war. Das zufällige Treffen in Hamburg, ihr Zusammensein auf Sylt und nun Mallorca.

»Ist alles in Ordnung?«, riss sie die Stimme von Dorothea aus ihren Gedanken.

»Ja, sorry. Ich hab darüber sinniert, wie wundersam das Leben manchmal ist. Wenn mich dein Sohn nicht interviewt hätte, wären wir heute nicht hier.« Sie gab Dorothea einen Kuss, sie roch nach Lavendel.

»Er hat uns den Artikel geschickt. Wir wussten gar nicht, dass du so berühmt bist.« Emilia zwängte sich vorbei und umarmte sie. Anne umschloss die zierliche Person und spürte, wie ihr Tränen in die Augen schossen. In letzter Zeit passierte ihr das öfter. Ob das ebenfalls mit den Wechseljahren zusammenhing?

»Mir hat sie den nicht gezeigt«, beschwerte sich Linda.

»So besonders ist der auch nicht. Außerdem hast du ein Testament und brauchst keine Aufklärung mehr«, sagte Anne und ließ Emilia los.

»Rein mit euch«, befahl Emilia. »Ines bringt euer Gepäck auf die Zimmer und wir vier Hübschen trinken erst mal einen Sekt.«

Linda und sie folgten den beiden durch einen dunklen Flur und ein Wohnzimmer mit Kamin in den Garten.

»Wir sitzen draußen, weil die Sonne scheint und es noch so warm ist. Abends essen wir drinnen.« Emilia zeigte auf einen runden Tisch, der für vier Personen gedeckt war. »Setzt euch, ich hole mal den Sekt.«

»Ich helf dir«, sagte Linda.

Anne schlenderte über die Veranda und bewunderte die Blumentöpfe, die auf dem Boden verteilt standen. Hortensien wechselten sich mit kleinen Oliven- und Zitronenbäumen ab. Dazwischen Pflanzen, die sie nicht kannte. Lucrezia lauerte unter einem Busch und beäugte sie misstrauisch. Dorothea hatte sich hingesetzt und knabberte an einem Keks.

»Wer kümmert sich um all das?« Anne breitete die Arme aus. »Ein richtiges Idyll, das ihr hier geschaffen habt.«

»Der Garten ist meine Passion. Ich kann stundenlang darin rumwerkeln. Abends tun mir Knie und Rücken weh, und ich kann mich kaum bewegen.« Sie beugte sich zu ihr hin und hielt den Zeigefinger vor den Mund. »Verrate das aber nicht Emilia. Die denkt sowieso, dass ich mich übernehme. Dabei kommt einmal im Monat ein Gärtner und hilft mir.«

»Ich schweige.«

»Worüber schweigst du?«, fragte Emilia, in der Hand eine Platte.

»Die Frau hat Ohren wie ein Luchs«, sagte Dorothea trocken.

»Ich ..., äh ich rede im Urlaub nicht über meinen Job«, stotterte Anne.

»Du sollst dich hier ja erholen. Siehst auch sehr erschöpft aus«, sagte Emilia und stellte den Kuchen auf den Tisch. »Das hier ist genau der richtige Ort dafür. Eine Woche Sonnenschein, gutes Essen und ab und zu einen Schluck Alkohol. Du wirst sehen, das wirkt Wunder.«

»Besonders der Alkohol«, brummte Dorothea.

Anne verspürte ein Glücksgefühl in ihrem Innersten. Die beiden Damen waren großartig. Alles schien auf einmal möglich.

Ines kam mit einer Flasche Sekt und Gläsern. »Ich habe Ihrer Freundin die Gästezimmer gezeigt, sie macht sich kurz frisch.«

»Habt ihr mehrere Gästezimmer?«

»Klar«, antwortete Dorothea. »Für dich haben wir den Raum ausgesucht, in dem Robert immer schläft, wenn er uns besucht. Schieb seine Sachen im Schrank einfach zur Seite.«

Das Hochgefühl verschwand so schnell, wie es gekommen war. Anne sah Ines fragend an. »Ich würde mir auch gern die Hände waschen. Können Sie mir den Weg zeigen?«

»Hier duzen wir uns alle«, sagte Emilia. »Wir warten mit dem Sekt, bis du wieder da bist.«

Anne ging hinter Ines zurück ins Haus. »Woher haben Sie, äh, woher kannst du so gut deutsch?«

Ines blieb stehen. »Ich hatte in der Schule Deutschunterricht.«

»Gratulation. Ich hatte Spanisch und kann außer buenas dias und buenas noches fast nichts mehr.«

»Ich arbeite bei zwei Lehrerinnen.« Ines grinste verschwörerisch. »Die beiden haben mich so lange verbessert, bis sie zufrieden waren.«

»Ach so.« Anne unterdrückte den aufsteigenden Lachreiz.

»Emilia und Dorothea sind wunderbar. Ich arbeite gern für sie. Sie sind nicht wie Chefinnen, sie sind ...« Ines stockte und sah sie nachdenklich an. »Sie sind meine Freundinnen.«

»Das verstehe ich. Ich mag sie auch, obwohl ich sie kaum kenne.«

»Wenn sie dich in ihr Herz geschlossen haben, bleibst du drin. Para siempre.« Ines legte ihre Hand auf die Brust.

»Verstehe«, wiederholte Anne.

»Komm, ich zeige dir das Bad.«

Zusammen stiegen sie eine schmale Treppe nach oben. »Nicht gerade altersgerecht.«

Ines drehte sich am Treppenaufsatz um. »Oh no, Emilia und Dorothea schlafen unten. Das ist nur für Gäste. Oder für Robert, wenn er da ist.«

»Ist er öfter hier?« Anne hasste sich für diese Frage.

»Nicht so oft, leider. Es ist gut für Dorothea, wenn er hier ist. Ich glaube, sie vermisst ihn.«

»Wer vermisst wen?« Linda trat in den Flur. Sie hatte Jeans und Pullover gegen ein rotes Sommerkleid mit Margeritenmuster getauscht.

»Dich. Wir vermissen dich. Der Sekt wird warm«, sagte Anne. »Geh schon mal runter, ich komm gleich nach.«

Ines zeigte auf eine Tür. »Da ist das Bad, daneben Roberts Raum.«

»Danke.«

Ines machte kehrt.

»Roberts Raum?«, fragte Linda.

»Sag nichts und verschwinde nach unten.«

Anne schloss die Badezimmertür und schöpfte mit den Händen kaltes Wasser über ihr Gesicht. Was hatte sie erwartet? War doch klar, dass Robert hier präsent war. Dazu brauchte er nicht anwesend zu sein. Entweder sie reiste sofort ab oder sie akzeptierte diese Tatsache. Sie trocknete sich ab und ging mit dem Handtuch in sein Zimmer. Ines hatte ihren Koffer auf einen Stuhl gelegt, der Rucksack lag davor auf dem Boden. Sie kniete sich hin und tastete nach dem Parfüm, das sie im Flugzeug erstanden hatte. Ein paar Spritzer auf die Handgelenke und hinter die Ohren. Es duftete nach Sommerfrische: Vanille und Rose. Das musste reichen. Auspacken konnte sie später.

* * *

Der Nachmittag verging wie im Fluge mit leichtem Geplauder, köstlichem Mandelkuchen, Kaffee und Sekt. Robert wurde nicht erwähnt, und Anne entspannte sich wieder. Vor ihr lag eine vergnügliche Woche mit ihrer besten Freundin und zwei wunderbaren alten Damen, die sie längst liebgewonnen hatte. Mit eintretender Kühle wechselten sie ins Innere des Hauses.

Ines war gegangen, hatte in der Küche alles für einen Imbiss vorbereitet. Tapas, Olivenöl und Brot. Sie ließen den Abend vor dem Kamin ausklingen und Anne fiel lange nach Mitternacht in einen tiefen Schlaf, ohne den Koffer ausgepackt zu haben.

❊ ❊ ❊

Irgendwo krähte ein Hahn. Das Handy zeigte 4.30 Uhr an. Anne zog sich das Kissen über den Kopf und stöhnte. Männliches Imponiergehabe am frühen Morgen. Das Krähen verstärkte sich. Sie wälzte sich aus dem Bett und trottete zum Fenster. Stockdunkle Nacht, durchbrochen von vereinzelten gelben Lichtpunkten. Anne löste die Verriegelung, lehnte sich über den Rahmen. Würzige Luft, abgasfrei. Der Gockel gab nicht auf, sein Kikeriki erscholl unvermittelt durch die Stille. Gewonnen. Dann eben ohne Frischluft. Sie schloss die Fensterflügel und legte sich zurück in die Federn.

❊ ❊ ❊

Nach einer ausgiebigen Dusche fühlte Anne sich gestärkt für den Tag. Sie entschied sich für Jeans und weißes Leinenhemd, schlüpfte in ihre Flipflops. Auf dem Weg nach draußen huschte die Katze an ihren Beinen vorbei, in der Schnauze ein Insekt. Anne beschloss, nicht genauer hinzusehen. Lebhaftes Geplauder empfing sie auf der Terrasse. Die drei Frauen saßen vor leeren Tellern, Krümel auf dem Tisch zeugten von den Resten der Mahlzeit.

»Guten Morgen«, ertönte es unisono von Emilia und Dorothea. Sie trugen wallende Blusen über ihren Leggins. Dorotheas war türkisfarben, Emilias hellrot. Anne überlegte kurz, ob der Kleiderschrank der beiden Damen noch andere Farben hergab.

»Guten Morgen. Sorry, dass ich so spät bin. Heute Nacht hat ein Hahn gekräht und mich aufgeweckt, danach konnte ich zunächst nicht wieder einschlafen.« Sie griff dankbar nach dem Kaffeebecher, den Linda ihr hinhielt.

»Du musst dich doch nicht entschuldigen, Kindchen«, sagte Emilia. »Du kannst so lange schlafen, wie du möchtest. Wir hören das blöde Viech gar nicht mehr. Was möchtest du zum Frühstück?«

»Ich, äh ...« Anne sah sich suchend um. Auf dem Tisch war außer ein paar Stücken Weißbrot und einem Glas mit Marmelade nichts zu sehen. »Ich esse ein Brot mit Marmelade.«

»Papperlapapp. Ich kann dir ein Rührei machen. Eier der glücklichen Hühner von nebenan. Käse, Obst und Joghurt stehen in der Küche. Du musst nicht fasten.«

»Ich kann es mir holen, danke.«

»Am ersten Tag wirst du noch bedient, danach machst du es allein.« Dorothea erhob sich und klopfte ihr auf die Schulter. »Wir lassen die Sachen morgens in der Küche, damit sie nicht in der Sonne stehen.«

»Was ist mit der Katze?«

»Lucrezia?«

»Hab die gerade mit einem Insekt im Maul getroffen. Sie kam aus der Küche.«

Emilia kreischte los. »Solange sie nur Krabbeltiere fängt, ist alles im grünen Bereich. Keine Angst, die guten Dinge sind im Kühlschrank.«

»Schleppt sie auch Mäuse an?«, fragte Linda.

»Klaro«, antwortete Emilia und verzog das Gesicht zu einem breiten Grinsen. Ihre Augen funkelten freudig.

»Jede Katze schleppt Mäuse an, Vögel auch«, sagte Dorothea. »Ich mach dir jetzt ein Rührei.« Mit schlurfenden Schritten verschwand sie nach drinnen.

»Hoffentlich treffe ich auf keine Maus«, sagte Anne. »Die sollen schön draußen bleiben.«

»Die sind doch niedlich«, sagte Linda.

»Sie können ja zu dir ins Zimmer kommen.«

»Pst, ihr zwei«, zischte Emilia. »Ich muss euch was sagen.« Sie hob den Zeigefinger an die Lippen. »Aber ihr müsst schweigen wie ein Grab.«

»Oha. Ein Geheimnis?« Linda legte die Stirn in Falten.

»Ihr dürft nicht sagen, dass ihr das von mir habt.«

»Wir sind von Hause aus verschwiegen«, sagte Anne und kreuzte zwei Finger. »Versprochen.« Was für ein Geheimnis konnte Emilia schon haben?

»Dorothea wird am Freitag fünfundachtzig.«

»Wow«, entfuhr es Anne. »Ich hätte sie wesentlich jünger geschätzt.«

»Was denkst du denn, wie alt ich bin?« Emilia wandte den Kopf zur Seite.

Da konnte man nur verlieren. »Du bist doch allerhöchstens achtzig«, sagte sie und ignorierte Linda, die sie unter dem Tisch mit dem Fuß anstieß.

»Ich bin im Sommer zweiundachtzig geworden«, sagte Emilia und klimperte mit den Augen.

»Ihr seht beide viel jünger aus. Das muss an der Seeluft liegen.« Linda beschattete ihre Stirn mit der Hand. Die Sonnenstrahlen erreichten inzwischen die Essecke.

»Ich trage immer eine Kappe und schütze mich vor UV-Strahlung.« Emilia fischte die rote Kopfbedeckung hinter ihrem Rücken hervor und stülpte sie über ihre grauen Haare.

»Ist das das Geheimnis?«, fragte Anne, die ihr Gesicht der Sonne entgegenstreckte.

»Nein, wo denkst du hin. Obwohl Dorothea jedes Jahr so tut, als gäbe es den Geburtstag nicht. Sie hat Probleme mit dem Älterwerden.« Emilia drehte den Kopf zur Terrassentür. »Schnell, bevor sie kommt. Ich habe ein paar Freundinnen von uns eingeladen für den Freitag, und Ines wird ein kleines Buffet zaubern. Wollte euch vorwarnen.«

»Wir brauchen ein Geschenk«, sagte Anne.

»Kommt Robert auch?«

Anne erstarrte. Robert. An den hatte sie überhaupt nicht gedacht. Sicher würde der zum Fünfundachtzigsten seiner Mutter kommen.

»Bei dem weiß man nie«, sagte Emilia.

»Was weiß man nie?«, fragte Dorothea, die beladen mit einem Tablett auftauchte. Anne sprang auf, um ihr zu helfen.

»Wie das Wetter wird. Inselwetter ändert sich schnell.« Emilia zwinkerte Anne zu.

»Die Wettervorhersage für diese Woche ist gut«, sagte Dorothea. »Hab ich im Radio gehört. Ihr habt euch eine sonnige Woche ausgesucht.«

»Wir sind halt Glückskinder«, sagte Linda und schnappte sich eine Cocktailtomate von Annes Teller.

Sie starrte auf das Rührei, auf das Dorothea geschnittenen Schnittlauch und Basilikumblätter gelegt hatte. Ihr Hals war wie zugeschnürt.

»Los greif zu, sonst wird es kalt«, sagte Emilia.

»Danke Dorothea, das sieht großartig aus.« Anne griff zur Gabel und zwang sich, einen Bissen hinunterzuschlucken. Sie schmeckte nichts.

Kapitel 17

»Wir müssen uns um ein Geschenk kümmern«, sagte Linda, die hinter dem Steuer des Fiats saß. Sie fuhren nach Campos, von dort sollte es weiter zum Strand gehen.

»Sicher«, brummte Anne.

»Stimmt was nicht?«

»Alles gut.« Sie blickte durchs Seitenfenster auf die vorbeiziehenden Felder mit Olivenbäumen. Die Ernte war im vollen Gange. Überall holten Menschen mit Rechen die Oliven von den Bäumen. Netze lagen auf dem Boden, um sie aufzusammeln. Manche Äste waren bizarr verdreht, erinnerten an unheimliche Sagengestalten. Auf einigen Wiesen weideten Schafe. Ein idyllisches Bild.

»Schläfst du schon wieder?«

»Nein.«

Linda seufzte theatralisch und überholte einen Pulk Radfahrer. Minutenlang schwiegen beide.

»Es ist wegen Robert«, brach es aus Anne heraus. »Ich hab keine Lust, ihn wiederzusehen. Wenn ich gewusst hätte, dass er kommt, wäre ich nicht nach Mallorca geflogen.«

»Ach so.« Linda schaute stur geradeaus. »Ich dachte, du hast mit ihm abgeschlossen.«

»Hab ich auch.«

»Dann ist doch alles gut. Wo ist das Problem?«

»Ich ...«, Anne stoppte und presste die Handflächen wie zum Gebet gegeneinander. »Sei nicht so doof, bitte.«

»Sprich es aus, ich höre.«

»Er ist mir nicht gleichgültig«, flüsterte sie.

»Bitte? Hab dich nicht verstanden?«

»Ich will ihn nicht sehen, weil ich Gefühle für ihn hab«, brüllte sie.

»Schon viel besser.«

»Ich hasse dich.«

»Damit kann ich leben.« Linda sah sie an und grinste. »Für den Moment zumindest.«

❁ ❁ ❁

Am Strand war nichts los. Algen säumten das Ufer, das Meer leuchtete in Türkis. Eine Gruppe von Reitern lenkte ihre Pferde an ihnen vorbei zum Wasser. Wie an einer Perlenschnur aufgezogen, wandten sich die Tiere gen Osten, dicht an der Wasserlinie entlangtrabend.

»Bist du jemals geritten?«

»Nee, das konnten sich meine Eltern nicht leisten.« Anne blieb stehen, um sich die Sandalen auszuziehen.

»Ich habe überlegt, damit anzufangen.«

»Echt? Findest du nicht, dass du zu alt dafür bist?«

Linda gab ihr einen Schubs. Anne ruderte mit den Armen, um nicht umzufallen. »Man ist nie zu alt, du blöde Nuss. Außer vielleicht, um ins All zu fliegen.«

»Das kannst du in jedem Alter tun, wenn du genug Kohle hast. Aber reiten? Du weißt schon, dass man sich dabei ganz schön verletzen kann.«

»Und du weißt, dass man auf der Straße von einem Auto angefahren werden kann oder man bekommt einen Schlaganfall oder ...«

»Hör schon auf. Statistisch gesehen ist es wahrscheinlicher, vom Pferd zu fallen und sich alle Knochen zu brechen, als an einem plötzlichen Herztod zu sterben.«

»Seit wann bist du so vorsichtig geworden?« Linda hakte sie unter, sie gingen zum Ufer.

»Nicht vorsichtig, nur realistisch.«

»Du kennst diesen Spruch von Snoopy?«

»Snoopy?«

»Der weiße Hund von Charlie Brown.«

»Ich weiß, wer Snoopy ist, so verkalkt bin ich auch wieder nicht.«

»Das hat auch niemand angenommen. Also: Eines Tages werden wir alle sterben, Snoopy. Ja, aber an allen anderen Tagen nicht. Verstanden?«

»Du willst an allen anderen Tagen reiten lernen?«

»Veräppel mich nicht. Ich will jedenfalls nicht bis zum Ende meines Lebens immer dasselbe tun, ich will Neues entdecken, mich ausprobieren.«

»Das will ich auch.« Anne löste sich von Linda.

»Den Eindruck habe ich nicht.«

»Du willst mich provozieren?«

»Nein, ich will dich aufrütteln.« Sie blieb stehen. »Du bist so pflichtbewusst, wenn es um andere geht. Denk an die Pflichten, die du dir gegenüber hast.«

»Die da sind?«

»Das Leben zu genießen, es auszukosten bis zur letzten Sekunde.«

»Das ist eine Kalenderblattweisheit.«

»Deshalb ist sie nicht falsch. Mir ist klar, dass man nicht in jeder Sekunde ans Genießen denken kann, es gibt auch Verpflichtungen. Wer wüsste das besser als wir zwei. Trotzdem, versuch doch mal, alles etwas lockerer zu sehen, auf deinen Bauch zu hören. Nicht immer nur auf den Kopf.«

»Sagt Lennart das?«

Linda machte kehrt und stapfte durch den Sand, weg von ihr. Anne verfluchte sich für ihre Worte. War das ihre Eifersucht?

»Linda, sorry. Ich habs nicht so gemeint. Komm zurück, bitte.« Keine Reaktion, Linda hastete weiter geradeaus.

»Bitte, bitte, bitte. Ich glaub, ich bin neidisch auf dich«, rief sie ihr hinterher. Ihr Herz klopfte lauthals, sie wollte sich nicht mit ihr streiten.

»Wenn du reiten willst, geh reiten. Vielleicht versuche ich es auch.«

Linda blieb stehen und drehte sich um. »Du willst reiten lernen?«

»Zur Not auch das.«

»Gut, immerhin ein Anfang.«

***

Später saßen sie am Strand, die Füße im Sand vergraben. Ein Mann rannte in die Wellen, tauchte kurz unter und schwamm mit kräftigen Armbewegungen hinaus. Anne deutete auf den Schwimmer. »So abgehärtet werde ich nicht mehr.«

»Ich auch nicht. Obwohl ...«

»Obwohl?«

»Ich mir vorstellen könnte, hier zu leben.«

»Was? Du als eingefleischte Kölnerin?«

»Na ja.« Linda wackelte mit den Zehen. »Über den Winter.«

»Vielleicht nehmen dich Emilia und Dorothea auf.«

»Ich bräuchte einen Praxisraum. Und Patienten. Oder ich mache alle Gespräche von hier über Zoom.«

»Das meinst du nicht ernst, oder? Was wäre mit Lennart?«

»Lennart ist dir doch egal.«

Anne schluckte. »Du bist mir nicht egal. Wenn er zu deinem Leben gehört, dann ist das so. Ich werde lernen, das zu akzeptieren. Natürlich steht mein Angebot.« Sie streckte sich am Boden aus, den Kopf in den zusammengefalteten Handflächen geborgen.

»Oha, welches Angebot?«

»Im Notfall kommst du zu mir.«

»Das weiß ich wirklich zu schätzen, du Schäfchen.«

Anne schloss die Augen und sog die salzige Luft ein. Die Sonne brannte auf ihrer Haut, ihre Muskeln entspannten sich. So schön.

Schatten fiel über ihr Gesicht. »Du musst dich aufrappeln, sonst verbrennst du.«

Anne hatte einen pelzigen Geschmack im Mund, richtete sich träge auf. »Hab ich geschlafen?«

»Ja, du Murmeltier. Mit leisen Schnarchtönen.« Linda stand vor ihr, sie hielt eine Vogelfeder in den Fingern.

»Oh.« Anne stützte sich mit der Hand ab und kam langsam auf die Füße.

»Lass uns zurückgehen. Für den ersten Tag war das genug Sonne.«

»Ja.« Anne tapste hinter Linda durch den Sand zurück zum Auto. Sie fühlte sich ein wenig benommen, sehnte sich nach einem kühlen Getränk.

Auf der Fahrt erinnerte sie sich an das, was Linda zuletzt gesagt hatte. »Du willst nicht wirklich hierherziehen, oder?«

Linda, die den Wagen steuerte, warf ihr einen kurzen Blick zu, bevor sie wieder durch die Windschutzscheibe sah. »Man soll nie nie sagen.«

Ein Gedanke blitzte in Annes Gehirn auf. »Wir müssen uns etwas für Dorothea einfallen lassen.«

»Ja, etwas Blaues.«

»Definitiv. Ich habe im Reiseführer gelesen, dass es mittwochs in Sineu einen Markt gibt. Da könnten wir hinfahren und uns umsehen.«

»Das machen wir. Ich liebe es, auf Märkte zu gehen. Allein die Farben der Gewürze, des Obsts und des Gemüses ...«

»Und das Gedränge der Leute«, unterbrach Anne sie.

»Wir stehen mit den Hühnern auf, damit wir früh da sind.«

»Okay.«

»Der Hahn übernimmt das Wecken.«

❁ ❁ ❁

Als sie am Mittwochnachmittag vom Marktausflug zurückkamen, wurden sie von Emilia im Flur begrüßt. »Überraschung. Robert hat angerufen, er kommt morgen.«

Anne erstarrte. Linda drängte sich an ihr vorbei und ließ die Taschen mit den Einkäufen zu Boden sinken. »Super, da wird sich Dorothea aber freuen. Weiß sie es schon?«

»Nein. Sein Flieger landet gegen Mittag. Ich dachte, ihr holt ihn ab.«

»Kein Problem«, sagte Linda.

»Ist Dorothea nicht da?«, fragte Anne. Sie steckte ihre zitternden Finger in die Hosentaschen und bemühte sich um einen ungezwungenen Tonfall.

»Jeden Mittwoch um diese Zeit ist sie im Spa im Golfhotel Son Antem. Normalerweise fahren wir zusammen und lassen uns massieren. Außerdem chic stylen und so.« Emilia fuhr sich mit den Händen durch ihr graues Haar und klimperte mit den Augen. »Heute ist sie allein unterwegs. Muss mich schließlich noch um die Organisation für Freitag kümmern.«

»Also weiß sie inzwischen, dass es eine Feier gibt?«, fragte Anne.

»Nein Kindchen, wo denkst du hin. Ich hab ihr gesagt, dass ich mich nicht wohl fühle.«

»Und das hat sie geglaubt?« Anne runzelte die Stirn.

»Na ja, sie ahnt vielleicht was.« Emilia klatschte in die Hände. »Los, kommt mit in die Küche. Habt ihr alles bekommen, was ich euch aufgeschrieben hatte? Ihr könnt mir beim Abendessen helfen. Ines kommt erst am Freitag wieder. Heute gibt es Fischeintopf.«

❀ ❀ ❀

Sie hatten den Kamin angezündet. Dorothea war wenige Minuten nach ihnen mit frisch lackierten blutroten Fingernägeln aufgetaucht. Eine Wolke von schwerem, süßlichem Parfum umgab sie, ein Hauch davon schwebte noch im Raum. Anne musterte ihre eigenen Nägel, denen eine Maniküre nicht schaden würde. In den letzten Wochen hatte sie es nicht geschafft, sich darum zu kümmern. Ehrlicherweise war es ihr nicht wichtig erschienen. Termine fanden zumeist online statt, eine gewisse Lässigkeit in Bezug auf Äußerlichkeiten machte auch vor ihr nicht halt. Sie spürte, wie ihr Schweißtropfen den Rücken hinunterliefen und unterdrückte ein Seufzen. »Ich muss kurz an die Luft.«

Emilia klatschte in die Hände. »Es hat Vorteile, älter zu sein. Keine Hitzewellen mehr.«

Anne rang sich ein Lächeln ab und öffnete die Terrassentür. Draußen empfing sie die abendliche Kühle. Lucrezia strich um ihre Beine, bevor sie in die Dunkelheit abrauschte. So schnell, wie der Wärmeschub gekommen war, verschwand er wieder. Hitze und Kälte nacheinander. Sie fröstelte und schloss die Tür.

»Nimmst du keine Hormone?«, fragte Dorothea, die es sich in einem Ohrensessel mit den Füßen auf einem Bänkchen bequem gemacht hatte.

»Nein.«

»Das solltest du aber. Mir haben die geholfen. Wenn ich mir vorstelle, dass ich eine Hitzewallung vor meinen Schülern bekommen hätte. Nicht auszudenken.«

»Ach was«, mischte sich Emilia ein. »Das gehört zum Frausein dazu. Mir war das nie peinlich.«

»Dir ist sowieso nichts peinlich.«

»Wie sollen wir Frauen uns emanzipieren, wenn wir es nicht einmal schaffen, zu unserer biologischen Uhr zu stehen?«

»Papperlapapp. Biologische Uhr, dass ich nicht lache. Wer schmiert sich denn Masken aufs Gesicht und rennt zur Kosmetik?«

»Ich genauso wie du. Dazu stehe ich auch. Ich habe aber niemals Hormone genommen oder Botox. Hatte auch keine Schönheitsoperationen. Das hätte mein Ulrich nie gewollt.«

»Nö klar. Er hat sich direkt an jüngere Frauen rangeschmissen. Wenn Geld und Gelegenheit vorhanden gewesen wäre, hättest du es getan. So wie alle Frauen.«

Anne wechselte einen Blick mit Linda. Die legte ihren Finger auf den Mund und rollte die Augen zur Decke. Verstanden, sie würden sich nicht einmischen. Die Ladys mussten das unter sich ausmachen.

»Er hat sich nur Appetit geholt, gegessen wurde zu Hause.«

Wow, Emilia war wirklich unverwüstlich. Und schlagfertig. Langweilig wurde es den beiden sicher nicht. Für einen Augenblick wanderten Annes Gedanken nach Köln, zu Johann und Noah. Den leidenschaftlichen Diskussionen am Wochenende. Selten waren die zwei einer Meinung, nun lebten sie zusammen. Verrückte Welt.

»Wers glaubt.« Dorothea ließ nicht locker.

»War ich mit ihm liiert oder du?«

»Äh«, räusperte sich Linda. »Wie seid ihr auf die Idee gekommen, zusammenzuziehen?«

Anne schmunzelte. Linda hatte es nicht länger ausgehalten zu schweigen.

Zwei Köpfe bewegten sich ruckartig zu ihr hin. »Wir sind nach unserer Pensionierung aus Hamburg weggegangen«, sagte Dorothea und verzog ihre dunkelrot geschminkten Lippen zu einem breiten Grinsen. Anne hatte sie bis heute nie ohne Lippenstift gesehen. »Ein Tapetenwechsel war nötig.«

»Unsere Männer waren tot und wir ungebunden«, ergänzte Emilia. »Zu zweit macht es einfach mehr Spaß als allein.«

»Es ist auch günstiger, wenn man sich die Kosten teilen kann«, warf Dorothea ein.

»Oha. Zwei Fliegen mit einer Klappe.« Linda zwinkerte Anne zu, die sich wieder hinsetzte.

»Sozusagen«, wiederholte Dorothea, die ins Feuer starrte.

»Ich finde es großartig, dass zwei Freundinnen zusammenziehen, um ihren Lebensabend miteinander zu verbringen. Keiner ist einsam und bleibt allein zurück nach dem Tod der Partner«, sagte Anne.

»Du denkst aber nicht, dass wir keine Männerbekanntschaften mehr hatten«, sagte Emilia.

»Äh ...« Genau das hatte Anne angenommen.

»So alt sind wir nun auch nicht«, bestätigte Dorothea.

»Keine Männer mehr stationär, ambulant jederzeit«, sagte Emilia.

»Oha«, sagte Linda. »Je besser ich euch kennenlerne, umso mehr freue ich mich auf meinen Ruhestand.«

»Nur, weil frau altert, muss sie den Vergnügungen nicht entsagen.« Emilia musste wie so oft das letzte Wort haben.

Kapitel 18

Linda weckte Anne mit einem Milchkaffee und einer getoasteten Weißbrotscheibe mit Marmelade.

»Wieso bist du so früh auf und wieso schlafe ich so lange?« Anne räkelte sich und inhalierte den Kaffeegeruch.

»Hat dich der Hahn heute Nacht wieder gestört?«

»Er hat sich gemeldet, ich bin danach aber sofort wieder eingenickt. Irgendwas liegt hier in der Luft. Ich schlafe seit Jahren eher schlecht.«

»Es gibt eine kleine Planänderung, Dorothea hat mir einen Termin bei ihrer Kosmetikerin gebucht.«

»Heißt konkret?« Anne stopfte sich das Kissen in den Rücken und nippte am Kaffee.

»Du musst Robert allein abholen.«

Sie zwang sich, ruhig zu bleiben, nicht auf die Provokation der Freundin einzugehen. »Seit wann gehst du zu einer Kosmetikerin?«

»Seitdem Dorothea von ihrer geschwärmt hat.«

»Haltet ihr mich für blöd?«

»Was meinst du?« Linda trat ans Fenster und sah in die Ferne.

»Kleiner Verkuppelungsversuch oder was?« Anne zupfte an der Bettdecke. Der Inhalt des Bechers ergoss sich über das Kissen.

»So ein Mist«, schimpfte sie und rappelte sich auf. Braune Flecke zierten ihr Schlaf-Shirt, Kissen und Zudecke.

»Nichts, was man nicht wieder hinbekäme. Zieh dich an, ich ziehe das Bett ab und stopfe alles in die Waschmaschine.«

»Wann begreifst du, dass ich Robert nicht sehen will?«

»Ich bin deine beste Freundin und verstehe dich gut. Du kannst dir natürlich eine andere Unterkunft suchen für die zwei Nächte. Robert ist aber Gentleman genug und wird auf dem Sofa schlafen. Das könnt ihr auf dem Weg vom Flughafen alles in Ruhe klären. Nur bitte verdirb Emilia nicht die Überraschung und Dorothea nicht den Geburtstag.« Linda nahm ihr das Kissen aus der Hand und fing damit an, den Bezug abzuziehen. Anne streifte ihr Oberteil ab, schmiss es auf den Boden und zog aus dem Schrank ein sauberes Teil hervor.

»Bevor ich etwas Unfreundliches sage, geh ich duschen.«

»Super Idee.«

❋ ❋ ❋

Als sie geduscht und angezogen nach unten kam, war Linda fort. Emilia stellte das Geschirr in die Spülmaschine. »Guten Morgen, hast du gut geschlafen?«

»Ja«, antwortete Anne kurz und ärgerte sich im selben Moment darüber. »Danke, du auch?«

»In meinem Alter schläft man nicht mehr gut.« Emilia, die eine weiße Schürze über einem orangefarbenen Leinenkleid trug, zwinkerte ihr zu. »Man genießt jede Sekunde des Wachseins, tot ist man schließlich noch lang genug.« Sie griff nach einem Topf und fing an, ihn mit einem Schwamm zu bearbeiten. »Na ja, fast jede Sekunde.«

Annes schlechte Laune verschwand so schnell, wie sie gekommen war. Emilia strahlte eine Lebenslust aus, um die sie sie beneidete. »Ich mach mir noch einen Kaffee, habe den ersten ins Bett geschüttet«, sagte sie und ging zur Kaffeemaschine.

»Es ist dir nicht recht, dass Robert kommt, oder?« Emilia hörte auf zu schrubben und stützte ihre Hände in die Hüften. Sie öffnete den Mund, und Anne bemerkte orangefarbenen Lippenstift auf ihren Zähnen. Ihre Augen wurden feucht und sie unterdrückte den Impuls, Emilia in die Arme zu schließen.

»Ich mag Robert«, sagte sie und lehnte sich an die Küchenzeile. »Sehr sogar. Aber wir sind zu unterschiedlich und leben hunderte Kilometer voneinander entfernt. Das hat keine Zukunft.«

Emilia ließ Wasser über den Topf laufen. »Wen willst du überzeugen? Dich oder mich? Ihr jungen Leute seid alle so furchtbar kompliziert. Liebst du ihn oder liebst du ihn nicht? Das ist doch die einzige Frage, die wichtig ist.«

»Danke für das: ›Junge Leute‹.«

»Du lenkst ab.«

»Ja. Theoretisch hast du recht, praktisch ist es aber schwierig.«

»Noch einmal, wen willst du überzeugen?« Sie stellte das Wasser ab und fischte ein Geschirrhandtuch aus einer Schublade neben der Spüle.

»Mich«, flüsterte Anne und nahm Emilia in den Arm.

❁ ❁ ❁

Emilia hatte ihr erklärt, wie sie fahren sollte und Flugnummer und Ankunftszeit auf einen Zettel geschrieben.

Anne ergatterte einen Parkplatz vor der Ankunftshalle. Fünf Minuten bis zur Landung der Maschine. Sie stieg aus und sah sich um. Passagiere verließen das Gebäude. Die meisten strebten zum gegenüberliegenden Parkhaus, die Koffer hinter sich herziehend. Ein Mann wurde von einer Frau mit zwei kleinen Jungen abgeholt. Die Kinder jauchzten und umklammerten ihren Vater an den Beinen, während sich das Paar in den Armen lag. Anne fixierte die Familie, konnte den Blick nicht lösen. Vier dunkle Haarschöpfe, miteinander verbunden. Ihre Augen wurden feucht, sie setzte ihre Sonnenbrille auf. Hörten diese Rührseligkeitsphasen irgendwann wieder auf?

Sie schaute auf ihr Smartphone. Der Flug war nicht verspätet, Robert müsste bald erscheinen. Anne wischte sich mit einem Taschentuch über die Augenränder und positionierte sich mit Abstand in der Mitte vor den Türen. Ihre Hände zitterten. Sie schob sie in die Hosentaschen, um sie Sekunden später von Neuem herauszuholen und ineinander zu verschränken. Ein leises Pfeifen ertönte in ihren Ohren, Schweißtropfen liefen ihren Rücken hinunter. Eine Hitzewelle, super. Immer zur Stelle, wenn frau sie nicht brauchte. Anne kramte in ihrem Rucksack nach etwas zum Fächeln und förderte eine Illustrierte zutage, die sie am Flughafen in Köln gekauft hatte. Bisher hatte sie lediglich darin geblättert. Sie wedelte sich Luft zu und hoffte, dass ihr Gesicht nicht tomatenrot angelaufen war. Ihr T-Shirt fühlte sich klamm an. Fehlte nur noch Robert zu ihrem Glück.

Nach der Hitze kam zuverlässig die Kälte. Ein Schauder rann über ihren Körper. Anne fröstelte und zog die Strickjacke, die sie um die Hüfte geschlungen hatte, an. Sie kniff die Augen zusammen, als sich ein Pulk von Menschen den Türen näherte. Da, das war Robert. Unschwer am ausladenden Gang zu erkennen. Er blieb hinter dem Ausgang stehen, riss sich die Maske herunter und schaute sich um. Jeans, Pullover und Daunenjacke, eine Tasche über der Schulter. Auf dem Kopf eine blaue Kappe, unter der der Pferdeschwanz hervorlugte. Anne gönnte sich einige Sekunden, in denen sie ihn nur betrachtete. Seine hochgewachsene Gestalt. Die angespannte Körperhaltung, die Ungeduld ausdrückte. Zögernd hob sie die Hand.

Sein Gesichtsausdruck wechselte von Ungläubigkeit zu Gereiztheit. Er ging langsam auf Anne zu, stoppte so dicht vor ihr, dass sie den Abdruck der Gummibänder auf seinen Wangen bemerkte.

»Hallo Robert«, sagte sie und nahm die Sonnenbrille ab. »Ich bin das Empfangskomitee.«

»Was machst du hier?«, fragte er und verschränkte die Arme vor der Brust.

»Ich wusste nicht, dass du kommst.«

»Das ist keine Antwort auf meine Frage.«

Anne setzte die Sonnenbrille wieder auf. »Du könntest wenigstens so höflich sein, guten Tag zu sagen.«

»Guten Tag. Wieso bist du hier?«

Anne seufzte. »Ich mache mit Linda hier Urlaub. Deine Mutter und Emilia haben uns für eine Woche zu sich eingeladen. Ich wusste weder, dass du kommst, noch, dass Dorothea Geburtstag hat. Sonst wäre ich mit Sicherheit nicht hier.«

»Verstehe.« Er verzog den Mund zu einer Grimasse. »Da steckt bestimmt Emilia dahinter.« Er lachte bitter auf.

»Ich habe mich auch schon darüber geärgert. Dorothea ist mit Linda in Son Antem, deshalb musste ich dich abholen. Tut mir leid. Wenn du nicht mitfahren willst, kannst du dir ein Taxi nehmen.« Anne drehte sich um und öffnete mit dem Funkschlüssel die Autotüren. In ihr brodelte es. So hatte sie sich die Begrüßung nicht vorgestellt. Das konnte ja heiter werden.

»Sei nicht albern.« Robert schmiss seine Tasche auf den Rücksitz und stieg ein.

Bis zur Autobahnauffahrt schwiegen beide. Anne sah stur geradeaus und ignorierte ihren Beifahrer, der seinerseits aus dem Seitenfenster blickte. Ein schwacher Duft seines Rasierwassers hing in der Luft. Orangengeruch, passend zu der Vegetation hier. Sie trat das Gaspedal durch und überholte einen Lastwagen, auf dessen Ladefläche Oliven angehäuft waren. Der Wagen vibrierte, als sie sich vor ihm einordnete.

»Das ist kein Porsche«, sagte Robert.

»Jetzt, wo du es aussprichst, bemerke ich es auch.«

»Ich bin nur um mein Leben besorgt und um deinen Geldbeutel.«

»Danke.« Anne nahm die Geschwindigkeit zurück und riskierte einen schnellen Blick zur Seite. Grinste der etwa?

»Emilia und Dorothea haben mich in deinem Zimmer

untergebracht. Keine Angst, ich räume es und werde die verbleibenden zwei Nächte unten auf der Couch schlafen.«

»Das ist nicht nötig.«

»Wo ist Luzifer?«

»Bei meiner Nachbarin.«

»Okay.«

»Er mag sie.«

»Wie lange bleibst du?«

»Bis Samstag.«

Anne schaltete das Autoradio an.

❁ ❁ ❁

Emilia erwartete sie im Eingang. Die Schürze hatte sie abgelegt und irgendetwas mit ihrem Haar gemacht. Es stand vom Kopf ab und erinnerte an einen Igel. Sie winkte mit einem Geschirrhandtuch.

Robert riss die Autotür auf, bevor Anne den Motor ausgeschaltet hatte. Er ignorierte Emilias ausgebreitete Arme, gab ihr einen Kuss auf die Wange und verschwand im Haus. Anne schlug mit der Faust auf das Lenkrad. Ein Nagel splitterte. »So ein Mist.« Langsam stieg sie aus, den Finger mit dem abgebrochenen Nagel in den Mund gesteckt. Emilia kam auf sie zu. Ihre Füße steckten in roten Birkenstocks, ein Umstand, der ihr bisher entgangen war. Farbenmäßig war Emilia nicht zu toppen. Anne lachte kurz auf.

»War kein großer Erfolg, oder?« Emilia sah sie mitfühlend an.

»Das hast du hübsch ausgedrückt. Ich drehe eine Runde durch den Ort, um mich abzukühlen.«

»Mach das. Trink einen Suau im Café Colon, das wird schon wieder.«

»Wenn ich nicht wiederkomme, habe ich die Flasche ausgetrunken.« Anne gab Emilia den Autoschlüssel und umarmte sie rasch. Danach schulterte sie ihren Rucksack und schlug den Weg Richtung Plaza de España ein.

Ihre gleichmäßigen Schritte auf dem Asphalt beruhigten sie. Weniger als achtundvierzig Stunden, bevor sie im Flugzeug zurück nach Köln saß. Sie würde versuchen, Robert aus dem Weg zu gehen.

Während sie auf dem Kopfsteinpflaster durch das Städtchen lief, ärgerte sie sich, dass sie nicht den Fiat genommen hatte. Eine lange Wanderung am Meer wäre das Richtige gewesen. Ihre Wut in die Natur herausschreien.

Sie überlegte, ob sie sich ein Taxi bestellen sollte. Es herrschte Siestazeit und die Straßen waren nahezu menschenleer. Einige Fahrradfahrer überholten sie, bunte Farbkleckse in ihren Trikots. Auf der rechten Seite tauchte San Miguel mit dem angrenzenden Pfarrhaus auf. Anne hatte in ihrem Reiseführer gelesen, dass es die zweitgrößte Kirche Mallorcas war. Besichtigt hatte sie das Gotteshaus noch nicht. Ob das jetzt ein guter Moment war?

»Willst du deinen Frust bei Gott abladen?«, murmelte sie und ging hastig weiter. »Hast du ernsthaft erwartet, dass Robert dir um den Hals fällt und beteuert, wie er dich vermisst hat? Wach auf. Du wolltest keine Beziehung und musst mit den Konsequenzen leben.«

Im Café Colon bestellte sie einen Espresso, Wasser und ein Sandwich mit Huhn. Eine junge Frau brachte ihr die Sachen nach draußen, wo Anne einen Tisch in der Sonne gefunden hatte. Sie schlang das Brot mit wenigen Bissen hinunter. Ihr Appetit hatte unter dem Stress jedenfalls nicht gelitten. Während ihr diese Überlegung durch das Gehirn schoss, kicherte sie. Schade eigentlich. Sonst wäre der Streit mit Robert wenigstens für etwas gut gewesen. Um sich abzulenken, scrollte sie durch ihre Nachrichten auf dem Smartphone. Noah hatte ihr ein Foto geschickt, auf dem er mit Franka abgebildet war. Beide in Sportklamotten. Was Liebe so alles bewirkte. Johann hatte sich nicht gemeldet. Genervt legte sie das Handy zur Seite. Sie würde mindestens dreißig Minuten hier sitzenbleiben müssen. Bis dahin waren Linda und Dorothea sicher zurück. Je mehr Menschen im Haus waren, umso besser.

»Ist dieser Platz frei?«, riss sie die Stimme von Robert aus ihren Gedanken.

Anne fuhr zusammen. »Was machst du hier?«

Robert setzte sich neben sie und streckte seine Beine aus. Er sah sie nicht an. »Emilia hat mir den Kopf gewaschen. Ich brauche nicht ohne dich wiederzukommen, hat sie gekeift. Wenn ich es wage, meiner Mutter den Geburtstag zu verderben ...« Er schnippte eine Fliege, die zwischen den Brotkrümeln krabbelte, vom Tisch.

»Was du natürlich nicht möchtest.«

»Genau.«

Er bestellte bei der Kellnerin einen Café con Leche und drehte den Stuhl in ihre Richtung. Die Kappe bedeckte seine Stirn, sein Augenausdruck war hinter der Sonnenbrille nicht zu erkennen.

»Wir werden das hier durchziehen und danach wieder getrennte Wege gehen. Ich würde es bevorzugen, wenn du nicht mehr nach Mallorca kommst«, sagte er in einem Kommandoton.

Anne sprang darauf an. »Spinnst du? Ich bestimme selbst, wann ich wo hinreise.«

Robert sah sie weiter ungerührt durch die getönte Brille an. »Das ist mir klar, ich habe mich undeutlich ausgedrückt. Ich möchte, dass du Emilia und Dorothea in Ruhe lässt.«

»Soll ich den beiden das so sagen?«

Er legte seine Hände auf ihre Schultern und brachte sein Gesicht dicht vor ihres. Dunkle Bartstoppeln wuchsen auf der Haut. Anne erinnerte sich, wie sie mit den Fingern über die Erhebungen gestreichelt hatte. Ihn geneckt, dass er sich zweimal am Tag rasieren musste, wollte er glatte Wangen haben. Sie schloss die Augen und wartete ab, atmete seinen speziellen Duft ein.

»Du wirst schon eine Ausrede finden, bist ja schließlich Anwältin.« Er löste den Griff und lehnte sich zurück.

Anne schluckte, das war gemein. So boshaft hatte sie ihn nicht im Gedächtnis. Wenn er Stress brauchte, nur zu. Da konnte sie locker mithalten.

»Du wirst es nicht glauben, ich habe die beiden in mein Herz geschlossen. Ich werde nichts unternehmen, was ihnen wehtut.« Sie verschränkte die Arme vor der Brust und hob das Kinn.

Die Kellnerin erschien mit dem Kaffee. Sie zwinkerte Robert zu und stellte das silberfarbene Tablett vor ihm ab. Der ignorierte sie, wandte sich erneut Anne zu.

»Okay, wir machen einen Deal. Bis zu deiner Abreise schließen wir einen Waffenstillstand und verkehren freundschaftlich miteinander. Ich nächtige auf dem Sofa. Etwas anderes kommt sowieso nicht infrage.« Er reichte ihr die Hand, seine Augen blickten durch sie durch. »Schlag ein.«

❁ ❁ ❁

Auf dem Rückweg betrieben sie Small Talk. Das Wetter in Hamburg, das Wetter auf Mallorca, die allgemeine Pandemielage, die politische Situation. Es war zum Haareausraufen. Anne bemühte sich, mit dem ausladenden Schritt von Robert mitzuhalten. Einmal blieb sie stehen, weil sich ein Steinchen in ihren Schuh verirrt hatte. Sie balancierte auf einem Bein, bis sie den Störenfried beseitigt hatte. Robert wartete Meter entfernt, tat unbeteiligt.

Ihre Lunge brannte. Sie unterdrückte aufkommende Seitenstiche. Die abweisende Art von Robert war schmerzhafter. Der Weg zurück dauerte nur halb so lang wie der Hinweg. Sie stemmte die Hand in die Hüfte, als sie vor dem Tor der Villa angekommen waren.

»Geh du vor«, sagte Anne und tat so, als müsste sie etwas aus dem Auto holen. »Du willst deine Mutter doch sicher allein begrüßen.«

Robert antwortete nicht, öffnete sich mit einem Schlüssel die Tür und verschwand im Haus. Anne stützte sich am Fiat ab und rang nach Luft. Schluss mit Erholung, der Urlaub war definitiv zu Ende. Sie ballte die Fäuste. Trotzdem. So leicht würde sie es ihm nicht machen. Sie hatte ihm von Anfang an nichts vorgemacht, war immer ehrlich gewesen. Eine derartige Behandlung hatte sie nicht verdient.

❁ ❁ ❁

Anne ignorierte das Gelächter, das von der Terrasse ins Haus schallte. Bevor sie den anderen vor die Augen treten konnte, musste sie Wasser über sich laufen lassen. Ihre Kleidung klebte, ihr Make-up war bestimmt zerlaufen.

Nach der Dusche schlüpfte sie in Jeans und T-Shirt. Die Haare föhnte sie über Kopf trocken und band sie mit einer Klammer zusammen. Ihre Haut hatte Farbe bekommen, sie sah nicht mehr so blass aus. Das wird schon, Anne, sprach sie sich Mut zu. Du bist im Leben mit wesentlich schwierigeren Situationen fertiggeworden.

Draußen wurde sie von drei lächelnden Frauen begrüßt. Robert stand abseits, telefonierte.

»Da bist du ja endlich«, sagte Linda. »Ich hatte schon Angst, dass du wieder eingeschlafen bist.« Sie sah sie fragend an und deutete auf den Stuhl neben ihr. »Setz dich doch. Wir überlegen gerade, ob wir heute Abend ausgehen wollen.«

»Lass sie doch schlafen«, brummte Dorothea.

»Schlafen kann sie immer noch«, mischte sich Emilia ein. »Lasst uns mal auf den Putz hauen. Wir feiern in deinen Fünfundachtzigsten.«

Dorotheas Augen verdunkelten sich. »In meinem Alter

feiert man nicht mehr, das habe ich dir tausend Mal gesagt. Es reicht, dass mein Herr Sohn sich zu diesem Anlass hier blicken lässt.«

»Entweder man wird alt oder man stirbt.« Emilia ließ sich erwartungsgemäß nicht in die Parade fahren.

In Anne rumorte es, ihr Bedarf an Streitereien war für heute gedeckt. Selbst, wenn die beiden es nicht ernst meinten. »Wie war es bei der Kosmetikerin?«

»Entspannend. Findest du nicht, dass ich um Jahre jünger aussehe?« Linda reckte den Hals und streckte die Hände aus. »Eine Maske gegen die Falten und frisch manikürte Nägel. Plus Massage. Es war wie im siebten Himmel.«

»Jetzt, wo du es sagst, sehe ich es auch«, ging Anne auf ihren scherzhaften Ton ein. »Mindestens zehn Jahre.«

»Schade, dass ihr übermorgen schon wieder abreisen müsst«, sagte Emilia. »Ein Tag im Spa hätte dir bestimmt gutgetan, Anne. Ich steh auf die Ölmassage.«

»Das ist dieser Schweinkram, wo man aufpassen muss, dass man nicht überall Fettflecke hinterlässt.« Dorothea winkte in Richtung von Robert. »Das ist so typisch. Kaum ist er mal da, telefoniert er schon.«

»Ist bestimmt beruflich«, sagte Emilia.

»Klar, außer seinem Hund hat mein Sohn ja auch kein Privatleben.«

»Freu dich doch, dass er extra zu deinem Geburtstag gekommen ist«, sagte Emilia.

»Papperlapapp. Der ist gekommen, weil du ihn erinnert hast.«

»Das Ergebnis zählt«, sagte Linda und drückte Annes Hand. »Er ist gekommen.«

»Wo gehen wir denn heute Abend hin«, quengelte Emilia.

»Ich habe uns einen Tisch im ›Tomates Verdes‹ reserviert«, sagte Robert. Er nickte Anne zu und setzte sich ihr gegenüber. »Ich weiß doch, wie gern ihr da hingeht.«

»Grüne Tomaten? Wie aus dem Film?«, fragte Linda.

»Ja, stell dir vor«, rief Emilia. »War das nicht ein großartiger Film? Kathy Bates trug auch immer eine rote Kappe, genau wie ich.«

»Es war keine Kappe, man konnte ihre Haare sehen«, maulte Dorothea. »Für wie viel Uhr hast du gebucht?«

»Für halb acht.«

»Oh, da muss ich mich stylen«, sagte Emilia und erhob sich.

»Ich komme nicht mit«, sagte Anne. »Ich glaub, ich hab mir den Magen verdorben. Ich koch mir einen Tee und mach es mir mit einem Buch gemütlich.«

»Bist du sicher, Kindchen?«, fragte Dorothea und sah zweifelnd in Roberts Richtung. »Das Essen dort ist köstlich.«

»Ja, ich wünsch euch viel Spaß. Morgen geht es mir bestimmt wieder besser.« Anne wich den Blicken von Linda und Robert aus, als sie aufstand. Lieber mit Tee und einem belegten Brot im Haus bleiben, als unter den wachsamen Augen der drei Frauen einen Abend mit Robert verbringen. Es fiel ihr nicht schwer, ein gequältes Gesicht aufzusetzen. »Wir sehen uns morgen beim Frühstück.«

❁ ❁ ❁

»Ist das dein Ernst?« Linda trug das schwarze Kleid mit dem weißen Muster, das sie auf Sylt angehabt hatte. Dieses Mal allerdings mit einer Leggins darunter, um die Schultern hatte sie eine Strickjacke gelegt. Nach Sonnenuntergang wurde es schnell kühl. Anne lag auf dem Bett, die Decke um ihre Beine geschlungen, einen Krimi neben sich.

»Das ist mein voller Ernst.«

»Es ist nicht gut gelaufen, oder?« Linda setzte sich auf die Bettkante und streichelte über Annes Arm.

»Nein.«

»Magst du drüber reden?«

»Nein.«

»Robert sieht auch nicht zufrieden aus.«

»Soll mich das trösten?«

»Ja.«

Anne spürte, wie ihre Augen feucht wurden. Hatte sie zu viele oder zu wenige Hormone? Sie räusperte sich. »Samstagmittag geht unser Flieger, bis dahin halte ich es aus.«

»Denkst du nicht, dass reden hilft.«

»Prinzipiell ja, in diesem Fall nicht. Robert ist …« Sie rang nach Worten. »Sauer, enttäuscht, gekränkt in seiner männlichen Eitelkeit, was weiß ich.« Anne fuchtelte mit den Händen in der Luft.

Linda betrachtete ihre manikürten Nägel. »Das ist ein gutes Zeichen.«

»Dass er mich beschimpft?«

»Du bist ihm nicht gleichgültig. Und er dir auch nicht. Hass ist nicht das Gegenteil von Liebe.«

»Oh bitte, verschon mich mit deinen Plattitüden.« Anne wischte sich mit den Fingern über die Augen.

»Du bist Familienanwältin. Dir ist bekannt, worüber ich gerade spreche.« Linda erhob sich und strahlte sie an. »Schmoll du heute im Bett und lecke deine Wunden. Überleg dir, was du wirklich willst. Wenn es nicht Robert ist, okay. Vielleicht ist er es aber doch, dann schlucke deinen Stolz hinunter.«

Anne überlegte, ob sie das Kopfkissen nach Linda werfen sollte. Mit betont würdevoller Stimme antwortete sie: »Du bist meine beste Freundin. Mach bitte die Tür von außen zu.«

Kapitel 19

»Kikeriki.« Anne hielt sich die Ohren zu. Es half nichts. Der verdammte Hahn war in frühmorgendlicher Höchstform. Ihr Magen knurrte, was nicht verwunderlich war. Die letzte Mahlzeit im Café lag Stunden zurück. Sie schlug die Bettdecke auf und tastete mit den Füßen nach ihren Flipflops. Ein Stück Käse mit einem Brot würde bis zum Frühstück reichen.

Im Flur war es still, das Licht der Lampen blendete sie. Vorsichtig schlich Anne die Treppe hinunter, am Wohnzimmer vorbei in Richtung Küche. Dort drückte sie behutsam die Klinke und schaltete das Deckenlicht ein. Etwas Weiches streifte ihren Fuß. Sie zuckte zusammen und presste die Hand auf den Mund. Lucrezia nahm Kurs auf ihren Futternapf. Die Katze maunzte vorwurfsvoll, als sie feststellte, dass der leer war.

»Gab es keine Mäuse?«, flüsterte Anne und öffnete die Kühlschranktür. »Hast du auch Hunger? Oder möchtest du ein bisschen Sahne?«

»Geht es dir wieder besser?«

Ihr Herz machte einen Satz. Es knallte, als die Glasflasche auf den Fliesenboden krachte. Lucrezia miaute und verschwand unter der Küchenbank. »Bist du irre, mich so zu erschrecken«, fauchte Anne Robert an. Der lehnte mit Boxershorts und T-Shirt bekleidet im Türrahmen.

»Tut mir leid. Ich habe ein Geräusch gehört und bin aufgewacht.«

Anne kniete sich hin, um die Scherben zusammenzuklauben. Die klebrige Flüssigkeit verteilte sich langsam über den Fußboden.

»Sahne ist für Katzen schlecht.«

»Ach nein, du Klugscheißer, das weiß ich auch.«

»Warte mal, ich hol einen Lappen.«

Es knackte im Gelenk, als sie aus der Hocke hochkam. Anne schmiss die Glasstücke in den Mülleimer. Robert tapste barfuß über den Boden und kam mit einem Aufnehmer zurück.

»Bleib stehen, sonst trittst du in die Splitter und es gibt noch mehr Schweinerei.« Anne entriss ihm das Putztuch und wischte hektisch über die Sahnepfützen.

»Sehr fürsorglich.«

»So bin ich.«

Es dauerte, bis der letzte Rest der Sahne aufgesogen war. Robert saß auf der Küchenbank und beobachtete sie, Lucrezia auf seinem Schoß. Er strich ihr mit seinen langen Fingern über das Rückenfell. Die Katze schnurrte und wand sich mit Wohlbehagen. Anne beschloss, beide zu ignorieren, und öffnete zum zweiten Mal die Kühlschranktür. Bewaffnet mit Manchego, Mahon-Menora Käse und einem Schüsselchen grüner Oliven wandte sie sich zur Theke und positionierte alles auf einem Holzbrett. Sie schnitt den Käse in kleine Würfel, achtete darauf, Robert den Rücken zuzuwenden. Er sollte das Zittern ihrer Hände nicht sehen.

»Bitte Anne, setz dich zu mir.«

Sie zog unwillkürlich die Schultern hoch. Das Messer glitt ihr aus den Fingern und fiel scheppernd zu Boden. Vielleicht sollte sie einfach nichts mehr anfassen.

»Bitte.«

Anne kapitulierte. Gemächlich drehte sie sich um, spürte die harte Kante des Küchenschranks an ihrem Hüftknochen. Robert lehnte mit dem Oberkörper an der Wand, die Beine ausgestreckt auf der Bank. Die Haare hingen ihm über die Augen, bedeckten sein Gesicht. Waren das Nikoläuse auf seinen Shorts?

»Sind das Weihnachtsmänner?«

»Was?«

»Auf deinen Boxershorts.«

Er strich seine Mähne hinters Ohr und starrte sie an. »Du redest über meine Unterhose?«

Anne unterdrückte das aufsteigende hysterische Gekicher und balancierte das Brettchen mit Käse und Oliven zum Tisch. »Wir können auch über das Wetter plaudern.«

Seine Hand schoss nach vorn und umklammerte ihren Arm. »Anne bitte. Du machst mich wahnsinnig. Ich hab alles versucht, um dich aus meinem Hirn zu kriegen. Dann stehst du plötzlich am Flughafen, das ist ...« Er schüttelte den Kopf, die Haare machten sich erneut selbstständig. »Scheiße.« Er ließ sie los.

Ihr Blut rauschte in den Ohren, sie schob das Brett zur Seite. »Robert, ich ...«

»Lass mich zuerst. Egal, ob du mit mir eine Beziehung haben willst oder nicht. Ich kann meine Gefühle nicht kontrollieren, wenn du in meiner Nähe bist. Ich hab verstanden, dass du nicht mit mir leben willst, aber ...« Er beugte sich vor und streichelte ihre Wange.

»Aber?« Sie fixierte ihn.

»Wenn wir an einem Ort sind, will ich mit dir zusammen sein.«

Ihre Haut prickelte. »Du meinst, du willst mit mir schlafen?«

»Das auch.« Er küsste ihre Hand. »Ich will mit dir Zeit verbringen, solange es möglich ist. Willst du das auch?«

Das Kribbeln verstärkte sich, sie rutschte auf dem Stuhl näher zu ihm heran. Atmete seinen Geruch ein. »Ich will nicht, dass wir uns streiten. Aber ...« Sie stockte. »Ich will dich nicht enttäuschen. Ich ...«

»Schon klar, mach dir keine Sorgen. Ich nehme das, was ich bekommen kann.« Er strich ihr erneut über das Gesicht.

»Bist du sicher?«

»Ganz sicher.«

»Okay, dann komm.« Anne stand auf. Er ließ Lucrezia hinunter und erhob sich. Trat auf sie zu.

»Moment noch.« Robert lächelte, seine Augen leuchteten. Er zog sie zu sich und legte seinen Mund auf ihren. Unwillkürlich öffnete sie die Lippen und drängte sich an ihn. Er fuhr mit der Hand an ihrem Rücken entlang, seine Bartstoppeln kratzen auf ihrer Haut.

»Was ist mit dem Käse?«, flüsterte er in ihr Ohr, nachdem sie sich voneinander gelöst hatten.

»Der Appetit darauf ist mir vergangen. Ich will dich.«

Es klopfte leise an der Tür. Anne schoss hoch. Robert lag neben ihr auf der Seite, die Bettdecke um die Hüfte geschlungen. Ihr Schlaf-T-Shirt lag zusammengeknüllt auf dem Fußboden. Sie zog es sich hastig über den Kopf. »Moment.«

Auf dem Flur wartete Linda, angezogen mit dem eingepackten Geschenk für Dorothea in der Hand.

»Guten Morgen, was ist los?«

»Äh nichts, ich komme gleich.«

Lindas Augen wanderten zu ihren bloßen Beinen. Anne widerstand dem Impuls, das T-Shirt nach unten zu ziehen. Ihre Unterhose lag noch irgendwo im Bett.

»Verstehe, lass dich nicht hetzen. Wollte nur nachsehen, ob es dir wieder besser geht. Das scheint definitiv der Fall zu sein.« Sie grinste Anne an. »Dann kümmere ich mich mal um das Frühstück. Komm runter, wenn du soweit bist.«

»Ja klar.«

Anne blieb stehen, bis Linda verschwunden war, bevor sie zurück ins Zimmer ging. »Mist.«

»Was ist Mist?« Robert hatte seinen Kopf auf den Ellenbogen gestützt und lachte sie an.

»Linda weiß es.«

»Ist das schlimm?«

»Nein, nur sie ... ach, egal.«

»Komm zurück ins Bett zu mir.«

Anne warf ihm eine Kusshand zu. »Auf keinen Fall. Deine Mutter hat heute Geburtstag.«

»Na und? Wir haben gestern Abend in den Fünfundachtzigsten hineingefeiert. Sie hat bestimmt Verständnis, wenn wir beide etwas später zum Frühstück kommen.«

Sie zauderte. Auf ein paar Minuten würde es nicht ankommen. Man soll das Glück genießen, wenn es sich einem anbietet. Das könnte Linda gesagt haben. »Wenn du mich so lieb bittest.«

❁ ❁ ❁

Danach duschte sie in Rekordzeit und verzichtete auf das Trocknen der Haare. Linda stand am Herd. Sie summte vor sich hin, während sie in einer Pfanne Speck anbriet.

»Bin ich zu spät?«

»Zu spät für was?«

»Ich meine, ist Dorothea schon wach?«

»Keine Sorge, ich hab die beiden noch nicht gesehen. Du könntest Robert wecken, aber irgendetwas in mir sagt, dass das nicht nötig sein wird.« Linda drehte den Kochlöffel in ihre Richtung.

Annes Haut prickelte, ihr wurde heiß. War das die erste Hitzewelle des Tages? Oder wurde sie nur rot im Gesicht?

»Ich freue mich für euch«, sagte Linda und schlug Eier in eine Schüssel. Sie verquirlte sie mit einer Gabel und streute Schnittlauch darauf, bevor sie sie in eine andere Pfanne gab.

»Es ist nicht so, wie du denkst.«

»Oha.«

Anne ging zu ihr, umfasste sie von hinten. »Du hattest recht, Robert ist mir nicht gleichgültig. Das ändert aber an der Situation gar nichts.«

»Mhm.«

Der Geruch von Speck und Eiern hing in der Luft. Anne lief das Wasser im Mund zusammen. »Es ist lieb, dass du als Vegetarierin dich um unseren Frühstücksspeck kümmerst. Ich geh auf die Terrasse. Soll ich etwas mitnehmen?«

»Nö, ich komme gleich.«

***

Die ersten Sonnenstrahlen streckten ihre Fühler in den Garten aus. Lucrezia lag ausgestreckt auf dem Rasen, ihr Schwanz zuckte im Schlaf. Linda hatte den Tisch gedeckt und Kaffee gekocht. Anne schnappte sich eine Scheibe des ofenwarmen Weißbrots. Sie kaute bedächtig, genoss den mehligen Geschmack. Neben Gläsern mit unterschiedlichen Marmeladen und der Butterdose stand das Brett mit dem von ihr geschnittenen Käse und den Oliven. Eine weitere Weißbrotscheibe, bedeckt mit Manchego, wanderte in ihren Mund. Lucrezia hob den Kopf, verfolgte mit den Augen den Flug einer Libelle. Sie leckte ihre Pfote und strich sich damit über das Gesicht. Morgentoilette. Ein orangefarbener Schmetterling mit schwarz-weißer Markierung landete in einem Hortensientopf, klappte seine Flügel zu und wieder auf. Ein bunter Farbfleck inmitten der rosaroten Blüten.

Sie spürte seine Anwesenheit sofort, brauchte sich nicht umzusehen. Robert hauchte ihr von hinten einen Kuss auf den Hals. Seine nassen Haare kitzelten ihre Haut.

»Bitte …«, flüsterte sie.

»Ja?«

»Denkst du nicht, wir sollten es vor Emilia und Dorothea geheim halten?«

»Was meinst du genau?«

»Na ja …« Sie drehte sich um, immer noch kauend. »Unser, äh … unsere Nacht.«

»Nö, denk ich nicht.« Er zog sie an sich. »Vergiss nicht, solange wir beide an einem Ort sind, will ich Zeit mit dir verbringen. Außerdem ...« Er verbarg sein Gesicht in ihrem Haar.

»Außerdem?«

»Man kann vor den beiden keine Geheimnisse haben. Jedenfalls nicht, wenn sie es so offensichtlich sehen können.«

»Guten Morgen Robert«, ertönte hinter ihr die Stimme von Linda. »Wollen wir die Damen wecken oder schon allein frühstücken?«

»Moin Linda.« Robert gab sie frei. »Ich denke, die werden gleich auftauchen. Habe Emilia schon gehört.«

»Na dann.« Linda setzte sich und goss sich einen Kaffee ein.

Anne bediente sich von Speck und Rührei und wich dem Blick von Linda aus.

»Was schenkst du Dorothea zum Geburtstag«, fragte die in Richtung Robert.

»Zeit«, antwortete er und griff zum Brot. »Ich habe mich über Weihnachten hierher eingeladen. Ist im Winter vermutlich eine gute Option in diesen Zeiten. Besser, als in der Stadt zu sitzen.«

»Aha, du schlägst praktisch zwei Fliegen mit einer Klappe. Geschenk und dein Wohlbehagen.« Anne grinste.

»Wenn du es so ausdrücken möchtest.«

»Was ist mit Luzifer? Darf der mit?«, fragte Linda.

»Ja. Er kommt in eine Flugtasche, ist danach stundenlang beleidigt und muss mit Leckerlis besänftigt werden.«

»Ob er sich mit Lucrezia verträgt?«

»Keine Ahnung. Vermutlich zieht er den Kürzeren.«

»Das würde ich gern sehen«, platzte es aus Anne heraus.

»Niemand hindert dich«, sagte Robert und sah sie liebevoll an. »Ich bin sicher, dass Emilia und Dorothea sich über deine Anwesenheit freuen würden.«

»Worüber freue ich mich?«, fragte Emilia. Sie lächelte

breit, ihre orangegeschminkten Lippen weit geöffnet. An ihren Ohren baumelten goldfarbene Kreolen. In den Händen trug sie einen Mandelkuchen, dessen Oberfläche mit unzähligen kleinen Kerzen gespickt war.

»Über uns alle«, antwortete Robert, der aufsprang und ihr die Kuchenplatte abnahm.

»Hast du Feuer?«

»Nein, ich rauche nicht, wie du weißt.«

»Ich hole Streichhölzer aus der Küche«, sagte Linda. »Hab welche in der Schublade gesehen.«

»Sind das fünfundachtzig?«, fragte Anne.

»Da kannst du Gift drauf nehmen.«

»Die muss sie alle auspusten?«

»Wie ich meine Mutter kenne, wird sie sich weigern.«

»Wir müssen außerdem singen«, sagte Emilia. »Zum Geburtstag viel Glück.«

»Willst du ihr den Tag endgültig verderben?«, fragte Robert.

»Watt mutt, dat mutt.« Emilia setzte eine entschlossene Miene auf und Anne entschied, sich nicht einzumischen.

Linda hastete auf die Terrasse. Sie warf eine Schachtel Zündhölzer auf den Tisch. »Beeilt euch, ich habe Dorothea im Badezimmer gehört. Ich geb Bescheid, wenn sie kommt.«

Robert und Anne zündeten die hellblauen Kerzen an. Beide begannen in der Mitte, um sich nicht zu verbrennen. Schnell sammelte sich ein Häufchen abgebrannter Streichhölzer.

»So, jetzt sollte sie kommen, sonst war alles umsonst«, sagte Anne, als alle Kerzen brannten.

Emilia drängte sich an Linda vorbei ins Wohnzimmer. »Dorothea, wo bleibst du denn?«, kreischte sie. »Es wird alles kalt.«

Robert verdrehte die Augen und flüsterte: »Die beiden sind wirklich reif fürs Kabarett.«

Anne aß einen Happen vom Rührei und spießte ein Stück Gurke auf. Ihr Magen fühlte sich immer noch leer an.

»Ich glaub, die brauchen das«, raunte sie undeutlich.

»Wat mutt, dat mutt«, antwortete Robert und zwinkerte ihr zu.

»Sie kommt«, sagte Linda. »Los, aufstehen.«

Anne schluckte die Gurke hinunter. Sie mochte es nicht, vor anderen zu singen. Als Noah klein war, hatte er mit Johann für sie gesungen. Sie erinnerte sich an die liebevoll gebastelten Geschenke ihres Sohnes, sorgsam verpackt. Wann hatte er damit aufgehört? Johann hatte sie regelmäßig zum Essen in ein vornehmes Restaurant eingeladen. Am Wochenende danach gab es häufig Partys mit Freunden und Kollegen. Ihretwegen hätte man den Tag ausfallen lassen können. Sie konnte gut verstehen, dass Dorothea keine Lust auf Geburtstagsfeiern verspürte.

Linda zupfte an ihrem T-Shirt. »Los, erheb dich. Auf drei.«

Dorothea trat durch die Terrassentür, Emilia dicht hinter ihr. Sie runzelte die Stirn, als sie den Kuchen mit den Kerzen erblickte. »Ich hab euch doch ...«

»Zum Geburtstag viel Glück, zum Geburtstag viel Glück, zum ...«, sangen Linda, Emilia und Robert. Anne beeilte sich, in den Chor einzustimmen.

Emilia trällerte mit durchdringender Stimme, übertönte das Brummen von Robert. Nach einer winzigen Pause, Anne wollte sich wieder hinsetzen, setzte sie noch einen drauf und schmetterte das »Wie schön, dass du geboren bist« hinterher.

Dorothea stand kerzengerade da und ließ sich nichts anmerken. Um den Kopf hatte sie ein blaues Seidentuch gewickelt, dazu passte ihr luftiges blau-türkisfarbenes Gewand. Darunter trug sie die üblichen Leggins und Sneakers.

Als der letzte Ton verklungen war, klatschte Emilia in die Hände. »Ausblasen, sonst bringt das Unglück.«

Dorothea zog die sorgfältig nachgezogenen Brauen nach oben. »Ich weiß gar nicht, ob ich noch mehr Glück vertrage.« Sie beugte sich zum Tisch hinunter und fing an zu pusten.

Einige der Kerzen fielen um, andere gingen aus. Dorothea hustete leicht.

»Ich glaub, wir helfen dir«, sagte Robert und holte Luft.

»Alle bitte«, sagte Dorothea.

Innerhalb von Sekunden waren die Kerzen gelöscht.

»Möchte jemand ein Stück Mandelkuchen zum Frühstück?«, fragte Emilia. »Ich hab den extra für dich gebacken nach meinem speziellen Rezept.«

»Das ist der einzige Kuchen, den sie backen kann«, sagte Dorothea und bediente sich von den Eiern.

»Robert nimmt bestimmt gern davon.« Emilia zerteilte den Kuchen und legte ein riesiges Stück auf seinen Teller.

»Danke, dass du mich vorher gefragt hast«, sagte er und schob die Käsestücke, die sich direkt daneben befanden, zur Seite.

»Alle Männer lieben meine Mandeltarte.«

»Papperlapapp. Ich sehe, du trägst meine Goldkreolen. Hab sie überall gesucht.«

Emilia fasste mit der Hand an ihr Ohr. »Du hast die aussortiert, schon vergessen.«

»Haha, das sagst du jedes Mal, wenn ich dich mit meinen Sachen erwische.«

Robert räusperte sich und sah Anne an. »Wie wäre es, wenn du jetzt deine Geschenke auspackst, Mutter?«

»Gute Idee.« Linda griff unter ihren Stuhl und beförderte das eingepackte Präsent hervor.

»Hier«, sagte sie und legte es in den Schoß von Dorothea, die neben ihr saß. »Von Anne und mir.«

»Danke schön ihr Lieben. Das wäre aber doch nicht nötig gewesen.«

Emilia kicherte. »Wenn du es nicht haben willst, nehm ich es.«

»Klar, so wie alle meine Sachen irgendwann bei dir landen.«

»Dabei habt ihr doch einen völlig anderen Farbstil«, entfuhr es Anne.

»Gott sei Dank«, sagte Dorothea, die begonnen hatte, an der Schleife herumzuziehen. »Sonst würde sie meine Klamotten auch noch nehmen.«

»Du übertreibst meine Liebe«, sagte Emilia und zog einen Flunsch. »Weil du heute Geburtstag hast, will ich aber mal nicht so sein.«

»Oh bitte, tu dir keinen Zwang an.« Dorothea riss das Geschenkpapier auseinander. Fetzen segelten zu Boden. Anne wechselte einen Blick mit Linda. Beim nächsten Geschenk konnten sie sich die Verpackung sparen. Als das Geburtstagskind das Papier entfernt hatte, wurde das türkisfarbene Leinenhemd mit dunkelblauen gebatikten Blüten darauf sichtbar.

»Wow, das sind genau meine Farben.« Dorothea hielt die Bluse in die Höhe.

»Wir haben uns Mühe gegeben«, sagte Linda.

»War ja nicht so schwer.« Robert lachte und stieß Anne unter dem Tisch an.

Dorothea sah ihren Sohn strafend an. »Es ist nicht so leicht, meinen Geschmack zu treffen. Du hast es noch nie geschafft.«

»Deshalb bekommst du von mir auch keine Präsente zum Auspacken mehr. Ich schenke dir zu deinem Fünfundachtzigsten Zeit.«

»Du willst deine alte Mutter nun öfter besuchen?« Sie legte den Kopf schief. Für Anne sah sie aus wie ein Habicht, kurz bevor er die Maus fing.

»Wenn du das möchtest?« Er hatte aufgehört zu lachen, beugte sich vor und streichelte über Dorotheas Hand.

»Natürlich möchte ich das. Ich freue mich doch, wenn ich dich bei mir hab.« Ihre Gesichtszüge entspannten sich und für einen Lidschlag konnte Anne das junge Mädchen hinter dem faltigen Antlitz erahnen.

»Ich muss morgen zurück nach Hamburg, komme aber länger über die Weihnachtstage, wenn ihr mich aufnehmt.«

»Über Weihnachten? Da sind wir doch normalerweise in Hamburg.« Emilia rutschte auf ihrem Stuhl hin und her.

»Ich dachte, dass wir es dieses Jahr mal anders herum machen. Ich komme zu euch und bringe Luzifer mit.«

»Ein Weihnachtsgeschenk für Lucrezia.« Emilia strahlte.

»Die wird vermutlich beleidigt abzischen«, sagte Dorothea nachdenklich.

»Oder sich auf den Hund stürzen«, warf Anne ein.

»Zur Not trennen wir sie«, sagte Robert und goss sich einen Kaffee ein. »Das wird schon.«

»Ich habe auch ein Geschenk für dich«, sagte Emilia und legte eine kleine weiße Schachtel mit blauer Schleife vor Dorothea auf den Tisch.

»Du sollst mir doch nichts schenken«, wetterte die. »Das haben wir extra vereinbart.«

»Runde Geburtstage sind eine Ausnahme«, sagte Emilia.

»Ich bin noch nicht neunzig.«

»Vorsichtshalber bekommst du es jetzt. Man weiß ja heutzutage nicht mehr, wie lange man noch lebt.«

»Ach, hat sich das verändert?«, sagte Robert. Anne funkelte ihn an und revanchierte sich mit einem Tritt auf seinen Fuß.

Dorothea riss auch diese Schleife innerhalb von Sekunden herunter, ließ sie achtlos zu Boden fallen. Sie öffnete das Kästchen, lugte hinein und schloss es sofort wieder.

»Das kann ich nicht annehmen.«

»Natürlich kannst du das«, sagte Emilia und warf Dorothea eine Kusshand zu. An ihrem Mittelfinger prangte ein breiter Silberring mit leuchtend rotem Stein. »Es kommt von Herzen.«

»Was ist es denn?«, fragte Linda.

»Ein Ring«, antwortete Dorothea einsilbig.

»Zeig mal«, sagte Robert.

Dorothea schob die Schachtel von sich weg. Anne sah, dass ihre Augen feucht waren. »Darf ich es mir anschauen«, fragte sie. Dorothea nickte und tupfte sich mit der Serviette unter dem Lidrand.

In der Pappschachtel lag auf gelber Watte gebettet ein Ring. Ein großer blauer Lapislazulistein, mit Gold eingefasst. »Oh, ist der schön«, sagte Anne. »Probier doch mal, ob er passt.«

Dorothea hielt ihr eine zittrige Hand hin. Anne befreite den Ring aus der Watte und steckte ihn an Dorotheas Mittelfinger. Er saß perfekt.

»So ein tolles Geschenk«, sagte Linda und bückte sich nach dem Geschenkpapier. Dorothea streckte den Arm aus und spreizte die Finger. »Wunderschön«, flüsterte sie. Emilia saß schweigend am Kopfende und beobachtete ihre Freundin. Sekundenlang sprach niemand.

»Es hat doch Vorteile, dass man Geburtstag hat«, sagte Dorothea mit wackeliger Stimme und stand auf. »Danke, meine Liebe.« Sie beugte sich hinunter zu Emilia. Die erwiderte die Umarmung und lehnte den Kopf an Dorotheas Schulter. Zwei grauhaarige Köpfe nebeneinander. Anne schluckte und unterdrückte die aufkommende Rührseligkeit.

Der Burgfrieden verging so schnell, wie er gekommen war. Dorothea gab Emilia einen Klaps auf die Brust und setzte sich wieder hin.

»Den Ring haben wir vor Wochen zusammen in einem Schaufenster in Palma bewundert«, sagte Emilia und schaute triumphierend in die Runde.

»Papperlapapp, du hast ihn lautstark bewundert. Ich habe gar nichts gesagt.«

»Wenn du nichts sagst, gefällt es dir.«

»Was du nicht alles weißt.«

Anne atmete tief aus. Die beiden waren erneut im Kampfmodus.

»Wie sind die Pläne für den heutigen Tag?«, fragte Robert.

»Ich habe keine«, sagte Dorothea und blickte Emilia an. »Wie ich dich kenne, hast du dich noch weiter über meine Wünsche hinweggesetzt.«

»Ich weiß nicht, was du meinst.« Emilia schaute demonstrativ in den Himmel.

»Halt mich nicht für senil. Nur, weil ich geringfügig älter bin ...«

»Geringfügig.« Emilia schnaubte.

Robert verdrehte die Augen. »Jetzt seht ihr mal, was ich aushalten muss.«

»Du musst gar nichts aushalten«, sagte Dorothea und klopfte mit der Faust auf den Tisch.

»Genau«, sprang ihr Emilia bei.

»Ich gebs auf«, sagte Robert und stand auf.

»Wenn du in die Küche gehst, bring den Sekt mit. Ein Gläschen am Morgen bringt meinen Kreislauf in Schwung.« Dorothea fuchtelte mit der Gabel in der Luft. Sie grinste und deutete auf Emilia. »In meinem Alter kann ich mir das erlauben.«

❁ ❁ ❁

Ines erschien am frühen Nachmittag, den Kofferraum gefüllt mit Weinflaschen, auf der Rückbank eine große Pfanne mit Paella. Für Dorothea hatte sie einen Strauß roséfarbener Rosen mitgebracht. Robert und Anne halfen ihr beim Ausladen. Linda saß mit den beiden Ladys auf der Terrasse. Die drei unterhielten sich prächtig, ab und zu drangen Lachsalven ins Innere.

Anne war sich der Gegenwart von Robert bewusst. Es fiel ihr schwer, die Hände von ihm zu lassen. Ihm schien es genauso zu gehen. Er berührte sie wie zufällig am Rücken, strich ihr über die Haare und küsste sie ungeniert, wann immer sie allein aufeinandertrafen. Fehlte nur noch, dass er sie in eine dunkle Ecke zerrte. Sie fühlte sich in ihre Teenagerzeit zurückversetzt. Knutscherei auf Matratzenlagern bei Musik von Simon und Garfunkel. Glückshormone pur.

»Wie viele Leute kommen denn?«, fragte sie Ines, die die emaillierte Paellapfanne auf den Herd wuchtete.

Ines zuckte mit den Schultern. »Emilia hat eingeladen. Ich weiß es nicht. Wie sagt man: Lieber zu viel als zu wenig.«

»Das klingt nach einer Menge Leute.« Anne sah an sich hinunter. Bevor die Gäste kämen, musste sie sich umziehen. Jeans und T-Shirt waren nicht das Richtige.

»Brauchst du mich noch?«, fragte sie Ines, die unter ihrer Schürze einen kurzen Rock mit weißer Bluse trug. Das schwarze Haar fiel locker auf den Rücken.

»Nein, nein.«

Anne stieg die Treppe hinauf und setzte sich auf das ungemachte Bett. Ihr Koffer stand neben Roberts Tasche. Er musste die vorhin nach oben getragen haben, sein Bettzeug lag über ihrem. War das die Zukunft? Eine sexuelle Beziehung, wann immer sie aufeinandertrafen? Ansonsten ein Freifahrtschein? Jeder lebte sein Leben ungerührt weiter? Sie biss sich auf die Fingerknöchel. Was war die Alternative? Alles aufgeben und zu ihm ziehen? Sicher nicht. Sie war schon zweimal krachend gescheitert, ein drittes Mal würde sie das nicht durchstehen. Und wenn er zu ihr nach Köln käme? Würde sie das überhaupt wollen?

Von unten drang Gelächter hoch. Hörte sich an, als wären die ersten Gäste da. Anne zog sich aus und durchwühlte ihren Koffer, bis sie das schwarze Jerseykleid fand. Sie hatte es bisher nicht ausgepackt. Es war knitterfrei und ging ihr bis kurz über die Knie. Mit langen Ärmeln und einem schwingenden Rock genau das Richtige für den heutigen Anlass. Nicht zu aufgebrezelt. Zusammen mit den Pumps würde es gehen.

Es klopfte und Robert betrat den Raum. »Wow. Bleib so.«

Er schloss die Tür und schaute sie an. Anne hielt sich das Kleid vor die Brust.

»Nein, lass das. Du bist eine wunderschöne Frau.«

»Bis auf die Kilos, die ich zu viel drauf habe.«

»Quatsch.« Er hatte sich immer noch nicht gerührt. »Schau mich an. Ich habe weiße Haare auf der Brust und in den Ohren. Über meine Nasenhaare sprechen wir besser nicht, auch nicht über meinen Bauch.« Langsam bewegte er sich auf sie zu.

»Was ist mit deinem Bauch?« Anne hielt seinen Blick fest.

»Er könnte regelmäßiges Training vertragen, genauso wie der Rest meines Körpers. Aber es gibt Wichtigeres im Leben. Wir sind perfekt, wie wir sind. Mit all unseren Narben und Speckpölsterchen.«

»Ich habe Speckpölsterchen?« Anne krallte die Finger um das Kleid. Robert stand so nah vor ihr, dass sie seine dichten schwarzen Wimpern sehen konnte.

»Ich mag sie alle.« Er fuhr mit den Händen über ihre Seiten bis hin zu den Hüften. Seine Fingerkuppen waren rau. Unten knallte ein Sektkorken.

Anne leckte sich über die Lippen. »Wir sollten nicht …«

»Pst.« Er verschloss ihr den Mund mit einem Kuss.

Kapitel 20

Anne hasste Abschiede. Egal, ob von Orten oder Menschen. Sie konnte die Zeit bis zur Verabschiedung nie genießen, buchte daher nach Möglichkeit im Urlaub den Rückflug am Vormittag. Bewundernswert waren die Leute, die vor der Abreise am Strand spazierten oder durch die Stadt bummelten. Die Gelassenheit fehlte ihr.

Leise Schnarchtöne lenkten sie von ihren Gedanken ab. Robert lag neben ihr auf dem Rücken, seine Haare fächerförmig auf dem Kissen ausgebreitet. Sie stützte sich auf dem Ellenbogen ab und beobachtete ihn. Das sachte Heben und Senken der Brust. Die Linien um seine Augen, die Falten um den Mund. Unregelmäßige schwarzgraue Bartstoppeln und eine von der Sonne gerötete Nase. Was hatte er gestern gesagt? Wir sind perfekt, wie wir sind. Sie seufzte und schaute zum wiederholten Male zu der Uhr auf dem Nachttisch. Kurz nach acht. Fünf Stunden bis zum Abflug.

»Habe ich einen Pickel auf der Nase?« Robert schlug die Augen auf.

Anne gab ihm einen Kuss auf die Wange. »Guten Morgen, wie kommst du darauf?«

»Weil du mich so beäugt hast.«

»Ich dachte, du schläfst?«

»Ich merke alles, auch im Schlaf.« Er lachte auf und zog sie an sich. Im Gegensatz zu ihr war Robert am frühen Morgen gesprächig und guter Dinge. Anne brauchte erst einen Kaffee, bevor sie in Fahrt kam. Johann hatte sich oft beschwert, dass sie bei Tagesanbruch nicht ansprechbar sei. Den Unterschied von Nicht-reden-Wollen und Schlecht-gelaunt-Sein hatte er nie begriffen. Anne kuschelte sich in Roberts Halsbeuge und inhalierte seinen speziellen Geruch. Versuchte, den für zu

Hause abzuspeichern. Sie schloss die Augen und bemühte sich, sich zu entspannen. Loszulassen. Die letzten Minuten der Zweisamkeit zu genießen, ohne an die tickende Uhr zu denken. Es gelang ihr nicht.

»Wieso zappelst du so herum? Hast du Hunger?«

»Ich zappel nicht. Nach dem gestrigen Essensmarathon brauche ich die nächsten Tage nur Schmalkost.« Anne schnupperte noch einmal an seiner Haut und gab ihm einen Kuss auf den Hals, bevor sie sich aufrichtete.

»Was verstehst du unter Schmalkost?«

»Salat und Wasser. Wasser und Salat.«

»Aha, klingt irgendwie eintönig. Besonders, wenn man bedenkt, welche Jahreszeit vor der Tür steht. Na ja, vielleicht versuchst du es mit Entenbrust an Wintersalat.«

»Kann es sein, dass du mich nicht ernst nimmst?« Anne stupste ihn an.

»Kann sein.«

»Ich muss aufstehen.«

»Warum? Wir haben jede Menge Zeit. Wir müssen erst gegen zwölf Uhr am Flughafen sein.«

»Auf keinen Fall, mindestens zwei Stunden vor dem Abflug ist Pflicht.«

»Ah, du bist so eine Pünktlichkeitsfanatikerin.« Er umschlang sie von hinten mit den Armen, barg den Kopf an ihrer Schulter. Anne lehnte sich an ihn.

»Ich darf den Flieger nicht verpassen, sonst ...«

»Sonst?«

»Ich habe jede Menge Termine, Verpflichtungen, du weißt schon«, sagte sie lahm.

»Klar, kein Problem.«

War das alles? In ihrem Magen bildete sich ein Kloß. »Dann stehe ich jetzt mal auf.«

»Nur zu, ich bleib noch ein wenig liegen. Koch mir einen Kaffee mit.«

Der Druck in ihrem Inneren verstärkte sich. Sie befreite sich aus der Umarmung und setzte sich auf die Kante. »Soll ich dir den Kaffee hierherbringen?«

Robert hatte die Ellenbogen hinter dem Kopf verschränkt, musterte sie belustigt. »Wenn es dir nicht zu viele Umstände macht.«

Sie öffnete die Zimmertür mit Schwung. Linda, die mit einem Handtuch um den Kopf gewickelt aus dem Badezimmer trat, wäre beinahe mit ihr zusammengestoßen.

»Guten Morgen, du bist aber dynamisch.«

»Ja«, knurrte sie.

»Oha, alles in Ordnung?«

»Ja.«

»Du brauchst dich nicht zu beeilen, wir haben noch jede Menge Zeit bis zum Abflug.«

Anne knallte die Tür zu. Noch einmal das Wörtchen »Zeit«, und sie würde anfangen zu schreien.

❁ ❁ ❁

Geduscht und in ein Badetuch gehüllt, betrat sie ihr Zimmer. Robert lag in derselben Position, in der sie ihn verlassen hatte. Sie ignorierte ihn und tastete in ihrem Koffer nach frischer Unterwäsche.

»Wieso hab ich das Gefühl, dass du sauer auf mich bist?«

»Ich bin nicht sauer«, antwortete Anne. »Ich bin …« Sie drehte sich von ihm weg und zog sich schnell an. Jeans und Bluse, darüber einen Baumwollpulli.

»Ich mag keine Abschiede«, sagte sie und wandte sich wieder um.

»Wer mag die schon.« Er klopfte auf die Matratze. »Komm, setz dich bitte.«

Anne zögerte.

»Nur kurz, bevor du mir den Kaffee bringst und in Hektik

verfällst.« Er lächelte mit dem Mund, seine Augen schauten sie ernst an.

»Na gut.«

Robert nahm ihre Hand, bevor er weitersprach. »Ich sage es nun zum letzten Mal. Ich möchte mit dir zusammen sein, eine Beziehung führen. Morgens neben dir aufwachen und abends neben dir einschlafen. Ich bin bereit, nach Köln zu ziehen. Wenn du das nicht willst, begnüge ich mich mit dem, was ich bekommen kann, wenn wir uns zufällig über den Weg laufen.«

»Zufällig. Das wird vermutlich nicht mehr geschehen.«

»Mag sein. Für Spielchen nach dem Motto ›Salz auf unserer Haut‹ bin ich aber zu alt.«

»Du hast Benoite Groult gelesen?«

»Verwundert dich das?« Er strich ihr mit den Fingern über den Rücken.

»Nein, ich, äh ...« Anne würde ihm nicht verraten, dass er ihren Gedankenspielen nah gekommen war. Ein oder zwei längere Treffen im Jahr mit ihm. Ohne Verpflichtungen. Tiefsinnige Gespräche und Quatsch machen, Herumgeknutsche und Sex. Sie straffe ihren Oberkörper und hob den Kopf. »Du hast recht. Wenn wir uns zufällig begegnen, gehen wir uns nicht aus dem Weg. Keine Rendezvous ansonsten.«

Robert zog seine Finger zurück. »So soll es sein«, sagte er betont munter. »Wenn du es dir anders überlegst, du weißt ja, wie du mich erreichst.«

Anne zwang sich, nicht noch einmal zu ihm hinzusehen, während sie das Zimmer verließ.

❁ ❁ ❁

Das Gepäck befand sich bereits im Mietwagen. Anne hypnotisierte ihre Armbanduhr, der Zeiger schien festgeklebt zu sein.

»Hast du Angst, zu spät zu kommen?«, fragte Dorothea, die es sich mit ihrem Kaffeebecher im Liegestuhl gemütlich gemacht hatte. Lucrezia lag zusammengerollt neben ihr. Dafür, dass sie nach Anne ins Bett gegangen war, wirkte sie erstaunlich frisch.

»Ich will nur nicht das Flugzeug verpassen«, antwortete sie betont langsam. »Du weißt doch, die ganzen Kontrollen dauern momentan länger.«

»Sie hat Sehnsucht nach ihrem Büro«, flachste Linda.

»Arbeit hat noch nie geschadet.« Emilia hatte ihre rote Kappe tief über die Stirn gezogen, ein Bein lag ausgestreckt auf dem gegenüberliegenden Stuhl.

In Anne brodelte es. Am liebsten wäre sie sofort aufgebrochen, hätte die verbleibende Zeit in den Duty-free-Shops am Flughafen verbracht. Alles war besser, als hier herumzusitzen. Unter den Augen von Robert, der lässig verkehrt herum auf dem Gartenstuhl saß und sich nicht einmischte.

»Bis Weihnachten ist es nicht mehr lang hin«, sagte Dorothea. »Wann kommt ihr denn genau?«

»Wen meinst du mit ihr?« Emilia setzte beide Füße auf den Boden.

»Na Robert und Luzifer natürlich. Schläfst du noch? Du bist halt doch zu alt für langes Feiern. Da nützt es auch nichts, dass du dir die Kappe über deine Augen ziehst. Die Augenringe verschwinden dadurch nicht.«

Emilia zog blitzschnell ihre Kopfbedeckung nach oben. »Ich hab keine Augenringe. Und viel weniger Falten als du. Weil ich meine Haut im Gegensatz zu dir vor der Sonne schütze.«

»Du schmierst jeden Abend eine Maske aufs Gesicht.«

»Und du rennst zur Kosmetik.«

»Wenn ihr so weiter macht, überlege ich mir das mit Weihnachten noch«, sagte Robert träge. »Luzifer ist ein sensibler Hund. Er verträgt keinen Stress.«

Anne unterdrückte das aufsteigende Kichern.

»Ich habe mich gefragt, ob Anne und Linda auch über Weihnachten kommen mögen«, maulte Emilia.

»Ab und zu hast du gute Ideen«, strahlte Dorothea. »Ihr seid herzlich eingeladen. Ihr seht ja, dass es mit Emilia allein manchmal anstrengend ist.«

»Ich hatte gestern nicht den Eindruck, dass ihr keine Freunde habt. Es war rappelvoll hier.« Linda stellte ihr Geschirr zusammen.

»Papperlapapp. Man kann nie genug Freunde haben. Stimmts Emilia?«

»Ab und zu hat sie recht«, antwortete die und streckte den Daumen in die Höhe.

»Ihr seid süß«, sagte Linda, die aufgestanden war. »Ich besuche euch auf jeden Fall wieder, ihr müsst aber auch mal nach Köln kommen.«

»Ja«, rief Emilia. »Zum Karneval.«

»Da brauchst du dich wenigstens nicht zu verkleiden«, antwortete Dorothea trocken.

Anne gluckste und hielt sich die Hand vor den Mund.

»Weihnachten bin ich dieses Jahr auf Amrum«, sprach Linda weiter und fixierte Anne. »Mein Freund hat mich eingeladen.«

»Wie romantisch«, sagte Dorothea. »Auf so eine Idee würde mein Sohn niemals kommen.«

»Wir müssen jetzt los«, sagte Anne mit bewusst forscher Stimme. »Bleib ruhig liegen Dorothea.« Sie ging zu ihr hin und gab ihr einen Kuss auf die Wange. Dorothea umarmte sie fest und wisperte in ihr Ohr. »Ob mit oder ohne Robert, du bist herzlich eingeladen. Lass dich nicht von meinem Sohn ärgern.«

»Wer flüstert, der lügt«, trompetete Emilia.

»Du bist nur neugierig«, sagte Dorothea und ließ sich zurückfallen.

Anne küsste Emilia auf ihre pergamentförmige Haut. »Danke für alles.«

Ohne sich weiter umzusehen, nahm sie ihren Rucksack und schritt um das Haus herum zum Auto.

❁ ❁ ❁

Auf dem Weg zum Flughafen saß sie auf der Rückbank, schaute stumm auf die vorbeiziehende Landschaft. Linda und Robert unterhielten sich über die Wahrscheinlichkeit einer neuen Pandemiewelle im Winter. Ein Thema, das sie während des Urlaubs vermieden hatten. Sie schloss die Augen und versuchte, die Stimmen auszublenden. Ein- und ausatmen. Heute Abend würde sie in ihrer Wohnung sein und ein heißes Bad nehmen. Einen Krimi lesen. Alles würde sein wie immer. Vertraut.

Die Rückgabe des Mietwagens dauerte keine zehn Minuten. Linda und Robert gingen mit ihrem Gepäck voraus Richtung Abflughalle, Anne zuckelte hinterher. Langsam beschlich sie das Gefühl, dass Robert sie mit Absicht ignorierte. »Sei nicht doof«, wisperte sie, »du hast es so gewollt.« Trotzdem, es tat weh.

In der Halle blieben sie vor der Anzeigetafel stehen. Robert flog mit einer anderen Fluglinie und musste sich an einem Schalter weiter hinten anstellen.

»Wir können uns nachher drinnen wieder treffen«, schlug Linda vor, die geschäftig in ihrer geblümten Tasche herumwühlte.

»Lass uns jetzt auf Wiedersehen sagen«, entfuhr es Anne. »Nachher verfehlen wir uns noch.«

Linda fischte ein Paket Taschentücher hervor und putzte

sich die Nase. »Wenn du das denkst, dann machen wir das.« Sie stopfte das Tempo in ihre Hosentasche und umarmte Robert. »Es war schön, dass du da warst. Lass es dir gut gehen. Melde dich unbedingt, wenn du in Köln bist.«

Anne stand schweigend daneben, ihr Herzschlag beschleunigte sich erneut. Schweißperlen bildeten sich auf ihrer Stirn.

»Ich geh schon vor«, sagte Linda und nahm ihre Reisetasche auf. Anne sah ihr hinterher und wünschte sich, dass sie ihr folgen könne. Gleichzeitig sehnte sie sich nach Roberts Umarmung.

»Komm her«, sagte der und breitete seine Arme aus. Sie ließ den Griff ihres Koffers los und sah ihn an. Die Haare zu einem Zopf zusammengefasst, mit einem schwarzen Gummi gehalten. Seine blauen Augen fixierten ihre, sie konnte den Blick nicht abwenden.

»Komm«, wiederholte er noch einmal. »Ich mag auch keine Abschiede.«

Sie ließ sich in seine Arme fallen, schmiegte den Kopf in die Halsbeuge. Robert strich ihr über das Haar. »Mein Angebot steht. Melde dich, wenn du mehr willst.«

Anne riss sich von ihm los, richtete den verschobenen Rucksack auf ihrem Rücken und pustete mit den Fingern einen Luftkuss in seine Richtung.

»Mach es gut.«

Linda wartete vor dem Eincheck-Schalter auf sie. Unaufgefordert reichte sie ihr ein Taschentuch. Anne hatte nicht gemerkt, dass ihre Augen feucht waren. »Gehts wieder?«

»Ja. Lass uns bitte über was anderes sprechen.«

»Wie du willst. Ich werde mir die Zeit im Duty-free-Shop vertreiben.«

Nachdem sie sämtliche Kontrollpunkte passiert hatten, verschwand Anne im Waschraum, wo sie sich mit einem angefeuchteten Papiertuch den Schweiß von Stirn und Hals abrieb. Mit einem weiteren Tuch fuhr sie sich unter das T-Shirt.

Am Waschbecken neben ihr stieß eine ältere Dame mit einer schwarzen Maske einen mitfühlenden Laut aus. Mit der Hand imitierte sie eine Fächerbewegung, ihre braunen Augen leuchteten vergnügt. Anne entsorgte das Papier und formte mit Zeige- und Mittelfinger das Victoryzeichen. Grenzüberschreitende Frauenverständigung.

Ohne sich umzusehen, eilte sie schnurstracks zum Abfluggate. Besser, dort herumzusitzen, als zu riskieren, Robert über den Weg zu laufen. Der Warteraum war bis auf einen älteren Herrn, der in einer Fußballzeitung blätterte, leer. Kein Wunder, die Maschine würde erst in sechzig Minuten starten.

Mit einem Thriller auf dem Schoß, den sie sich von Emilia geliehen hatte, starrte Anne vor sich hin. In ihrem Hirn ratterte es unaufhörlich. Hatte sie das Richtige getan? Ja. Was, wenn sie ihre Meinung ändern würde? Nein. Die Beziehung zu Robert hatte keinerlei Zukunft. Nach zwei gescheiterten Ehen würde sie nicht alles auf eine Karte setzen, die sie direkt ins Gefängnis beförderte. Sie lachte bitter auf. Monopoly. Das letzte Mal hatte sie das mit Johann und Noah gespielt.

Eine Bewegung neben ihr riss sie aus ihren Gedanken. Linda setzte sich und streckte die Beine aus, zwischen sich drei Tüten des Duty-free-Shops. »Puh, das reicht jetzt.«

Anne beugte sich nach vorn und lugte durch die Öffnungen. »Seit wann trinkst du Whiskey?«

»Die sind für Lennart. Für mich habe ich Schokolade und Mandeln gekauft.«

»Hmm.«

»Du bringst nichts mit?«

»Ich habe alles.«

»Oha. Ganz neue Töne. Normalerweise bist du doch diejenige, die die Geschäfte stürmt.«

Annes kämpfte gegen erneut aufsteigende Tränen an. »Linda, ich bin nicht in der Stimmung ...«

»Schon gut. Ich lass dich in Ruhe. Obwohl du selbst verantwortlich bist.«

»Danke für dein Mitgefühl.«

»Gern. Folge mir einfach weiter für mitfühlende Ratschläge.«

Warum musste Linda immer das letzte Wort haben?

❁ ❁ ❁

In Köln erwarteten sie Nieselregen und Lennart. Letzterer stand mit einer roten Rose in der Ankunftshalle, über Nase und Mund eine rosafarbene Maske. Anne nickte ihm zu und beeilte sich, an die frische Luft zu gelangen. Auf die Willkommensszene konnte sie verzichten.

Auf der Rückfahrt ließ sie das muntere Geplauder der beiden an sich vorbeiziehen. Sie hätte später nicht zu sagen gewusst, worüber Linda und Lennart gesprochen hatten. Vor ihrem inneren Auge zogen Bilder von Robert, Dorothea und Emilia vorbei. Dem Strand, den Blumenkübeln auf der Terrasse und dem Meer. Dem Sonnenschein. Das Alternativprogramm entfaltete sein tristes Band durchs Fenster: Grauer Himmel, Nässe auf dem Asphalt, Menschen, die mit aufgespannten Schirmen ihrer jeweiligen Aufgabe entgegenstrebten. Ihre Stimmung sank weiter, als sie sich die ungelüftete Wohnung vorstellte, den leeren Kühlschrank und die Stille. War das der Beginn von Schwermütigkeit?

Lennart hielt in zweiter Reihe und wuchtete ihr den Koffer aus dem Wagen. Linda stieg aus und umarmte sie. »Ruf mich an, wenn du reden willst. Auch dann, wenn nicht«, raunte sie. Anne bemerkte rote Flecken auf ihren Wangen. Lindas Augen glänzten. Die zwei würden mit Sicherheit gleich übereinander herfallen. Hinter ihnen hupte es.

»Ja, ja, fahr doch vorbei«, schrie Lennart.

»Machs gut, aber nicht zu oft«, sagte Anne und warf ihr

eine Kusshand zu. Sie unterdrückte die aufkommende Eifersucht und winkte Lennart zu. »Danke für alles.«

Dann wandte sie sich zur Tür, konnte das Glück der beiden nicht länger ertragen. »Neid ist eine Todsünde«, wiederholte sie mantramäßig, als sie die Haustür aufschloss.

»Hallo Frau Winter«, schallte ihr die Stimme ihrer Nachbarin entgegen. Frau Thelen lebte in der Wohnung über ihr. Sie war kürzlich in Rente gegangen, hatte zuvor als Filialleiterin einer Supermarktkette gearbeitet. Eine echte Südstadtpflanze. Single. Anne nickte grüßend zurück.

»Wieder im schönen Kölle«, flötete Frau Thelen und schob sich an ihr zum Briefkasten hin. »Unter dem Dom ist es doch am besten.« Sie fischte diverse heraushängende Reklamezettel aus dem Schlitz und stopfte sie in ihre Einkaufstasche. »Muss ich nachher in Ruhe studieren. Gehts am Montag wieder los mit der Arbeit? Muss ja sein. Ich frage mich ...«

»Ihnen auch ein schönes Wochenende«, sagte Anne hastig. »Ich bin müde von der Reise und muss noch einkaufen gehen.« Sie lächelte ihrer Nachbarin zu und drückte auf den Fahrstuhlknopf. Wenn man Frau Thelen nicht abwürgte, stand man morgen noch da. Sie war äußerst redselig, selbst für eine Kölnerin. Vielleicht lag das daran, dass sie allein lebte.

Annes Behausung empfing sie mit der erwarteten abgestandenen Luft. Sie riss die Fenster auf und schaltete das Radio ein. »Su lang mer noch am Lääve sin«, vertraute kölsche Töne. Sie drehte den Ton lauter. Willkommen zu Hause.

Kapitel 21

»Ich habe Herrn Blümel in den Besprechungsraum geführt.« Frau Vosswinkel drückte Anne einen Ordner mit Unterlagen in die Hand.

»Danke, ich komme gleich.«

Sie scannte durch die Notizen, die ihre Mitarbeiterin mit Druckbuchstaben verfasst hatte: Ende sechzig, Ehefrau verstorben, will Testament ändern. Keine Kinder.

Anne trank einen Schluck Wasser und setzte ihre Maske auf. Seit ihrer Rückkehr aus Mallorca waren die Pandemieregeln in der Kanzlei wieder verschärft worden. Nur im eigenen Zimmer konnte man ohne Mundschutz arbeiten.

Auf dem Tisch im Besprechungszimmer stand ein Adventsgesteck. Eine blaue Kerze, umringt von Tannenzweigen und Silberkugeln. Unangezündet. Traditionsgemäß wurde sie erst bei der alljährlichen Weihnachtsfeier zum Brennen gebracht. Die würde, wie im letzten Jahr, ausfallen.

Anne lächelte dem Mann zu, der sich bei ihrem Eintreten erhoben hatte. Er hatte eine blankpolierte Glatze und trug einen schwarzen Rollkragenpullover. »Guten Tag, ich bin Anne Winter.« Sie lüftete die Maske für einen kurzen Augenblick. »Damit Sie wissen, wie ich aussehe.«

Herr Blümel hob den Arm und ließ ihn fallen. »Guten Tag. Immer noch komisch, sich nicht die Hand zu geben.« Seine Augen strahlten ihr durch eine Nickelbrille warmherzig entgegen.

»Stimmt.«

»Meine Ärztin findet es gut. Sie hofft, dass es auch nach Corona dabei bleibt. Wegen der Keime. Aber man kann das Leben ja nicht nur auf die Bekämpfung von Keimen reduzieren.« Herr Blümel nahm wieder Platz.

Anne nickte. Insgeheim fand sie es in Ordnung, nicht mehr Hände schütteln zu müssen, Ihretwegen konnte diese Maßnahme beibehalten werden. Sie brauchte nur daran zu denken, wie viele Menschen früher erkältet ins Büro gekommen waren und sie angesteckt hatten. »Wie kann ich Ihnen helfen?«

»Meine Frau ist gestorben.«

»Das tut mir leid.«

Herr Blümel lächelte erneut. »Danke, für sie war es eine Erlösung.« Er senkte den Kopf und räusperte sich. »Ich bin ihr Alleinerbe.«

Anne wartete ab und schwieg.

»Wir haben immer gedacht, dass wir noch Zeit haben. Sie wissen schon. Für alles. Auch für die Entscheidung, wer uns einmal beerben soll.« Er fuhr sich über die Glatze. »Letztlich kam es anders.« Herr Blümel hüstelte. »Das wird Sie nicht interessieren. Worum es mir geht: Ich habe keine eigenen Kinder und die Kinder meines verstorbenen Bruders kenne ich kaum. Ich möchte mein Vermögen an Umweltorganisationen vererben. Sie sollen mir dabei helfen.«

Anne stutze. Das war ungewöhnlich. Normalerweise bedachten die Menschen Kindereinrichtungen oder die Krebshilfe.

»Sehr gern. Haben Sie sich schon Gedanken darüber gemacht, welche Gruppierungen genau in Betracht kommen?«

»Jawohl.« Herr Blümel legte eine braune Aktentasche aus Leder auf den Tisch und zog einen Bogen Papier heraus. »Hier, alles feinsäuberlich aufgeschrieben.«

In den nächsten Minuten besprach Anne mit ihm die Formalitäten und den weiteren Ablauf ihrer Zusammenarbeit. Sie würde ihm das Testament entwerfen, er musste es danach per Hand abschreiben.

»Meine Erika würde sich im Grab umdrehen, wenn sie wüsste, was ich hier verfüge. Sie hätte alles der Kirche hinterlassen. Obwohl«, sagte er und drehte die Handflächen zur

Decke, »vielleicht nach den jüngsten Skandalen auch nicht mehr. Jedenfalls kommt das für mich gar nicht infrage. Wir haben uns oft über die Religion und ihre Würdenträger hier auf Erden gestritten. Erika war streng katholisch erzogen, es war für sie schon Sünde, dass sie einen Heiden wie mich geehelicht hat.« Ihr Mandant sah sie aufmerksam an. »Ich möchte die unterstützen, die sich wirklich für unseren blauen Planeten einsetzen.«

»Das verstehe ich«, antwortete Anne. »Wenn ich keine Kinder hätte, würde ich es vielleicht genauso machen.«

Herr Blümel erhob sich, schob mit den Händen seine Aufzeichnungen zusammen. »Darf ich Ihnen einen Rat geben, als der Ältere sozusagen?«

Anne war ebenfalls aufgestanden. Sie blickte ihn ermunternd an. »Nur zu. Ob ich ihn befolgen werde, kann ich nicht versprechen.«

»Wenn man älter ist, fühlt man sich gezwungen, Ratschläge zu erteilen. Umsonst.« Er lächelte ihr zu. »Machen Sie es nicht wie ich.«

»Wie bitte?«

»Ich habe immer nur gearbeitet, war als Ingenieur oft unterwegs, habe meine Frau allein gelassen. Später, in meiner Rentenzeit, wollten wir auf Reisen gehen, unseren Lebensabend genießen.« Er zuckte mit den Schultern. »Meine Frau hatte Krebs. Das ganze letzte Jahr konnte man wegen der Pandemie nicht weg.«

Anne blieb stumm, ließ ihn reden. Diese Art von Gesprächen waren ihr geläufig, gehörten zum Alltag einer Erbrechtsanwältin. Es half Herrn Blümel, wenn er über seine Situation sprechen konnte.

»Ich sehe es Ihnen an, dass Sie mir nicht glauben. Sie sind noch jung, können sich nicht vorstellen, wie schnell Zeit verrinnt.« Er zog den Reißverschluss der Tasche zu. »Wie unendlich bitter es ist, sich einzugestehen, dass man sich verrechnet hat. Dass die Statistik nichts bedeutet, wenn man selbst betroffen ist.«

»So jung bin ich auch nicht mehr«, antwortete Anne und nickte ihm zu. »Sie haben recht mit dem, was Sie sagen. Ich höre das häufig. Aber der Mensch ist so, klammert sich an das Vertraute. Ich nehme mich da nicht aus. Darf ich Sie etwas Persönliches fragen?«

»Nur zu«, sagte Herr Blümel.

»Sie wirken auf mich, trotz Ihres schweren Verlustes, lebensfroh. Sie machen sich Gedanken über die Zukunft der Erde, wollen Ihr Geld für den Klimaschutz eingesetzt wissen. Sie ...« Anne stockte.

»Sie meinen, wieso ich alter Mann trotz all dem hier«, er breitete seine Arme aus, »noch optimistisch bin?«

»Ja, so ähnlich.«

»Ich habe nur dieses eine Leben. Keiner von uns weiß mit Bestimmtheit, ob es nach dem Tod weitergeht. Ich glaube nicht an ein göttliches Wesen, dazu bin ich zu sehr Naturwissenschaftler. Aber ich bin mir sicher, dass man jeden Tag aufs Neue sich glücklich preisen sollte, das Wunder des Lebens zu genießen.« Er schulterte seine Tasche. »Klingt kitschig, ich weiß.«

»Finde ich gar nicht«, sagte Anne nachdenklich und begleitete ihren Mandanten zur Tür.

❁ ❁ ❁

Zurück in ihrem Zimmer erwartete sie eine Notiz neben ihrem Telefonhörer. »Ihr Sohn bittet dringend um Rückruf.«

Annes Puls beschleunigte sich. Sie holte Luft, um ihren Herzschlag zu verlangsamen. Von Noah hatte sie seit ihrer Rückkehr aus Mallorca nichts mehr gehört. Von Johann ebenfalls nicht. Sie hatte sich allerdings auch länger nicht gemeldet. Hastig zog sie ihr Smartphone unter einem Fachbuch hervor. Eine WhatsApp von Noah war eingegangen. *»Ruf mich mal an. :-)«*

Sie drückte auf seine Nummer und lauschte dem Freizeichen.

»Hi Mum.«

»Hi.«

»Du hast nicht angerufen nach deinem Urlaub.«

»Stimmt, ich war aber auch nur eine Woche nicht hier. Danach war viel zu tun. Kennst du doch. Dachte, du gibst mir ein Zeichen, wenn du mich sehen willst. Was hast du auf dem Herzen?«

»Wieso denkst du, dass ich etwas von dir will?«

»Du bist mein Sohn. Wann hast du das letzte Mal im Büro angerufen? Was ist passiert?«

»Ich ... wir ... äh, wir müssen uns treffen. Es gibt Neuigkeiten.«

»Aha. Welche denn?«

»Kann ich nicht am Telefon sagen. Heute Abend?«

»Brauchst du Geld?«

»Oh Mum, wirklich. Ich bin doch keine sechzehn mehr.«

»Entschuldige bitte.« Anne schaute auf die Uhr. In zehn Minuten hatte sie den nächsten Termin. »Muss ich mir Sorgen machen?«

Es dauerte ein paar Sekunden, bis Noah antwortete. »Nein. Alles bestens.«

»Wie geht es Johann?« Warum hatte sie das gefragt?

»Keine Ahnung. Der ist vorige Woche zurück nach Spanien. Sabrina hat sich bei ihm gemeldet und weg war er. Bis heute Abend, bin um acht bei dir. Tschö.«

Anne starrte das Handydisplay an, ohne etwas zu sehen. Ein säuerlicher Geschmack breitete sich in ihrem Mund aus. So war das also.

Es klopfte an der Tür »Frau Winter?«

Anne schreckte hoch, ließ das Smartphone fallen. »Ja?«

»Frau Schneider ist da. Kommen Sie?«
»Sicher Frau Vosswinkel, bin gleich da.«

❁ ❁ ❁

Der Kräutertee roch muffig. Anne war extra nach Büroschluss in einen Bio-Laden gegangen, um sich einzudecken. Neben den Sorten innerer Ruhe und Glückseligkeit hatte sie sich für die »Gelassenheitsmischung« entschieden. Die würde sie als Erstes testen. Lavendel, Vanille, Lotusblüten und Süßholz. Sie schnupperte noch einmal und probierte. Verglichen mit einem Glas Riesling definitiv moderig. Trotzdem. Gelassenheit brauchte sie, vielleicht half das Zeug trotz des schlechten Geschmacks.

Es klingelte an der Tür, Anne drückte auf den Summer. Sie hörte, wie Noah im Flur einen Karnevalsschlager pfiff. Sekunden später zog er sich die Sneakers an der Türschwelle aus und schmiss seine Daunenjacke schwungvoll über die Garderobe.

»Hi Mum.« Er gab ihr einen Kuss auf die Wange. Seine feuchten Haare streiften ihr Gesicht.

»Hi. Regnet es?«

»Ein wenig. Bin mit dem Fahrrad gekommen.«

»Willst du einen Tee?«

»Warum nicht.« Er folgte ihr in die Küche.

»Ich habe mir einen Kräutertee gekocht.«

»Bist du krank?«

»Wieso?«

»Ach, nur so. Ich nehm auch einen.« Er holte sich aus dem Schrank einen Becher und hielt ihn ihr hin. Irgendetwas stimmte nicht. Noah war seltsam passiv, abwartend.

»Erzähl es mir«, sagte Anne und fixierte ihn.

»Wollen wir uns nicht setzten?«

»Ist es so schlimm?«

»Nein, ich mein ja nur.« Er verzog sein Gesicht zu einem Grinsen und deutete auf die Essecke. Dort zog er einen Stuhl unter dem Tisch hervor.

»Gut.« Anne postierte sich gegenüber von ihm. Sie nippte am Tee. Der Geschmack hatte sich nicht verbessert. »Spucks aus. Wenn es nicht um Geld geht, was ist es dann?«

»Du bist so materialistisch«, sagte Noah und kratzte sich an der Stirn.

»Umso besser, wenn du es nicht bist. Also?«

Er knetete seine Unterlippe. »Wir bekommen ein Kind.«

Anne umklammerte ihren Teebecher. Irgendein Teil ihres Gehirns weigerte sich, zu verstehen. »Was hast du gesagt?«

»Franka ist schwanger, wir werden Eltern.« Noah sah an ihr vorbei, bearbeitete weiter die Lippe.

»Das ist ...« Anne stand auf und schüttete den Tee in den Ausguss. So viel zum Thema Gelassenheit.

»Freust du dich nicht? Du wirst Großmutter.«

Sie beobachtete, wie die Flüssigkeit durch das Sieb verschwand. Einige Teeblätter blieben hängen. »Wann ist es denn soweit?«

»Das Kind soll im Juni zur Welt kommen.«

»Aha.« Sie stellte den Wasserhahn an und säuberte den Abfluss.

»Mum?«

»Ja?«

»Sag doch bitte was.«

Anne drehte sich zu ihm hin. Noah hatte seine Stirn in Falten gelegt und sah sie erwartungsvoll an. Wie ein Kind vor dem Weihnachtsbaum, schoss es ihr durchs Gehirn.

»Was soll ich sagen«, entfuhr es ihr. »Das ist ein Schock, wie du dir denken kannst. Wie soll es weitergehen?«

»Ach, das wird funktionieren«, sagte Noah und griff zum Teebecher. Er trank einen Schluck und verzog das Gesicht. »Wir schaffen das.«

»Darf ich fragen wie?« Anne versuchte krampfhaft, ihre Stimme im Zaum zu halten.

»Franka wird ein Semester aussetzen, danach ihren Bachelor machen, später dann den Master. Bis dahin bin ich mit dem Studium fertig und verdiene Geld.«

»Aha. Und bis zu diesem in der Ferne liegenden Zeitpunkt? Wer passt auf das Kind auf, wenn ihr beide studiert?«

»Och, das kriegen wir hin. Wir finden einen Kitaplatz und ...« Noah sah sie an.

»Und?«

»Die Großeltern sind schließlich auch noch da.«

»Aha. Weiß Milan schon von seinem Glück?«

»Ach Mum. Du kennst doch meinen Vater. Dem hab ich es noch nicht erzählt.« Wie zur Bestätigung schüttelte er den Kopf.

»Und Frankas Eltern?«

»Die wissen Bescheid.«

»Und sind entzückt?«

»Jetzt hör schon auf.« Noah stand auf und schlurfte mit dem Becher zur Spüle. »Das Zeug schmeckt furchtbar. Hast du ein Kölsch?«

»Nein. Ich mag es nicht, schon vergessen? Ein Glas Wein könnte ich dir anbieten. Oder Wasser.«

»Dann lieber Wasser.« Er nahm ein Glas und füllte es unter dem Wasserhahn.

Anne beobachtete ihn, ihre Gedanken rasten. Musste sich die Geschichte wiederholen? Musste Noah denselben Fehler begehen wie sie? Wie blöd konnte man sein? Die ganze Plackerei, immer knapp am Existenzminimum. Wieso hatte er kein Kondom benutzt? Müßige Frage. Das Kind war in den Brunnen gefallen.

Sie holte tief Luft. »Wollt ihr heiraten?«

»Auf keinen Fall«, skandierte er. »Wieso fragst du das? Die Ehe ist eine überholte Lebensform. Das Sorgerecht werden wir uns teilen. Du kannst für uns einen Partnerschaftsvertrag aufsetzen.«

»Na vielen Dank auch.« Anne hob die Augenbrauen. »Darüber habt ihr schon gesprochen?«

»Klar. Wir haben alles durchgeplant.«

Ihr großer kleiner Sohn. Sie erhob sich und ging zu ihm hin, nahm ihn in die Arme. Noah erwiderte die Umarmung, legte den Kopf auf ihre Schulter. Das hatte er lange nicht mehr getan. Anne drückte ihn fest an sich, bevor sie ihn wieder losließ. »Das wird nicht leicht«, sagte sie.

»Miteinander schaffen wir das.«

»Wollt ihr zusammenziehen?«

»Äh, ja.« Noah öffnete den Kühlschrank und sah hinein. »Kann ich ein Stück Käse haben?«

»Nur zu.«

Anne beobachtete ihn, wie er Camembert und Pfefferkäse hinausnahm. »Bleibst du erst mal bei Johann?«

Noah schnitt sich ein Stück vom Pfefferkäse ab, schob es sich in den Mund. Eine Scheibe Camembert wanderte hinterher. »Nur bis Anfang nächsten Jahres«, quetschte er undeutlich hervor.

»Aha.«

»Ich dachte, wir könnten zu dir kommen.«

»Was?« Anne blieb buchstäblich die Luft weg. Sie verschluckte sich und hustete.

»Du hast doch Platz in deiner Wohnung«, sagte er mit atemloser Stimme. »Franka und ich ziehen in mein altes Kinderzimmer. Ich gelobe auch feierlich, aufzuräumen und Miete zu zahlen. Wir leben zusammen wie in einer richtigen Großfamilie.« Noah stoppte, sein Gesicht war gerötet. »Versprich mir, darüber nachzudenken, bevor du dich aufregst. Ist ja nur für den Übergang. Bis wir was Eigenes gefunden haben.«

Anne ballte die Finger zu Fäusten. Zwang sich, ihn nicht

anzuschreien. Nicht noch einmal so ein Streit wie im Sommer. »Was ist mit Frankas Eltern? Könnt ihr nicht bei denen wohnen?«

Noah ließ den Kopf hängen. »Franka redet nicht mehr mit ihren Eltern, da können wir auf keinen Fall hin. Die sind so spießig. Sie wohnt derzeit bei mir. Also bei Johann.«

»Spießig, aha. Weiß Johann, dass ihr in seiner Wohnung zusammenlebt?«

»Ja, ich habs ihm gesagt. Auch das mit dem Kind. Wir ...«

»Super, dass ich es quasi als Letzte erfahre.«

»Sorry Mum, aber du warst im Urlaub.«

»Ich bin seit mehr als zwei Wochen wieder hier. Außerdem ...«

»Bis Ende Januar ist es okay, dass wir bei Johann wohnen«, unterbrach er sie. »Danach müssen wir raus. Er will die Wohnung vermieten. Vielleicht kannst du nochmal mit ihm reden?«

»Ich? Auf gar keinen Fall.«

»Warum nicht? Auf dich hört er bestimmt.«

»Da wäre ich mir nicht so sicher. Abgesehen davon: Das ist euer Ding.«

»Mum bitte.«

»Nein, tut mir leid.«

»Dann dürfen wir zu dir ziehen?« Noah sah sie mit aufgerissenen Augen an.

Anne hob ihre Hände. »Ich muss nachdenken. Das war ein bisschen viel heute Abend.«

»Klaro, versteh ich Mum.« Er gab ihr einen flüchtigen Kuss und verschwand im Flur. Sekunden später steckte er den Kopf durch den Türrahmen. »Franka wartet. Ich ruf dich an.«

»Noah?«

Er kam einen Schritt näher, die Jacke um die Hüften geschlungen.

»Ich ruf dich an, okay.«

Es knallte, die Tür fiel ins Schloss. Weg war er. Innerhalb von wenigen Minuten hatte sich ihre Welt verändert. Anne wanderte von einem Raum in den nächsten. Gedanken überrollten sie. Sie wurde Großmutter. Mit einundfünfzig. »Stimmt nicht«, murmelte sie. »Wenn das Kind auf die Welt kommt, bist du zweiundfünfzig.«

Schlafzimmer, Wohnzimmer, Noahs Zimmer, Küche. Noahs Zimmer? Von wegen, der war ausgezogen. Ihr Plan war gewesen, sich dort ein Arbeitszimmer einzurichten. Damit sie ihre Videobesprechungen nicht weiter vom Wohnzimmertisch aus führen musste. Vor ihrem geistigen Auge sah sie einen Laufstall mit einem weinenden Baby vor ihrem Bücherregal. Noah hatte als Säugling häufig geschrien, er litt unter Blähungen. Stundenlanges Umhertragen in ihrer damaligen Zwei-Zimmer-Wohnung. Milan, der sich durch ständige Abwesenheit auszeichnete, die Zeit lieber mit kinderlosen Frauen verbrachte. Schlafzimmer, Wohnzimmer, Küche. Anne öffnete den Kühlschrank und schloss ihn. Kein Alkohol. Sie würde die andere Teesorte ausprobieren. Innere Ruhe.

Während der Tee zog, versuchte sie, Linda zu erreichen. Sie musste mit jemandem reden, sonst würde sie platzen. Linda nahm nicht ab.

Milan? Auf keinen Fall. Was war mit Johann? Ob es stimmte, dass er wieder mit Sabrina zusammen war? Dieses Mal würde sie ihn nicht sprachlos von dannen ziehen lassen. Sie drückte auf seine Nummer, lauschte atemlos dem Klingelton.

»Anne? Dass du dich endlich meldest.«

»Hallo Johann. Tut mir leid. Ich brauchte Zeit zum Nachdenken. Noah hat mir erzählt ...«

»Du wirst Großmutter«, unterbrach er sie.

»Und du Großvater.«

»Na ja ...«

Sie ließ ihn nicht zu Wort kommen, sprach hastig weiter. »Entweder oder. Er ist dein Sohn, so jedenfalls lauteten deine Worte. Warum muss er bei dir ausziehen?«

»Er ist mein Sohn, du hast recht. Wenn auch nicht im juristischen Sinn. Ich ...« Johann schwieg.

»Bist du noch da?«

»Anne, ich habe nachgedacht. Muss dir etwas erklären.«

»Ja?«

»Du willst mich nicht zurück. Das hast du mehr oder weniger deutlich zu erkennen gegeben.« Johann seufzte. Annes Finger verkrampften. Sie wechselte das Handy zur rechten Hand.

»Ich kann nicht gut allein leben. Auch wenn ich nach außen oft den Macho gebe. Ich brauche jemanden, der sich um mich kümmert, wenn ich nach Hause komme.«

»Vorzugsweise ein weibliches Wesen.«

»Ja. Ich bin nicht stolz darauf, aber so ist es nun mal.«

»Dann trifft es sich doch gut, dass Sabrina zu dir zurückgekommen ist«, sagte sie mit bissigem Unterton.

Ein paar Sekunden sprach niemand. Anne hörte, wie Johann atmete.

»Noah konnte offensichtlich seine Klappe nicht halten. Ich wollte es dir selbst sagen.«

»Aha. Wann denn?« Anne ging zur Spüle und schmiss den Teebeutel in den Abfall.

»Du hast auf meine Rückrufe nicht reagiert, wolltest nicht gestört werden. Schon vergessen?«

»Touché. Du bist also wieder mit Sabrina zusammen im sonnigen Süden.« Sie versuchte sich die Bitterkeit, die sie empfand, nicht anhören zu lassen.

»Ich bin ein alter Narr, ich weiß. Wir versuchen es noch einmal miteinander.«

»Viel Erfolg.« Anne probierte den Tee und rümpfte die Nase. Warum musste das Gesunde immer so gesund schmecken? Hoffentlich zeigte das Getränk wenigstens Wirkung. Innere Ruhe konnte sie definitiv gebrauchen.

»Danke. Das bedeutet mir viel. Natürlich werde ich ab und zu nach Köln kommen und hoffe, dass wir uns dann sehen können.«

»Was ist mit Noah?«

»Was soll mit ihm sein? Er wird Vater und muss endlich erwachsen werden. Franka ist eine taffe Frau, die werden das Kind schon schaukeln. Im wahrsten Sinne des Wortes.« Im Hintergrund rief eine weibliche Stimme. »Moment.« Anne hörte, wie er mit jemandem sprach. Sie trank einen weiteren Schluck Tee. Er schmeckte nicht so moderig wie der andere. Möglicherweise musste man sich an den Geschmack langsam gewöhnen, um ihn zu schätzen?

»Da bin ich wieder. Wo waren wir stehen geblieben?«

»Bei unserem Sohn. Warum muss er bei dir ausziehen?«

»Ganz einfach. Da ich nicht mehr so viel Zeit in Köln verbringen werde, muss die Wohnung zu einem Marktpreis vermietet werden. Das kann sich Noah nicht leisten. Abgesehen davon, dass er in seinem Alter nicht in einer Luxusbehausung in Marienburg leben muss.«

»Da hast du recht. Aber ...«

»Aber?«

»Er will zu mir zurückziehen. Mit Franka.«

»Verstehe«, antwortete Johann nachdenklich. »Er wählt den bequemsten Weg. Du hast ihn doch vor wenigen Wochen erst gebeten, auszuziehen.«

»Eben, aber ...«

»Wenn du meinen Rat willst? ...«

»Du fragst mich, ob du mir einen Rat geben darfst?«

»Ist das so außergewöhnlich?«

»Bis heute hast du mir deine Ratschläge immer ohne zu fragen aufgedrängt.«

»Wirklich? War mir gar nicht bewusst.«

»Spuck es aus.«

»Mach es nicht. Lass ihn selbst sehen, wie er sich aus diesem Sumpf zieht. Wir haben ihm zu lange alles abgenommen, du und ich. Gib ihm die Chance, sich zu beweisen. Er hat noch ein paar Wochen, wo er bei mir wohnen kann. Finanziell unterstützt du ihn, solange er studiert. Soll er sich halt einen Nebenjob suchen.«

»Und wenn das Kind da ist?«

»Das findet sich, du wirst schon sehen. Ich werde Geld für das Kind anlegen, wenn es da ist. Das darf er aber nicht wissen.«

»Er wird stinksauer sein«, sagte Anne und nahm ihre Wanderung durch die Küche wieder auf.

»Er hat keinen Grund dazu.«

»Danke für deinen Rat. Ich denke drüber nach.«

»Anne?«

»Ja?«

»Lass uns bitte im Kontakt bleiben.«

»Du meinst so was wie, lass uns Freunde bleiben?«

»Ja bitte. Das ist mir wichtig.«

»Wo wir Großeltern werden, wird es sich nicht vermeiden lassen, oder?«

»Ich betrachte das als ein Ja. Muss auflegen, mach es gut.«

»Du auch.«

Anne legte das Smartphone auf den Küchentisch. Sie fühlte sich seltsam getröstet. War das wirklich Johann gewesen, mit dem sie gesprochen hatte? Derart konstruktiv und sensibel hatten sie lange nicht miteinander geredet. Musste man sich erst trennen, um einander wieder zu verstehen? Sie gähnte. Ob er mit Sabrina auf Dauer glücklich werden würde? Nicht ihre Baustelle. Immerhin war er nicht allein.

Eine gewisse Schläfrigkeit machte sich in ihr breit. Warum war sie auf einmal so müde? An Noahs Neuigkeiten konnte es nicht liegen. Ob das die Wirkung des Tees war? Seit Mallorca hatte sie keine Nacht durchgeschlafen. Die Tatsache, dass sie in absehbarer Zeit Großmutter wäre, verbesserte die Situation mit Sicherheit nicht. Falls der Tee half, würde sie ihn jeden Abend trinken. Egal, wie er schmeckte.

Kapitel 22

»Sie glauben gar nicht, wie happy ich bin.« Frau Niederstein wedelte mit einem Strauß bunter Ranunkeln in der Hand. Sie war ohne Termin erschienen und von Frau Vosswinkel ins Besprechungszimmer geführt worden. Der Raum war frei, die meisten Gespräche fanden inzwischen erneut online statt.

Annes Magen knurrte. Sie hustete in dem Versuch, das Geräusch zu übertönen.

»Oh, ich halte Sie vom Mittagessen ab«, flötete Frau Niederstein. »Bin gleich wieder weg.«

»Ach was, nein. Ich freu mich doch, dass Sie da sind. Sie haben geheiratet, richtig?«

Frau Niederstein hielt ihr den Blumenstrauß hin. »Der ist für Sie. Vielen Dank für Ihre gute Arbeit. Ohne Sie wäre ich hilflos gewesen.«

Anne nahm die Ranunkeln und schnupperte. Sie roch nichts. »Danke schön. Wie war die Hochzeit?«

»Ein Traum. Dieses Mal war alles anders als bei den beiden zuvor.« Die Mandantin spielte mit einer Locke, die sich aus ihrem aufgetürmten Haar gelöst hatte. »Nur Eckhard und ich. Ohne Trauzeugen.« Sie kicherte. »Ich hätte auch nicht gewusst, wer als Trauzeuge in Betracht gekommen wäre. All unsere Freunde haben sich geweigert.«

Anne fiel in das Gelächter ein. »Herzlichen Glückwunsch. Ich wünsche Ihnen, dass wir uns hier im Büro nicht noch einmal sehen müssen.«

»Das ist nett von Ihnen.« Frau Niederstein ließ ihre Haarsträhne los. »Ich bin mir ganz sicher. Keine Scheidung mehr. Wir bleiben zusammen, bis der Tod uns trennt.«

»So wird es sein.« Anne schielte unauffällig nach der Uhr.

In einer halben Stunde hatte sie den nächsten Videotermin. Vorher musste sie unbedingt eine Kleinigkeit essen.

»Keine Angst, ich bin schon weg«, sagte Frau Niederstein und fing damit an, ihren Mantel zuzuknöpfen. »Da wir uns schon so lange kennen. Darf ich Sie etwas Privates fragen?«

»Sicher. Ob ich antworte, überlege ich mir danach.«

Frau Niederstein machte einen Schritt auf sie zu. »Sind Sie verheiratet? Oder haben Sie zu viele Scheidungen erlebt und es bleiben lassen?«

»Weder noch«, antwortete sie. Die Frage wurde Anne häufig gestellt. Meistens am Anfang einer Beratung. Eine Anwältin zu beauftragen, die das gleiche Schicksal teilte, gab den Mandantinnen ein besseres Gefühl. »Ich war verheiratet und bin geschieden.« Dass sie zweimal den Bund fürs Leben geschlossen hatte, würde sie der Frau nicht verraten.

»Es geht mich ja nichts an«, sagt Frau Niederstein und kam ein Stück näher. Anne nahm einen schwachen Lavendelduft wahr und wich zurück. »Wenn Sie den Rat einer Älteren annehmen wollen: Bleiben Sie nicht allein. Der Mensch ist ein Rudeltier und nicht geschaffen für die Einsamkeit.«

»Was Sie nicht sagen.« Anne hielt sich den Blumenstrauß wie eine Art Schutzschild vor die Brust.

»Ich hoffe, ich habe Sie nicht beleidigt.« Frau Niederstein sah sie mit bekümmertem Augenaufschlag an.

»Keineswegs.« Anne hob die Ranunkeln an und überlegte, ob sie sich beim Bäcker um die Ecke ein Brötchen holen sollte. »Nur leider, ich muss los. Sie wissen schon, die Pflicht ruft. Auf Wiedersehen, lassen Sie es sich gut gehen.«

»Das mache ich.«

Anne drückte die Türklinke hinunter. »Übrigens, da Sie es wissen wollten. Lieber allein leben als unglücklich zu zweit.« Sie blinzelte der Mandantin zu und eilte den Flur entlang. Vielleicht konnte ihr Frau Vosswinkel etwas gegen den Hunger besorgen.

❁ ❁ ❁

Endlich Freitag. Anne war am Morgen, wie auch an den vorherigen Tagen, im Dunkeln zu Fuß ins Büro gegangen. Die Sonne war längst untergegangen, als sie ihren Schreibtisch verließ und sich auf den Heimweg begab. Ihr fehlte das Licht. Früher hatte sie nie verstanden, wenn Menschen sich über den Mangel an Helligkeit beklagten. Früher. Heute hätte sie sich am liebsten auf dem Sofa eingerollt und dort bis zum Frühjahr überwintert.

Vom Rhein wehte ein feucht-kalter Windschwall heran. Anne stülpte sich ihre Wollmütze über den Kopf und beschleunigte ihr Tempo. Je mehr Abstand zum Fluss, umso angenehmer würde es sein.

In der Mittagspause hatte sie mit Linda telefoniert. Linda hatte ebenfalls jede Menge um die Ohren. Die dunkle Jahreszeit forderte ihren Tribut. Die Zahl der Trennungen nahm zu, die psychischen Krisen verstärkten sich. Die Pandemie machte es nicht besser.

Sie stoppte an der Fußgängerampel der Rheinuferstraße. Neben ihr lief ein Jogger auf der Stelle, seine Stirnlampe erhellte den Asphalt. Ob Franka bis zur Geburt das Fitnessstudio aufsuchen würde? Anne versuchte, sich Noahs Freundin im neunten Monat im Sportdress vorzustellen. Als sie mit Noah schwanger war, hatte sie sich die Schwangerschaftskleidung secondhand gekauft. Die Ampel sprang auf Grün um. Der Jogger schoss davon, Anne folgte ihm langsam. Sicher wäre es vernünftig, am Wochenende zweimal zum Sport zu gehen. Ausreichend Bewegung führte eventuell dazu, Klarheit über das weitere Vorgehen zu bekommen. Eine Antwort darauf zu finden, was sie Noah sagen sollte.

Beleuchtete Sterne blinkten in den Fenstern der Häuser um die Wette. Anne blieb stehen, um die Weihnachtsdekoration in einer Buchhandlung zu bewundern. Goldene Kugeln und Strohsterne. Vereinzelt rote Schleifen. Traditionell, ohne den modernen Schnickschnack wie blinkende bunte Lichterketten oder pinkfarbene Rentiere. Würde sie sich für einen Weihnachtsbaum entscheiden, wäre er ähnlich geschmückt.

Ihre Eltern hatten den Baum mit Lametta behangen. Eine Gewohnheit, die sie bis zum Tod beibehielten, trotz der Kritik ihres einzigen Enkelsohns. Noah hatte jedes Jahr spitze Bemerkungen über die Umweltschädlichkeit herausposaunt. Anne erinnerte sich an die liebevoll strenge Ermahnung des Großvaters an den Enkel. *Solange ihr mit Kaffee in Plastikbechern durch die Gegend rennt, lass ich mir mein Lametta nicht nehmen.* Noah war sekundenlang verstummt, bevor er von Neuem ansetzte. Eine endlose Litanei. Sie hatte ihm danach verboten, das Thema Lametta in Gegenwart der Großeltern anzusprechen. Abgesehen davon, dass der Kram Anfang Januar feinsäuberlich gebügelt und verstaut wurde. Nachhaltiger ging es kaum. Anne hatte das Glitzerzeug nach dem Tod der Eltern entsorgt.

»Kann ich Ihnen helfen?« Sie zuckte zusammen. Eine junge Frau stand in der offenen Tür der Buchhandlung. »Suchen Sie etwas Bestimmtes?«

»Nein danke, ich habe Ihre Weihnachtsdekoration bestaunt.«

»Ah so, alles klar. Dann wünsche ich einen schönen Abend.«

»Danke.«

Nachdenklich setzte Anne ihren Weg fort. Vor drei Tagen hatte Noah ihr eröffnet, dass sie Großmutter werde würde. Es fühlte sich unwirklich an. Sie hatte es Linda noch nicht erzählt, wollte es ihr persönlich mitteilen. Deren Reaktion auf die Bitte von Noah konnte sie sich ausmalen. War es wirklich erst ein paar Monate her, dass sie ihn zum Auszug genötigt hatte? Ihr Magen knurrte lauthals, sie bog in Richtung Supermarkt ab. Auf einmal freute sie sich auf ihren Krimi und das

Sofa. Die melancholische Stimmung war wie weggeblasen. Sie wurde Großmutter. Vielleicht war Linda eine gute Babysitterin?

❁ ❁ ❁

Das Telefon läutete, als sie mit den Essenseinkäufen bepackt die Tür zur Wohnung aufschloss. Wer rief sie auf dem Festnetz an?

»Winter?«

»Anne, bist du das?«

»Ja?« Sie erkannte die Stimme am anderen Ende nicht.

»Ich bins, Nicole.«

In Annes Gehirn ratterte es. Welche Nicole? »Tut mir leid, ich weiß nicht ...«

»Wir sind gemeinsam zur Schule gegangen, in der Oberstufe.«

»Aha.«

»Ich habe den Artikel in der Zeitung über dich gelesen und dachte, ich ruf dich mal an. Wir, also mein Mann und ich, möchten endlich ein Testament machen. Wir sind ...«

»Woher hast du meine Nummer?« Anne stellte die Tasche auf den Boden und zog sich mit einer Hand den Mantel aus.

»Ich hab ein paar alte Schulfreundinnen angerufen. Maren hat sie mir gegeben.«

»Aha.« Anne nahm das Telefon in die linke Hand und setzte Teewasser auf. Mit Maren war sie in der Schule eng befreundet gewesen, inzwischen bestand ein loser Kontakt. Zuletzt hatte sie mit ihr im vergangenen Jahr am Rheinufer gesessen.

»Ist doch auch egal, oder? Also wir haben zwei Kinder. Die sollen aber nicht sofort alles bekommen, unser Haus und die Wertpapieranlagen. Erst, wenn sie älter sind. Was meinst du? Ist doch bestimmt nicht so kompliziert.«

»Habt ihr schon ein Testament?«

»Nö, bis jetzt nicht. Aber wenn du mir das erklärst, schreiben wir es am Wochenende. Kann man doch handschriftlich, oder?«

»Handschriftlich ist in Ordnung. Einer kann es schreiben, der andere unterschreibt.«

»Hört sich gut an. Wie würdest du es machen?«

Anne legte den Hörer auf den Küchentisch und wühlte in der Küchenschublade nach den Teebeuteln. Den Schlaftee hatte sie bisher nicht ausprobiert.

»Anne, bist du noch dran?«

Unwillkürlich hielt sie sich sekundenlang die Ohren zu. Was tust du hier, ratterte es in ihrem Inneren. Es ist Freitagabend. Du telefonierst mit einer Frau, die du über zwanzig Jahre nicht gesehen hast und gibst ihr umsonst Rechtsratschläge.

Das Wasser kochte. Auf der Teepackung stand, dass es abkühlen solle, bevor man den Tee zubereitete. Sie öffnete den Kühlschrank und holte den Parmesan heraus. Der musste sich auf Zimmertemperatur erwärmen.

»Anne?«, erscholl es aus dem Telefon.

Sie hörte einen Pfeifton in ihrem rechten Ohr und drückte mit dem Zeigefinger gegen die Ohrmuschel. Das Geräusch verschwand nicht.

»Bist du noch dran? Ich lege mal auf und versuche es nochmal. Vielleicht ist die Leitung gestört.«

Ihre Hände zitterten. Es reichte. Für sie war das Gespräch beendet. Anne räumte den Großteil der Einkäufe in den Kühlschrank, behielt die Tomaten draußen. Nudeln mit Olivenöl, Parmesan und frischen Tomaten. Dazu Schlaftee.

Um das Besetztzeichen nicht hören zu müssen, stülpte sie ein Kissen über das Telefon. Nachher würde sie es ausstöpseln. Zur Not erreichte man sie auf dem Smartphone.

Das Abendessen nahm auf dem Sofa zu sich, zappte durch

die diversen Fernsehprogramme. Der Krimi lag aufgeschlagen neben ihr. Gedanken wirbelten wie Schneeflocken durch ihren Kopf. Noah, ihre Fälle, Johann und Robert. Warum gelang ihr nicht wie früher abzuschalten?

❊ ❊ ❊

Das ganze Wochenende wechselte Anne zwischen Couch und Bett hin und her. Sie schaffte es nicht, sich auf eine Sache zu konzentrieren, fing an, in verschiedenen Büchern zu lesen. Nach ein paar Seiten war Schluss. Der Besuch des Fitnessstudios fiel flach. Stattdessen fand sie Gefallen an einer Netflixserie, saugte eine Folge nach der anderen in sich hinein, konnte sich nicht losreißen. Draußen presste der Wind Regentropfen gegen die Fensterscheiben. Sie war allein, konnte tun und lassen, was sie wollte. Warum fühlte sich das auf einmal nicht mehr gut an?

❊ ❊ ❊

Am Montag erwachte Anne vor dem Wecker mit Kopfweh und einem schlechten Geschmack im Mund. Sie schaltete die Nachttischlampe an, war für einen winzigen Augenblick verwirrt. Neben ihrem Bett stapelte sich das dreckige Geschirr vom Abendessen. Vor ihr auf der Bettdecke lag das iPad. Sie musste während des Films eingeschlafen sein.

Vorsichtig stieg sie über die Teller hinweg und wankte zum Badezimmer. Vom grellen Licht geblendet, betrachtete sie ihre bläulichen Augenringe im Spiegel. Sie würde wieder ins Bett gehen, eine Schmerztablette nehmen und die Decke über den Kopf ziehen. Abwarten, bis sie sich fitter fühlte. Das hatte bisher immer zuverlässig funktioniert.

Der Kopfschmerz ließ trotz Medikament nicht nach. Anne fixierte die Zimmerdecke und versuchte, nachzudenken. Gab es irgendwelche wichtigen Termine? Wann war sie das letzte Mal wegen Krankheit nicht im Büro gewesen? Entweder, sie stand auf und genehmigte sich noch ein Schmerzmittel, oder? Nicht aufstehen. War das eine Option? Schweißtropfen rannen über ihre Stirn. Frau Vosswinkel musste informiert werden. Anne tastete nach dem Smartphone. Halb acht. Sie wählte ihre Kanzleinummer und lauschte der Bandansage. Ihr Hals war so trocken, dass sie zweimal ansetzte. »Guten Morgen, eine Nachricht für Frau Vosswinkel. Ich bin krank und zu Hause. Melde mich, wenn es mir besser geht. Bitte alles für diese Woche absagen.«

Sie schaltete das Handy auf lautlos und sank in die Kissen zurück. Einfach liegen bleiben. Keine Gedanken an Arbeit, Männer und Noah. Nicht mehr denken müssen.

❁ ❁ ❁

Am Mittwochabend konnte sich Anne nicht daran erinnern, wie viele Serienfolgen sie gesehen hatte. Der bohrende Kopfschmerz war verschwunden, hatte einem angenehmen Benommenheitsgefühl Platz gemacht. Wieso sollte sie die Wohnung verlassen? Käse und Brot waren vom Freitagseinkauf genügend vorhanden, Schokolade bewahrte sie in einer gut gefüllten Süßigkeitenschublade im Küchenschrank auf. Bis Montag konnte sie locker durchhalten. Oder länger.

Anne zog das Tablett zu sich heran und scrollte sich durch das Filmangebot. Menschliche Gesellschaft wurde total überschätzt, Filmhelden sorgten für unkomplizierte Unterhaltung.

❁ ❁ ❁

Sie strich mit einer Hand vom Sattel aus über die Stirn der Stute, zwirbelte die Mähne zwischen den Fingern. Das Pferd schnaubte leise. Anne erhöhte den Druck mit ihren Oberschenkeln. Sand wirbelte auf, als das Tier in einen leichten Galopp fiel. Die Stute beschleunigte, flog dahin. Anne beugte sich über den Hals, genoss die Geschwindigkeit, das blaue Meer und die untergehende Sonne. Sie fühlte sich frei und ... von irgendwoher klingelte es. Das Pferd scheute und ... Anne fuhr hoch. Es schellte an der Wohnungstür. Jetzt klopfte sogar jemand gegen das Holz.

»Anne, bist du da? Mach bitte die Tür auf.«

Das war Linda. Wieso war die da? Waren sie verabredet?

Schlaftrunken wankte sie in den Flur. Es flimmerte vor ihren Augen, ihr Kreislauf war im Keller. Sie öffnete die Tür und vergaß die Sicherheitskette. Es ruckte und die Sicherung rastete ein.

»Anne, was ist los mit dir?« Lindas von einer weißen Maske bedecktes Gesicht lugte durch den Türspalt. »Bist du krank?«

»Nee, ich glaub nicht. Ich bin ...« Sie fummelte an der Kette, die keinen Millimeter nachgab.

»Warte. Hier ist ein Test.« Lindas Hand schob sich durch die Lücke, eine Pappschachtel haltend.

»Ich bin nicht ...«

»Keine Widerrede. Du machst den Test. Wann warst du das letzte Mal draußen?«

Annes Knie gaben nach, sie sank auf den Holzboden. »Am Freitag.«

»Ich gehe einkaufen, bin in einer halben Stunde wieder hier.«

Gegen die Wand gelehnt, öffnete sie die Verpackung und nahm die Testutensilien heraus. Ihre Hände bebten und sie hatte Mühe, die Plastikfolie zu lösen. Sie schob sich das Teststäbchen zu weit in die Nase. Der scharfe Schmerz belebte sie. Mit der Pipette tropfte sie die Flüssigkeit in das Testmuster. Der rote Balken erschien sofort. Ihre Zähne klapperten und sie stand auf. Es war zu kalt, um länger auf dem Boden zu sitzen. Mit dem Fuß schloss sie die Tür und löste die Kette. Langsam ging sie ins Schlafzimmer und setzte sich auf die Bettkante, warf das Kit neben sich auf die Decke. Nur einen Moment ausruhen. Sie legte sich auf die Seite, die Knie angezogen. Vielleicht kam der Traum zurück.

Es läutete erneut. Warum konnte man sie nicht in Ruhe lassen? Anne fluchte leise vor sich hin. Sie hüllte sich in die Bettdecke und tapste zu Tür.

»Hast du den Test gemacht?«, rief Linda durch den Flur.

Hastig öffnete sie die Tür. »Komm rein, müssen nicht alle dein Geschrei hören.«

In jeder Hand einen gefüllten Einkaufsbeutel, drängte sich Linda an ihr vorbei. Anne wickelte das Federbett fester um sich und folgte ihr in die Küche.

»Wo ist er?«

»Was?«

»Der Test.«

»Mir geht es gut.«

»So siehst du aus. Setz dich hin, sonst fällst du noch um.« Linda stellte die Einkäufe ab und schob ihr einen Stuhl hin. Anne deutete in Richtung Flur. »Ich hab nicht nachgesehen, der Test liegt auf dem Bett.«

In der Spüle stapelten sich Gläser und Teller. Wieso hatte sie nicht abgewaschen? Sie versuchte, sich daran zu erinnern, was in den vergangenen Tagen mit ihr passiert war. Der Anruf von Nicole, Kopfschmerzen und eine Liebesgeschichte in Schottland. Letzteres war die Serie, die sie gebannt geschaut hatte. Held und Heldin waren durch Zeit und Raum getrennt, hatten sich dennoch gefunden. Anne zog die Decke enger um sich. War heute Donnerstag oder schon Freitag?

»Der Test war negativ, Gott sei Dank«, sagte Linda. Sie hatte ihre Maske abgenommen und trug ineinandergestülpte Gläser, die sie neben Anne auf dem Tisch platzierte. »Lass mich mal fühlen, ob du Fieber hast.«

»Ich bin nicht …«

»Sei still.«

Lindas Hand war kühl, die Berührung tröstlich.

»Du hast kein Fieber.«

»Sag ich doch«, maulte sie.

»Ich räum hier auf und koch dir was. Du gehst unter die Dusche und ziehst dir was an.«

»Du bist nicht meine Mutter.«

»Aber deine Freundin. Du müffelst und deine Schlafkleidung sieht so aus, als müsste sie in eine Waschmaschine. Schaffst du das allein oder soll ich helfen?« Lindas Augen bohrten sich in ihre. Anne wich dem Blick aus. Auf der Bettdecke prangte ein fetter dunkler Fleck.

»Die Bettwäsche kommt auch in die Maschine.«

»Ich, äh …«

»Sag nichts, wir sprechen später. Geh duschen.«

Anne rutschte vom Stuhl. Lindas Hand schoss nach vorn und umklammerte ihren Arm. »Ich helf dir.« Die Decke glitt zu Boden. Ihr fiel auf, dass ihr Ringelshirt von oben bis unten mit Teespritzern versehen war. Die Jogginghose sah nicht besser aus. Hatte sie eine Art Blackout gehabt? Linda stützte sie auf dem Weg ins Badezimmer. Anne war zu verwirrt, um sich dagegen zu wehren.

»Ich kann dir auch Wasser in die Badewanne laufen lassen.« Linda strich ihr über den Arm und sah sie fragend an.

»Nein, danke. Ich brauch einen Moment für mich und dusche dann. Versprochen.«

»Lass die Tür zum Bad auf. Bitte.« Lindas Stimme vibrierte.

»Mach dir keine Sorgen«, flüsterte Anne. »Ich werde keinen Blödsinn machen.«

Linda nickte und verließ den Raum, die Tür ließ sie einen Spalt geöffnet. Anne vermied es, in den Spiegel zu sehen, zog sich langsam aus. Ihre Hände zitterten leicht. Sie drehte den Hahn auf und schöpfte kaltes Wasser über ihr Gesicht. Nahm wahr, wie sich die Härchen an den Armen aufrichteten. Ihr Puls pochte unter den Handgelenken. Als sie sicher war, dass ihr Kreislauf funktionierte, öffnete sie die Duschkabine.

Zurück im Schlafzimmer war das Geschirr verschwunden, das Bett neu bezogen. Anne schlüpfte in eine Jeans, zog einen Wollpullover von einem Stuhl. Aus der Küche erklang das Brummen des Geschirrspülers. Es roch nach Knoblauch und Zwiebeln. Ihr Magen meldete sich mit einem Knurren, gleichzeitig wurde ihr der Mund wässrig.

Am Küchentisch war für sie gedeckt, auf dem Herd blubberte es aus zwei Töpfen. Ein Strauß mit gelben Rosen leuchtete neben einer Flasche mit Sprudel. Linda stand an der Spüle und wusch Salatblätter. Anne lehnte sich an den Türrahmen, trat von einem Fuß auf den anderen.

»Setz dich bitte, das Essen ist gleich fertig.« Ihre Freundin drehte sich nicht um. »Wo ist deine Salatschleuder?«

»Äh ... im Fach rechts.«

Sie setzte sich und beobachtete, wie Linda den Unterschrank durchforstete.

»Isst du nichts?«, fragte sie schließlich.

»Nein danke, ich habe heute Mittag gut gegessen. Bin noch satt.«

Anne schielte zur Küchenuhr. Es war kurz nach fünf. »Wieso arbeitest du nicht?«

»Wir reden gleich. Erst wirst du was essen.«

Schweigen hing in der Luft. Anne bediente sich vom Sprudel. Linda goss mit energischen Handbewegungen das Nudelwasser ab, vermischte Nudeln und Sauce.

»Hier, der Salat kommt sofort.«

Sie ließ sich nicht lange bitten, schaufelte einen Löffel voll, schluckte hastig. Die Hitze verbrannte ihre Zunge. Sie stöhnte auf und trank vom Wasser.

»Fang mit dem Grünzeug an«, sagte Linda und setzte sich ihr gegenüber. Sie verzog ihre Lippen zu einem gequälten Lächeln.

Anne aß den Teller leer. Den Salat genehmigte sie sich direkt aus der Schüssel. Linda beobachtete sie und schwieg. Erhob sich erst, als Anne das Besteck zur Seite legte.

»Noch einen Nachschlag?«, fragte sie. »Es ist genug da.«

»Danke. Ist wohl nicht so günstig für den Magen, wenn ich gleich alles aufesse.«

»Was ist eigentlich aus deiner Putzfrau geworden?« Linda ließ Wasser über das Geschirr laufen.

»Warum fragst du?«

»Nur so.«

»Sie ist zu ihrer Tochter nach Neuss gezogen. Ist es so dreckig hier?«

»Mhm.« Linda füllte den Wasserkocher. »Ich koch uns einen Tee, dann reden wir.«

»Das klingt wie eine Drohung.«

»Ist es auch.« Linda zog eine Schublade heraus und förderte verschiedene Teepackungen zutage. »Glückseligkeit, Innere Ruhe, Schlaftee? Warst du in einem Bioladen?« Sie rollte mit den Augen. »Ich entscheide mich für Glückseligkeit.«

»Nur zu.« Anne stützte den Kopf auf. Am liebsten hätte sie sich wieder unter der Bettdecke verkrochen. Wie sollte sie Linda erklären, was passiert war? Sie wusste es ja selbst nicht.

»Rede mit mir. Was ist los?« Linda stellte ihr den Teebecher vor die Nase und nahm ihre Hand.

»Ich habe mich nicht wohl gefühlt, kann doch mal passieren, oder?«

»Kann passieren. Du bist aber nicht krank. Wolltest du die nächsten Tage einfach so im Bett bleiben?«

»Ich ... äh, und wenn schon.« Anne drückte Lindas Hand von sich weg und umklammerte den heißen Becher.

»Mach dich nicht lächerlich. Rede mit mir. Ist es wegen Robert?«

»Nein.«

»Was ist es dann?«

»Ich werde Großmutter.«

Linda stieß gegen den Tisch, ihr Becher kippte um. Der Tee verteilte sich über der Platte. Anne rührte sich nicht, beobachtete, wie sich kleine Rinnsale bildeten. Linda sprang auf. »Mist, ich hole einen Lappen.« Hektisch wischte sie mit dem Spültuch die Flüssigkeit auf. »Was hast du gerade gesagt?«

»Noah wird Vater, ich werde Großmutter.«

»Kein Grund, um in eine Depression zu verfallen, oder?« Linda warf das feuchte Tuch in die Spüle und sah sie durchdringend an. Anne bemerkte tiefe Linien um ihren Mundwinkel und fühlte sich schuldig.

»Ich bin nicht depressiv.«

»Nein. Was ist es dann?« Linda hörte nicht auf, sie anzusehen.

Ein Kloß stieg in ihrer Kehle auf. Sie versuchte, ihn hinunterzuschlucken. »Ich, ich ...« Tränen schossen in ihre Augen, sie schniefte. »Ich hab alles falsch gemacht.« Sie beugte sich über den Tisch und barg den Kopf auf den Armen. Woher kam der Drang, immerzu heulen zu müssen? Nach ihrer Trennung von Johann hatte sie nicht so oft geflennt.

Irgendwann spürte Anne, wie Linda ihr über die Haare strich.

»Weinen befreit. So schlimm ist es nun auch nicht, Großmutter zu werden.«

Anne musste lachen und verschluckte sich. Sie keuchte und rang nach Luft. »Du bist ...«

»Die Beste, ich weiß.« Linda reichte ihr ein Paket mit Taschentüchern. Anne richtete sich auf und wischte mit einem Tuch über die Augen. »Es ist nicht nur das«, sagte sie heiser.

»Was noch?«

»Johann ist zurück zu seiner Freundin, Noah will mit Franka und dem Kind hier einziehen und mein Leben besteht nur aus Arbeit.«

»Oha, verstehe. Ich denke, du liebst deine Arbeit?«

»Ja, aber nicht nur.«

»Gut, ich erkenne Fortschritte.« Linda goss sich Tee ein und setzte sich erneut.

»Mach dich nicht lustig.«

»Es ist mir total ernst. Meinst du nicht, dass ich mir Sorgen gemacht habe? Du gehst nicht ans Telefon, in deinem Büro weiß niemand, was los ist, Noah hab ich nicht erreicht.«

»Du hast Noah angerufen?«

»Natürlich. Was denkst du nur?«

Eine Träne rann ihr über die Wange. »Entschuldige, ich kann offenbar nicht mehr denken.«

»Scheint mir auch so.«

»Du musst mir nicht in allem zustimmen.«

»Wie soll es weitergehen? Willst du die nächsten Wochen in deiner Wohnung verbringen?«

»Nein. Spätestens ab Montag bin ich wieder im Büro.« Sie fuhr sich über die Haare. »Arbeit hat mir immer geholfen, wenn es darauf ankam.«

»Anne Winter, du hörst mir jetzt gut zu.« Linda stand auf und stützte ihre Hände in die Seiten. »Wir haben alle nur dieses eine Leben. Glaubst du wirklich, dass du am Ende deines Lebens auf dem Totenbett liegst und dich darüber ärgerst, dass du eine Akte nicht bearbeitet hast?« Ihr Gesicht war feuerrot angelaufen. »Denkst du nicht«, sprach sie mit leiserer Stimme weiter, »dass es auf andere Dinge ankommt. Auf Liebe zum Beispiel?«

»Ich ...«

»Was glaubst du, was zählt? Arbeit? Sicher nicht nur, oder? Du wirst Großmutter, das ist wunderbar. Stoß nicht alles von dir. Öffne dein Herz, verdammt noch mal.«

Anne öffnete den Mund und schloss ihn wieder. So hatte Linda bis heute nie mit ihr geredet.

»Es tut mir leid«, flüsterte sie.

»Es muss dir nicht leidtun. Darum geht es nicht. Du sollst die Chancen ergreifen, die sich dir bieten.«

»Wenn du dich so aufregst, bekommst du einen Herzinfarkt«, sagte Anne und bemühte sich um ein Lächeln. »Bitte, setz dich. Ich koche uns auch einen Gelassenheitstee, wenn du magst.«

»Sehr witzig«, antwortete Linda. Sie verdrehte die Augen und nahm Platz. »Immerhin scheint es dir besser zu gehen.«

»Ich schwöre, dass ich über deine Worte nachdenke. Ich verspreche, dass ich mich nicht mehr so gehen lasse. Mach dir keine Sorgen bitte.« Anne schniefte und umschloss mit ihren Händen Lindas Finger. »Ich schwöre es wirklich.«

»Gut.«

»Ich glaube, ich muss weg aus Köln.«

»Gut, wenn es das ist, was dir hilft.«

»Auf keinen Fall kann ich mit Noah und Franka zusammenleben.«

»Nein, das würde ich dir auch nicht empfehlen.« Linda langte nach den Taschentüchern und putzte sich die Nase. »Wenn ich mich recht erinnere, war es mühsam genug, Noah zum Ausziehen zu bewegen.«

»Ja, aber wo sollen die denn hin?«

»Ich weiß es nicht, aber das ist nicht dein Problem. Deine Aufgabe ist es, sich ausnahmsweise mal um dich selbst zu kümmern. Wenn du das allein nicht schaffst, finde ich jemanden, der dich unterstützt.« Sie klopfte mit der Hand auf den Tisch.

Anne umfasste ihre Knie und zog sie an sich. Ein Schauder

ran ihr den Rücken hinunter. »Du meinst doch nicht etwa einen Therapeuten?«

»Warum nicht? Kann auch eine Therapeutin sein.«

»Auf keinen Fall.« Sie schaukelte auf dem Stuhl von einer zur anderen Seite.

»Na klar. Bist du nicht die Anwältin, die ihren Mandanten zu Therapien rät, wenn diese sich in Lebenskrisen befinden?«

Anne wich Lindas Blick aus. »Sicher. Aber du weißt auch, dass man in eigenen Angelegenheiten nie besonders klug ist. Trotzdem: Ich schaffe das allein.« Sie ließ ihre Knie los und rollte die Schultern nach hinten.

»Im Bett herumliegen hilft jedenfalls nicht. Bewegung dagegen ...«

»Schon gut, du hast einen Punkt«, unterbrach Anne sie. »Ich hab mich ja über mich selbst erschrocken vorhin, als du vor der Tür standst.«

»Dann war es richtig, dass ich mich aufgeregt habe.«

»Ja.« Anne prostete ihr mit dem Teebecher zu. »Ich werde mich verändern, versprochen. Ich weiß nur nicht genau, wo die Reise hingehen wird.«

Kapitel 23

Der Gedanke, Franka im Fitnessstudio zu treffen, hielt Anne vom Besuch ab. So weit war sie noch nicht. Trotzdem. Linda hatte recht, sie musste sich bewegen. Körperlich und geistig. Zu einer Entscheidung kommen.

Wenige Menschen waren am Freitagmorgen am Rheinufer zu Fuß unterwegs. Anne wich einem Fahrradfahrer aus und ging bis zum Ufersaum. Holzstücke trieben im Wasser an ihr vorbei. Die Strömung war stark und unberechenbar. Ein Umstand, den viele unterschätzten und manche mit dem Leben bezahlten. Ein Tankschiff fuhr rheinaufwärts, Wellen platschten an die Kaimauer. Der Himmel kleidete sich düster, es tröpfelte leicht. Egal. Anne entschloss sich, Richtung Rodenkirchen zu laufen. Sie zog an den Bändern ihrer Kapuze und verknotete sie unter dem Kinn. Es gibt kein schlechtes Wetter, hatte ihre Mutter gepredigt, wenn sie Anne zum Spielen nach draußen schickte. Sie kannte keinerlei Erbarmen, einmal am Tag musste das Kind an die frische Luft.

Anne rief sich ihr Bild ins Gedächtnis. Strahlend blaue Augen, das weiße Haar zu einem Dutt aufgesteckt. Diszipliniert. Immer in Aktion. Jahre lang half sie in einem Altersheim aus, stellte dem Vater jeden Tag Essen auf den Tisch, backte fürs Wochenende, versorgte den Haushalt. Hatte sie sich über ihr Dasein beklagt? Anne hatte es nie gemerkt.

Wind kam auf und sie schob die Hände in ihre Regenjacke. Mit großen Schritten hastete sie an ihrer Kanzlei vorbei, verkniff sich den Blick auf die Fensterfront, hinter der gearbeitet wurde. Montag war Zeit genug, sich mit dem Unvermeidlichen zu beschäftigen. Auf der Skateranlage fuhr ein älterer Herr mit Helm auf einem Board vorsichtig um die Hindernisse herum. Anne blieb stehen, sah ihm von Weitem zu. Er holte mit einem Bein Schwung, beschleunigte und ließ das Brett rollen. Sein Oberkörper schwankte, auf Anne wirkte die Bewegung steif und ungelenk. Das Skateboard nahm Kollisionskurs auf eine Rampe. Der Mann sprang Zentimeter davor ab, stolperte und stürzte kopfüber auf den Boden.

Sie rannte auf ihn zu. »Kann ich Ihnen helfen?«

Im Näherkommen bemerkte sie, dass er sich mit Knie- und Handgelenkschonern geschützt hatte. Er stützte sich an der Rampe ab und rappelte sich auf.

»Nix passiert, danke«, sagte er und lächelte ihr unter dem schwarzen Helm zu. »Ich bin ein absoluter Anfänger. Traue mich nur hierher, wenn die Jungs in der Schule sind.«

»Das verstehe ich«, antworte Anne. »Ich bewundere Ihren Mut, würde mich nie auf so ein Brett stellen.«

»Ach kommen Sie, so schwer ist es auch nicht. Wollen Sie mal versuchen? Ich halte Sie.« Er streckte seinen Arm aus. Anne zögerte.

»So eine Chance bekommen Sie nie mehr.«

»Na gut.« Sie ergriff seine Hand und setzte vorsichtig einen Fuß hinter den anderen auf das Holzbrett.

»Ich schieb Sie an, keine Angst.« Der Mann trabte los, hielt sie fest. Das Brett bewegte sich langsam. Er beschleunigte und Annes Finger verkrampften. Nach wenigen Schritten bremste er ab und ließ sie los. Anne breitete die Arme aus, um das Gleichgewicht zu halten. Das Skateboard rollte mit ihr ein paar Meter, bevor es zum Stehen kam. Alles in allem eine wackelige Angelegenheit.

Sie brachte ihm das Board und bedankte sich.

»Gern geschehen. Und? Habe ich Sie angefixt?«

Anne schüttelte den Kopf. »Nein, das ist mir zu unsicher. In meinem Alter sollte man erst mal mit einfacheren sportlichen Dingen anfangen. Aber trotzdem danke. Jetzt weiß ich wenigstens ein bisschen, wie es sich anfühlt.«

Der Mann zuckte mit den Schultern. »Meine Frau hat mich

für verrückt erklärt, als ich mit dem Teil ankam. Die Hauptsache ist, dass es Spaß macht. Will mich doch noch nicht zum alten Eisen rechnen.« Er zwinkerte ihr zu. »Mein Ehrgeiz lässt mich nicht ruhen, bis es funktioniert.«

»Viel Erfolg.« Anne hob die Hand und setzte ihren Weg fort.

Auf dem Weg nach Rodenkirchen überlegte sie, wann sie zuletzt etwas Verrücktes oder zumindest Neues unternommen hatte. Außer der Mitgliedschaft im Fitnessstudio fiel ihr nichts ein. Verrückt war das nicht, eher langweilig. Sie schloss die Augen und reckte ihr Gesicht in den Himmel, den Regentropfen entgegen. Wasser rann über ihre Wangen in den geöffneten Mund. Ein Erinnerungsfetzen blitzte durch ihre Gedanken. Sie hatte Linda nicht gefragt, ob sie mit dem Reiten angefangen hatte.

Zwei Stunden später war sie durchnässt zurück in ihrer Wohnung. Morgen würde sie die Brücke überqueren und auf der anderen Rheinseite wandern.

❁ ❁ ❁

Der Montag begann erwartungsgemäß mit einem Haufen Arbeit. Anne hatte sich den Wecker auf sechs Uhr gestellt, war vor Frau Vosswinkel an ihrem Schreibtisch. Beherzt sichtete sie die eingegangenen Nachrichten und antwortete auf eilige Anfragen. Hinter ihr lagen acht Stunden Schlaf ohne Unterbrechung. Eine Wohltat, verglichen mit den Nächten zuvor.

Linda hatte jeden Abend angerufen. Kontrollanrufe, hatte Anne gestern gescherzt. Tief in ihrem Innersten war sie der Freundin unendlich dankbar. Wer weiß, was passiert wäre, wenn sie nicht vorbeigekommen wäre.

Es klopfte und Frau Vosswinkel steckte den Kopf zur Tür herein.

»Guten Morgen Frau Winter. Wie schön, dass es Ihnen wieder besser geht.« Sie sah Anne fragend an.

»Danke, alles im grünen Bereich. War nur eine Erkältung, nichts Ernstes.«

»Dann ist es ja gut. Heutzutage ist man dafür ja nahezu dankbar. Ich koch Ihnen erst einen Kaffee, komme dann mit den Posteingängen.«

Sie arbeitete weiter, bis ihre Mitarbeiterin mit einem Becher erschien. In der anderen Hand hielt sie einen kleinen Schokoladennikolaus. Anne sog den Duft nach frisch aufgebrühtem Kaffee ein. Es gab nichts Belebenderes am frühen Morgen.

»Ich hatte vergessen, zu sagen, dass Herr Brüning Sie sprechen möchte.«

Anne löste den Blick vom Bildschirm. Lutz war der Seniorpartner der Kanzlei in Köln. Sie hatte ihn seit Wochen nicht persönlich zu Gesicht bekommen. »Gibts etwas Besonderes? Sie wissen doch immer alles.«

Frau Vosswinkel zuckte mit den Schultern. »Der Flurfunk berichtet, dass es an den Standorten in Hamburg und Berlin Probleme gibt. Offenbar haben einige der Anwälte gekündigt und sich zu einer neuen Firma zusammengeschlossen.«

»Wow.«

»Ich habe mitbekommen, dass Herr Brüning mit Herrn Mronz gesprochen hat. Vielleicht weiß der mehr.«

»Ist er schon da?«

»Ja, ich habe ihn in der Teeküche getroffen.«

»Danke. Ist der Nikolaus für mich?«

»Ja. Ein bisschen Schokolade schadet nie.«

Anne trank einen Schluck und setzte sich ihre Maske auf. Als sie auf den Flur trat, ging Sven in Richtung seines Zimmers. »Guten Morgen. Hast du einen Moment Zeit?«, rief sie ihm zu.

»Klar.« Er drehte sich um und folgte ihr. Anne öffnete zwei Fenster und wickelte sich ihren Schal um den Hals. »Trink ruhig, damit er nicht kalt wird.«

»Danke. Habe gehört, du warst krank?«

»Nichts Schlimmes, nur eine Erkältung.«

Sven sah sie abwartend an.

»Ich will dich gar nicht lange aufhalten. Lutz möchte mich sprechen. Hast du eine Ahnung, worum es geht?«

»Er sucht Freiwillige.«

»Okay?«

»Du hast den Aufreger der letzten Woche verpasst.« Er lüftete seine Maske und trank von seinem Kaffee. »Kollegen um Meier herum haben sich zu einer neuen Sozietät zusammengeschlossen. Jetzt fehlt es an allen Ecken und Enden. Es werden Leute gesucht, die übergangsweise einspringen sollen.«

Annes Puls beschleunigte sich. »Weißt du, um welche Fachbereiche es geht?«

»Hättest du Interesse?«

»Vielleicht.« Sie zuckte mit den Schultern. Bemüht, sich ihre Unruhe nicht anmerken zu lassen. Die vage Idee wurde von der Realität überrollt.

»Gesellschaftsrecht auf jeden Fall. Und Erbrecht. Praktisch genau dein Beritt.« Sven nahm einen weiteren Schluck. »Mira würde mich grillen, wenn ich aus Köln weggehen würde.«

»Für wie lange soll es denn sein?«

»Angedacht ist mindestens ein halbes Jahr. Aber du weißt selbst, wie das ist. Keiner kann mit Sicherheit sagen, wie sich die Situation entwickeln wird. Irgendwie bedauere ich das schon. Ein paar Monate in Hamburg oder Berlin kämen mir recht. Momentan geht mir das hier ganz schön auf die Nerven, ein Tapetenwechsel würde helfen. Du bist doch ungebunden. An deiner Stelle würde ich sofort zugreifen.«

»Hm, mal sehen, was Lutz zu sagen hat. Vielen Dank für das Update.«

»Kein Problem.« Sven winkte ihr zu und verschwand.

»Ungebunden«, wiederholte sie. Wenn Sven damit ihr

Singledasein meinte, stimmte es. Aber was war mit Noah? Ein Schritt nach dem anderen, ermahnte sie sich.

❁ ❁ ❁

Am Ende des Arbeitstages war sie schlauer. Lutz hatte die Probleme der Sozietät offen mit ihr erörtert. Man bemühe sich um Ersatz, brauche für den Übergang erfahrene Leute. Anne bat sich Bedenkzeit aus. Hamburg oder Berlin, hatte Lutz gefragt. Anne konnte sich beide Städte vorstellen. Hauptsache raus aus Köln.

Um nicht wieder in ihren alten Trott zu verfallen, hatte Anne sich vorgenommen, jeden Tag etwas nur für sich zu tun. Genau genommen war das Lindas Idee gewesen. Auf dem Rückweg vom Büro kaufte sie einen Kranz aus Tannenzweigen, den sie verzieren würde. Besser spät als gar nicht. Bis Weihnachten war es nicht mehr lange hin.

Pünktlich um acht Uhr schellte das Smartphone. Der übliche Anruf von Linda.

»Es geht mir gut.«

»Oha. Höre ich da eine gewisse Genervtheit aus deiner Stimme?«

»Nein«, antwortete Anne. »Das bildest du dir nur ein.«

»Dann ist es ja alles im grünen Bereich. Wie war dein Bürotag?«

»Du bist meine allerbeste Freundin. Aber ...«

»Hör auf, mich jeden Abend kontrollmäßig anzurufen.«

»Treffender hätte ich es nicht ausdrücken können«, sie zögerte. »Linda, mach dir keinen Stress. Es geht mir wieder ... äh, nicht hervorragend, aber gut genug. Ich mache keinen Blödsinn, gehe brav ins Office und erledige meine Arbeit.«

»Warum überzeugt mich das nicht?«

»Okay, wie wäre es damit? Ich habe die Möglichkeit, für einige Zeit nach Berlin oder Hamburg zu gehen.«

»Echt? Erzähl!«

Anne kicherte. Linda hörte sich so aufgeregt an, wie sie sich fühlte. Sie rekapitulierte den Inhalt des Gesprächs mit ihrem Seniorpartner.

»Ein eigenes Appartement in der City. So eine Art Auszeit. Genau das, was du brauchst.«

»Wenn du das sagst.«

»Du machst es, oder?«

»Ich denke darüber nach. Aber was ist mit Noah?«

»Was soll mit ihm sein? Er wird Vater, na und?«

»Vielleicht sollte ich in der Nähe bleiben. Sie werden einen Babysitter brauchen.«

»Anne Winter jetzt reicht es«, erscholl es aus dem Smartphone in einer derartigen Lautstärke, dass sie beinahe das Gerät hätte fallen lassen. »Es geht ausnahmsweise mal nur um dich. Du tust jetzt das, was für dich gut ist und fängst nicht an, dir Ausreden zu überlegen. Noah wird zurechtkommen. Es hindert dich niemand daran, von Hamburg nach Köln zu kommen, um deinen Großmutterpflichten ab und zu Genüge zu tun. So weit weg ist es nun auch nicht.«

»Vielleicht entscheide ich mich für Berlin.«

»Vielleicht landen morgen Außerirdische auf dem Alter Markt.«

»Die würden hier gar nicht auffallen. Verkleidete Jecken.«

Linda prustete los und Anne fiel ein. Tränen liefen über ihre Wangen, sie konnte nicht aufhören zu lachen. »Ich ... ich«, stotterte sie und kicherte erneut.

»Was willst du mir sagen?«, keuchte Linda.

»Ich werde nach Hamburg ziehen. Das hat aber nichts mit Robert zu tun.«

»Nee, ist klar.«

»Ich lade Noah und Franka am Wochenende ein und rede mit ihnen.«

»Brauchst du Unterstützung? Ich komme gern.«

»Du willst Franka kennenlernen, gibs zu.«
»Na ja …«
»Du musst dich bis zum nächsten Mal gedulden.«
»Spielverderberin. Wann würdest du umziehen?«
»Im neuen Jahr.«
»Neues Jahr neues Glück.«
»Ist das eine Psychologinnenweisheit?«
»Klar, damit verdiene ich Geld.«

Kapitel 24

Die Kerzen am Adventskranz brannten. Anne hatte beim Bäcker Kirschstreusel besorgt. Noahs Lieblingskuchen. Hoffentlich schmeckte der auch Franka. Zur Not hatte sie Kekse und Schokolade. Außerdem Gewürzgurken. Man wusste ja nie.

Noah hatte der kurzfristigen Einladung zum Adventskaffee ohne Zögern zugestimmt. Ein Zeichen, unter welchem Druck er stand. Kein Wunder: Vater werden war nicht das, worauf er vorbereitet war. Genauso wenig wie sie auf das Großmuttersein.

Die Türklingel kündigte den Besuch an. Franka und Noah warteten vor der Tür, beide eingepackt in Outdoorjacken. Anne umarmte sie nacheinander. »Hallo ihr zwei. Seid ihr zu Fuß gekommen? Sehr tapfer. War heute noch nicht draußen. Sieht vom Fenster ziemlich ungemütlich aus.«

Franka schälte sich aus Jacke und Schal. »Echt? Das könnte ich nicht, ich muss einmal am Tag an die frische Luft.«

»Sehr löblich«, antwortete Anne und hängte die Sachen an die Garderobe. Franka trug gefütterte graue Stiefel, die bis über die Knie reichten. Dazu passend ein weiß-grau meliertes, enganliegendes kurzes Wollkleid. Von einer Schwangerschaft war nichts zu bemerken.

»Habe dich gar nicht mehr im Fitnessstudio gesehen«, sagte Franka und zog den Kleidersaum nach unten.

»Äh, ja. Hatte viel zu tun.«

»Die Zeit solltest du dir aber unbedingt nehmen. Es ist wichtig, sich auch um sich selbst zu kümmern.«

Großer Gott. Gut, dass Linda nicht hier war. Die beiden hätten sich sofort gefunden und gegen sie verbündet. Anne legte ihren Arm um Noah und bugsierte ihn sanft in Richtung Wohnzimmer. »Was wollt ihr trinken? Kaffee oder Tee?«

»Tee bitte«, sagte Franka.

»Ich nehm einen Kaffee. Soll ich dir helfen?« Noah sah sie beschwörend an.

»Gern. Franka, geh doch schon mal vor. Du kennst dich doch aus.«

In der Küche schaltete Anne die Kaffeemaschine und den Wasserkocher ein. Noah schloss die Tür. »Hast du es dir überlegt?«

»Was meinst du?« Sie fischte aus einer Schublade ein Päckchen Tee hervor. »Mag Franka Earl Grey? Habe ich extra gestern gekauft.«

»Weiß ich nicht.« Er trat von einem Fuß auf den anderen. »Können wir zu dir ziehen?«

»Ich glaube nicht, dass das mit uns drei gut gehen würde«, antwortete sie und spülte die Teekanne mit warmem Wasser aus.

»Oh Mum. Es ist so schwer, eine Wohnung zu finden.«

»Ich weiß. Machst du mir auch einen Milchkaffee? Ich kümmere mich um den Tee.«

»Klar.« Mit hängenden Schultern schlich er zum Schrank und holte zwei Milchkaffeeschalen heraus.

Franka hatte es sich auf der Couch gemütlich gemacht. Sie blätterte in Annes frisch erworbenem Krimi. »Klingt spannend.«

»Ist er auch. Was liest du denn gern? Auch Krimis?«

»Im Moment nur Fachliteratur. Und Schwangerschaftsratgeber.« Sie lächelte ihr zu. Auf Anne wirkte sie tiefenentspannt. So gelassen war sie in der Schwangerschaft nicht gewesen.

»Ich hab dir noch gar nicht gratuliert. Wann ist es denn so weit?«

»Hab ich dir doch gesagt«, mischte sich Noah ein. Er hatte sich neben Franka gesetzt und legte ihr die Hand auf den Bauch. »Maximal sechs Monate und du wirst Großmutter.«

Anne schnitt den Kuchen an. »In erster Linie werdet ihr zwei Eltern. Keine leichte Aufgabe.«

»Freust du dich nicht?«, fragte Noah.

»Doch«, beeilte sich Anne, zu sagen. »Ich brauchte ein wenig Zeit, um mich an den Gedanken zu gewöhnen.« Sie nickte Franka zu, die ihre Finger über Noahs gelegt hatte. »Großmutter zu sein, ist ein fabelhafter Job. Ich bin nicht für die Erziehung verantwortlich und darf das Kind verwöhnen.« Sie setzte sich in ihren Sessel und lud Noah ein Stück vom Kirschstreusel auf seinen Teller. »Möchtest du auch etwas?«

Franka winkte ab. »Danke, später vielleicht.«

»Was sagen denn deine Eltern dazu?«

Noah stieß ein schwer zu definierendes Geräusch aus. »Mum, ich hab dir ...«

»Schon gut«, unterbrach ihn Franka mit resoluter Stimme. »Meine Mutter ist entsetzt, mein Vater hat mir mit Enterbung gedroht. Ansonsten ist alles im grünen Bereich.« Sie verzog den rosa geschminkten Mund zu einem Lächeln. Es erreichte ihre Augen nicht. Doch nicht so gelassen.

»Das gibt sich bestimmt wieder«, sagte Anne. »Soll ich mal mit ihnen reden?«

»Das würdest du tun?«, fragte Noah.

»Klar. Warum nicht. Was machen deine Eltern beruflich? Leben Sie auch in Köln?«

Franka schob Noahs Hand weg und schlug die Beine übereinander. »Meinem Vater gehört eine Baufirma, meine Mutter arbeitet in einem Steuerbüro. Sie haben ein Haus in Bergisch Gladbach.«

»Hast du Geschwister?«

»Wird das hier ein Verhör?« Noah hatte seinen Kuchen bis jetzt nicht angerührt.

»Einen jüngeren Bruder. Er lebt zu Hause.«

»Und du wohnst in einer WG, richtig?«

»Ja, ich wollte nach dem Abi so schnell wie möglich selbstständig leben. Da kann ich aber nicht bleiben, wenn das Kind da ist.«

»Verstehe.« Anne konnte sich einen Seitenblick zu ihrem Sohn nicht verkneifen. Der beobachte Franka. »Noah hat erzählt, dass du im Sommer ein Semester aussetzen willst?«

»Mum. Jetzt reicht es aber!«

»Das ist der Plan.« Franka griff nach dem Teller von Noah und zerbröckelte mit der Gabel den Streusel.

Anne schwieg und ließ ihre Blicke über das Paar wandern. Es wäre gemein, beide länger auf die Folter zu spannen.

»Ich werde im Januar nach Hamburg ziehen.«

»Was?« Noah schob zwei Finger in den Mund.

»Hör damit auf«, sagte sie. »Du wirst Vater. Es reicht, wenn dein Kind an den Nägeln kaut.« Sie lächelte, um die Worte abzumildern.

»Aber, aber ...«, stotterte er. »Warum? Ist es wegen ...«

»Es hat nichts damit zu tun, dass ihr mich zur Großmutter machen wollt. Panta rhei, alles fließt. Ich brauche einen Ortswechsel. Ich muss mich ein Stück weit neu orten. Eine Art Reset, um es in deiner Sprache zu sagen.«

»Aber ...«

»Ich verstehe das«, kam Franka ihr zur Hilfe. »Man darf nicht auf der Stelle treten. Wir müssen uns verändern, um zu bestehen. So wie meine Eltern es machen, klappt es für uns nicht mehr. Einmal den Beruf auswählen und bis zum Lebensende dasselbe machen. Geht gar nicht.« Sie schüttelte den Kopf, Haarsträhnen flogen ihr ins Gesicht.

»Wirst du deinen Anwaltsjob aufgeben?« Noah sprang auf und lief wie ein im Käfig eingesperrter Tiger zwischen Couch und Fenster hin und her.

»Nein. Wüsste nicht, wovon ich mich und dich ernähren sollte. Ich hab die Möglichkeit, ein Jahr in der Zweigstelle in Hamburg zu arbeiten. Wenn es mir gefällt, bleibe ich vielleicht auch ganz da. Man wird sehen.«

»Du willst nie mehr zurückkommen?« Noah stoppte sein Herumtigern und starrte sie fassungslos an.

»Du tust so, als würde ich in die Antarktis ziehen.« War Noah erregt, weil sie als potentielle Babysitterin ausfiel oder würde er sie tatsächlich vermissen? Anne verbannte diesen destruktiven Gedanken und lächelte ihm zu. »Du kannst mich jederzeit besuchen, ich werde sicher regelmäßig nach Köln kommen.«

»Hast du jemanden kennengelernt?«

Anne öffnete den Mund und schloss ihn wieder. Das ging zu weit.

»Jetzt beruhig dich doch.« Franka klopfte auf das Sofa. »Setz dich hin, du machst mich nervös. Es geht dich doch gar nichts an, ob deine Mutter einen Freund hat oder nicht. Du bist ja genauso schlimm wie meine Eltern.«

Noah kniff die Augen zusammen und verschränkte die Arme vor der Brust. »Ich finde sehr wohl, dass mich das etwas angeht.«

»Schluss«, fuhr Anne dazwischen. »Sollte ich einen Mann in mein Leben lassen, wirst du es erfahren. Mein Umzug hat, auch wenn du es dir nicht vorzustellen vermagst, nichts mit einem männlichen Wesen zu tun.«

Wen willst du täuschen, flüsterte ihre innere Stimme.

»Ich werde die Wohnung hier behalten, also weder verkaufen noch vermieten. Ihr könnt vorübergehend einziehen, bis ihr was Besseres gefunden habt. Bedingung ist, dass ich den Großteil meiner Möbel hierlasse und einen Platz zum Übernachten habe, wenn ich in Köln bin.«

»Wirklich?« Noahs Gesichtsausdruck wandelte sich innerhalb von Zehntelsekunden. Von der mürrischen Miene zum Strahlen. So viel zum Thema vermissen. Sei nicht ungerecht, ermahnte sie sich. Freue dich, dass er den eigenen Weg geht.

»Ja wirklich«, antwortete sie. »Das tröstet dich doch sicher über die Tatsache hinweg, dass ich vierhundert Kilometer entfernt leben werde.« Dieser kleine Seitenhieb musste sein. In Anne brodelte es, am liebsten wäre sie aufgesprungen und durchs Zimmer getanzt. Ihr Herz pochte lauthals. In wenigen Wochen würde sie in Hamburg sein. Alles wirkte auf einmal farbenfroh.

Noah ließ sich schwungvoll ins Sofa fallen und griff nach dem Kuchenteller. »Das ist klasse«, presste er undeutlich beim Kauen heraus.

Franka hatte bis jetzt geschwiegen. Anne schaute sie an und bemerkte, dass eine Träne über ihre Wange kullerte. »Alles in Ordnung?«, fragte sie leise.

»Ja«, stieß Franka heiser hervor. »Danke, danke, danke. Du bist großartig. Ich wünschte, meine ...« Sie stockte. Es klirrte, Noahs Kuchengabel landete auf dem Parkett.

»Ach Franka, wein doch nicht. Wir kriegen das hin. Versprochen.« Er beugte sich zu ihr hin und küsste sie.

Anne erhob sich und ging in die Küche. Sie würde sich einen weiteren Milchkaffee gönnen.

Zurück im Wohnzimmer hatte sich die Situation entspannt. Kuchenkrümel auf den Tellern zeugten davon, dass bei beiden der Appetit zurückgekehrt war.

»Habt ihr schon Weihnachtspläne?«, fragte sie.

»Wieso?«, antwortete Noah.

»Ich dachte, wir könnten uns an einem Tag treffen und zusammen Abendessen. Es gibt auch das eine oder andere zu organisieren.«

Noah warf einen Blick zu seiner Freundin, die an ihrer silberfarbenen Kette fummelte. »Ist doch noch jede Menge Zeit bis dahin.«

»In zwei Wochen ist Weihnachten nahezu vorbei, am Neujahrswochenende wollte ich in Hamburg sein.«

»Klar kommen wir. Heiligabend?« Franka ließ die Kette los und legte ihre Hand auf den Bauch. »Wir bringen auch etwas zum Essen mit.«

Anne zögerte. »Bist du sicher, dass du nicht bei deinen Eltern sein willst?«

»Meine Eltern wissen, wo sie mich finden.« Franka presste die Lippen aufeinander.

»Wenn du es dir noch anders überlegst ...«

»Nein.«

»Wir bereiten ein Pilzgulasch vor und Salat«, sagte Noah eifrig.

»Ein neues Gericht?«

»Franka hat es mir gezeigt.«

»Gut, dann kümmere ich mich um die Nachspeise.«

Nachdem die beiden gegangen waren, bewaffnete sich Anne mit Stift und Papier. Ihre Firma stellte ihr ein möbliertes Appartement zur Verfügung. Der Großteil ihrer Sachen würde in Köln bleiben. Ihre Lieblingsbücher und Bilder kamen mit. Außerdem ein Teil des Geschirrs. Sie machte sich Notizen. Einige Gegenstände mussten vor dem Wiedereinzug von Noah in den Keller, um dort geschützt vor möglichen Kinderattacken auf ihre Rückkehr zu warten. Sie würde mit leichtem Gepäck reisen. Das Gesicht von Franka schob sich vor ihr inneres Auge. Natürlich litt sie unter dem Konflikt mit der Familie. *Eltern Franka?*, schrieb sie in Druckbuchstaben auf den Block. Sie würde Noah nach Name und Adresse fragen.

Kapitel 25

Heiligmorgen. Draußen war es stockdunkel. Gestern Nachmittag hatte es in der Kanzlei einen kleinen Umtrunk mit ihren engsten Mitarbeitern und Kollegen gegeben. Die reguläre Weihnachtsfeier war, wie im Jahr zuvor, ausgefallen. Stattdessen gab es selbst gebackene Plätzchen von Frau Vosswinkel. Anne hatte zwei Flaschen Sekt spendiert und belegte Brötchen organisiert. Es war gleichzeitig eine Abschiedsfeier gewesen. Sie räkelte sich unter der Bettdecke, überdachte zum x-ten Male ihre Entscheidung. Vielleicht war es ein Fehler, in den Norden zu ziehen. »Möglicherweise wirst du heute von einem Ziegelstein erschlagen«, flüsterte sie. Schluss. Im Notfall konnte sie jederzeit nach Köln zurück. In eine Wohnung mit jungen Eltern und einem schreienden Säugling. Keine berauschende Aussicht.

Von Linda hatte sie sich Anfang der Woche verabschiedet. Die war mit Lennart nach Amrum abgereist. Auf der Rückfahrt würden sie in Hamburg Station machen. Ich muss mir doch ansehen, wo du gelandet bist, hatte Linda gesagt. Noah und Linda. Sie würde beide vermissen.

Nun, wo ihre Abreise näher rückte, fühlte sie sich hin- und hergerissen. Ein Teil von ihr sehnte sich nach Veränderung, der andere vermisste schon jetzt die Vertrautheit. Verrückte Gefühlswelt. Sie schob die Decke zur Seite, stand auf und schlüpfte in ihre Flipflops. Eine heiße Dusche, danach in den Supermarkt. Die Phase des Hin- und Herüberlegens war vorbei. Sie hatte sich entschieden. Basta.

❁ ❁ ❁

Noah und Franka würden gleich kommen. Anne hatte die gepackten Kisten in Noahs altes Zimmer geräumt, damit es nicht ungemütlich aussah. Im Wohnzimmer waren alle Kerzenleuchter mit Kerzen bestückt. Mehr Weihnachtsdekoration war nicht drin.

Sie verteilte die Plätzchen, die von gestern übriggeblieben waren, auf eine Platte und fügte Marzipankartoffeln und Spekulatius hinzu. Mit einem Streichholz zündete sie eine Tannennadel am Adventskranz an. Sie glühte auf und erlosch unmittelbar. Anne atmete den herb-würzigen Rauch ein. Noch einmal. Aufglühen und Erlöschen. Sie behielt die Streichholzschachtel in der Hand und schritt zur Stereoanlage. Zeit für ein paar Klassiker zum Mitsingen. Wenige Sekunden später erscholl die Musik von Abba aus den Boxen. Anne goss sich ein Glas Sekt ein, drehte sich im Takt. *Mamma mia, here I go again.*

❁ ❁ ❁

Das Pilzgulasch schmeckte köstlich. »Hast du das wirklich selbst fabriziert?«, fragte sie Noah, der zur Feier des Tages eine Jeans ohne Löcher trug. Darüber ein graues Baumwollhemd, das sie nicht kannte. Ob das dem Einfluss seiner Freundin geschuldet war?

»Unter Anleitung von Franka.«

»Ist nicht so schwierig«, sagte die und lächelte Anne zu. »Ich koche super gern. Es entspannt mich.«

»Wirklich? Bei mir das totale Gegenteil. Ich relaxe am liebsten beim Lesen. Am Herd stehen, ist so gar nicht meins.«

»Jetzt weißt du, warum ich so viele Take-away Läden kenne«, sagte Noah und grinste. Er füllte sich den Teller erneut mit Gulasch und Nudeln.

»Pass nur auf«, sagte Anne und drohte ihm mit dem Zeigefinger. Unauffällig schielte sie zur Uhr. Kurz nach acht.

»Hast du noch was vor?«, fragte Noah.

»Nein. Ich ...« Ihr Smartphone, das auf der Fensterbank lag, läutete. Sie stand auf. Unbekannte Nummer. »Wer kann das denn sein?«

»Geh ran, dann weißt du es?« Noah schlug sich auf den Oberschenkel.

»Winter?«

»Anne, wie schön.« Emilias schrille Stimme erscholl aus dem Lautsprecher. »Wir wollen dir fröhliche Weihnachten wünschen.«

»Oh, ... danke schön. Die wünsche ich euch auch.« Anne wandte sich Richtung Flur. »Alles in Ordnung bei euch?«

»Ja sicher. Wir sitzen vor dem Kamin und trinken Rotwein. Stell dir vor«, sprudelte es aus ihr heraus. »Lucrezia und Luzifer vertragen sich. Sie liegen aneinandergeschmiegt auf dem Teppich.«

»Das sind großartige Neuigkeiten«, sagte Anne und ging mit dem Handy in die Küche. Es pochte in ihrem Ohr, ihre Knie zitterten. Sie lehnte sich an die Spüle.

»Schade, dass du nicht hier bist. Mit wem feierst du?«

»Mein Sohn ist hier, zusammen mit seiner Freundin.«

»Das ist gut. Zu Weihnachten soll man nicht allein sein. Ich geb dir mal Dorothea.«

Anne lauschte angestrengt dem Stimmgewirr der beiden Ladys. Ob Robert im Zimmer war?

»Guten Abend meine Liebe. Fröhliche Weihnachten.« Dorothea hatte übernommen.

»Danke, für dich auch. Habt ihr meine Karte bekommen?«

»Ja, sie trudelte gestern hier ein. Gerade noch rechtzeitig. Geht es dir gut?«

»Ja, danke. Alles in Ordnung hier.«

»Wann kommst du uns wieder besuchen?«

»Ich weiß noch nicht. Aber ich komme auf jeden Fall noch mal. Oder wir treffen uns in Deutschland.« Ihren Umzug nach Hamburg würde sie nicht verraten.

»Schieb es nicht so lange auf. Wir sind schließlich nicht mehr die Jüngsten.«

»Mache ich nicht. Obwohl ich niemand kenne, der in eurem Alter so fit ist wie ihr.«

»Das liegt an Emilia. Sie hält mich auf Trab.«

»Glaub ihr kein Wort«, schrie die im Hintergrund.

»Robert ist hier. Er möchte dir auch frohe Weihnachten wünschen. Warte mal, ich geb ihn dir.«

»Ich ...«

»Robert, wo bist du? Anne ist am Apparat.«

Na toll. Sie eilte zur Tür und zog sie zu.

»Anne?«

Ihr Hals verengte sich. »Ja?«

»Warte mal.« Sie hörte, wie Robert sprach, ohne etwas zu verstehen. »So, jetzt ist es besser. Bin in der Küche.«

»Ich auch«, flüsterte sie.

»Tut mir leid, du weißt ja, wie die beiden sind. Frohes Fest.«

»Danke. Alles in Ordnung bei dir?«

»Danke.«

»Wie lange bleibst du?«

»Ein paar Wochen. Ich kann von hier arbeiten und in Hamburg gibt es nichts, was mich hält.«

»Klar.« Sie schluckte.

»Wenn du mich sehen willst, melde dich. Ich vermisse dich. Aber ich habe meine Meinung nicht geändert.«

»Ich vermisse dich auch. Ich ...« Sie kniff sich mit dem Daumennagel in den Handteller. »Gib mir Zeit, bitte.«

»Lass mich nicht zu lange warten.«

»Nein. Ich ...« Anne räusperte sich. »Ich melde mich bei dir, versprochen.« Sie drückte das Gespräch weg und starrte durch das Küchenfenster in die Dunkelheit.

❁ ❁ ❁

»Wer war das?«, fragte Noah, als sie zurück ins Wohnzimmer trat.

»Die beiden alten Damen aus Mallorca. Du erinnerst dich, ich hab dir von ihnen erzählt.« Sie fing an, die Teller zusammenzustellen. »Ich bring die schnell raus.«

Es klingelte.

»Wer kann das denn sein?« Noah stand auf. »Erwartest du noch jemanden?«

»Überraschungsbesuch.« Anne brachte den Geschirrstapel in die Küche. »Machst du bitte auf.«

Während sie das Geschirr in die Maschine einräumte, konzentrierte sie sich auf die Geräusche im Flur. Laute Stimmen, die abebbten. Anne schlich zur Tür und zog sie zu. Sie würde den Gästen ein wenig Zeit geben. Unterdessen konnte sie sich in Ruhe der Nachspeise widmen. Und einen Espresso trinken.

Bewaffnet mit einer Schüssel gefüllt mit Mascarponecreme nahm sie Minuten später Kurs auf das Wohnzimmer. Gedämpfte Töne waren zu hören. Immerhin schlugen sie sich nicht die Köpfe ein.

»Guten Abend zusammen«, sagte sie und platzierte die schwere Schale auf dem Tisch. »Ich bin Anne Winter. Freut mich sehr, dass Sie gekommen sind.«

Beide Besucher standen auf. Die Frau kam auf sie zu, derweil der Mann sie abschätzend musterte. »Vielen Dank, dass Sie uns angerufen haben. Ich bin Svenja Neuhof. Bitte sagen Sie Svenja zu mir.« Sie hielt ihr die Hand hin, die Anne schüttelte. Svenja war genauso zierlich wie ihre Tochter, die Ähnlichkeit war unverkennbar.

Herr Neuhof verbeugte sich leicht, bevor er ihre Finger drückte. »Frohe Weihnachten«, dröhnte er lauthals.

»Bitte, setzten Sie sich doch. Hat mein Sohn Sie mit Getränken versorgt?«

»Oh sorry, noch nicht. Was möchten Sie trinken?« Noah sprang auf. »Äh, Wein vielleicht?«

Anne schnaubte. Das Kind war sichtlich nervös. »Ich kann Ihnen einen Cabernet Sauvignon aus Chile anbieten. Alternativ einen Riesling aus dem Rheingau. Oder lieber ein Glas Sekt?« Sie lächelte der Mutter von Franka zu.

»Gern ein Glas Sekt. Und du Horst?«

»Ich trinke ein Kölsch.« Er zeigte auf das leere Kölschglas an Noahs Platz. Svenja verzog das Gesicht.

»Noah, kümmerst du dich bitte. Für mich noch ein Glas Riesling.«

»Klar.«

Anne wartete, bis sich die beiden wieder gesetzt hatten, bevor sie ihren Stuhl gegenüber von Franka einnahm. »Ich hoffe, du bist mir nicht böse, dass ich deine Eltern angerufen habe«, sagte sie. »Ich wollte sie kennenlernen, bevor ich in den Norden ziehe und euch das Feld hier überlasse.«

»Nein, das ist schon okay. Obwohl ...« Franka stockte, sah an ihr vorbei und griff zu ihrem Wasserglas.

»Es war total übergriffig, ich weiß.«

»Bitte entschuldigen Sie sich nicht«, sagte Svenja. »Wir haben Fehler gemacht. Wir hätten nicht so ...« Sie warf ihrem Mann einen Blick zu. »Ich mein, es war schon eine Überraschung.«

»Das können Sie laut sagen«, sagte Anne. »Damit, dass ich Großmutter werde, hatte ich frühestens in ein paar Jahren gerechnet.«

»Genau.« Svenja blickte Anne dankbar an.

»Die beiden haben nicht mal eine abgeschlossene Ausbildung«, polterte ihr Mann.

»Noah ist Schreiner«, sagte Anne. »Aber prinzipiell stimme ich Ihnen zu.«

»Wirklich? Das wusste ich gar nicht? Mir erzählt man nie etwas.« Herr Neuhof blähte die Backen auf, sein grauer

Schnurrbart wölbte sich nach vorn. Irgendwie erinnerte er Anne an ein Nilpferd.

»Du hörst mir ja auch nie zu«, stieß Franka hervor.

»Erlaube mal Kind. Hast du uns deinen jungen Mann jemals ordentlich vorgestellt?«

Franka stöhnte. »Wir leben nicht mehr im Mittelalter.«

Noah erschien mit zwei geöffneten Kölschflaschen in einer Hand, in der anderen ein Glas. »Hier schon mal das Bier. Der Sekt kommt sofort.« Er stellte alles auf den Tisch und verschwand wieder.

»An der Reihenfolge musst du mit ihm noch arbeiten«, sagte Anne zu Franka. »Ladys first, oder?«

Herr Neuhof griff nach der Flasche. Noah kam zurück und brachte die restlichen Getränke.

»Lasst uns auf Weihnachten anstoßen«, sagte Anne und schaute Svenja an. Die zog die Augenbrauen hoch.

»Du trinkst nicht aus der Flasche, wir sind hier nicht auf dem Bau.«

Noah kicherte, hielt sich die Hand vor den Mund. »Kölsch kann man aus der Flasche trinken.«

»Horst!«

»Schon gut.« Herr Neuhof goss sich und Noah ein. »Gegen die Frauen kommt man nicht an, merk dir das mein Junge.«

»Fröhliche Weihnachten«, sagte Anne und tippte mit ihrem Glas an die ihrer Gäste. Es schien, als wäre diese Baustelle abgearbeitet.

»Fröhliche Weihnachten.«

Kapitel 26

Hamburg empfing sie mit Sonnenschein und Stau vor dem Elbtunnel. Als Anne den Wohnblock in der HafenCity erreichte, in dem die Kanzlei Appartements angemietet hatte, dämmerte es bereits. Das Haus befand sich in der Nähe des Hotels, in dem sie im letzten Sommer mit Linda genächtigt hatte. Sie fuhr in die Tiefgarage und schnappte sich ihren Rucksack für eine erste Besichtigung.

Ein Fahrstuhl beförderte sie in die fünfte Etage. Der beigefarbene Teppichboden verschluckte ihre Schritte, an den Wänden prangten Lichtsäulen. Alles wirkte neu und exklusiv, die Sozietät hatte sich nicht lumpen lassen. Anne ging zu einem bodentiefen Fenster am Ende des Flurs und drückte ihr Gesicht an die Scheibe. Zu ihren Füßen lag die Elbe. Ein Containerschiff bahnte sich den Weg zum Abfertigungsterminal, geleitet von Schleppern. Beleuchtete Hafenkräne funkelten vom gegenüberliegenden Ufer. Sie drehte den Kopf nach rechts und da: Die Elbphilharmonie tauchte auf, in Strahlen der untergehenden Sonne gehüllt.

Sie hauchte die Glasscheibe an und malte mit dem Finger ein Herz. Geschafft.

❁ ❁ ❁

Auf dem Klingelschild neben der dunkelgrauen Eingangstür stand die Ziffer »28«. Das musste es sein. Anne öffnete die Tür und tastete nach dem Schalter. Eine spiralförmige Deckenlampe gab den Blick auf das Zimmer frei, ein geräumiges Ein-Raum-Appartement mit Küchenzeile. Sie hatte in Köln Fotos gesehen und wusste, was sie erwartete. Ein Doppelbett, davor eine Couch. Sessel und Tisch, der Fußboden mit

Parkett belegt. Modern und unpersönlich. Mit ihren Büchern und den Bildern würde es behaglicher sein. Sie zog die hellen Vorhänge zur Seite und schob die Glastür auf, die zu einem Austritt führte. Immerhin eine Art Balkon. Ein Windstoß wirbelte ihr die Haare ins Gesicht. Sie atmete tief ein und lehnte sich gegen das brusthohe Geländer, schmeckte Salz auf ihrer Zunge. War das Einbildung? In der Ferne tutete ein Schiff. Willkommen in ihrem neuen Zuhause.

Im Badezimmer war es dem Designer gelungen, Dusche und Badewanne auf kleiner Fläche unterzubringen. Es gab keinen Grund, sich zu beschweren. Verglichen mit ihrer Kölner Wohnung war das hier ein Mauseloch. Aber ein komfortables.

Anne räumte ihre Sachen aus dem Auto aus und transportiere sie in ihre Behausung. Der Umzugswagen mit den wenigen Kisten und Kleinmöbeln sollte übernächste Woche eintreffen. Am Montag würde sie ihr Büro in der City beziehen. 2022 konnte kommen, sie war bereit.

❀ ❀ ❀

Die ersten Arbeitstage vergingen wie im Flug. Anne hielt Kontakt zu Frau Vosswinkel und bearbeitete ihre Akten wie zuvor. Bei Videoterminen mit Mandanten war es schließlich egal, ob sie in Köln oder Hamburg saß. Darüber hinaus übernahm sie die Vorgänge des Kollegen, der die Sozietät verlassen hatte. Man hatte ihr eine junge Anwältin zur Seite gestellt. Muriel hatte vor einigen Wochen das Examen bestanden und war begierig, in den Job einzusteigen. Anne verstand sich auf Anhieb mit ihr. Gerade saßen sie sich am Bildschirm gegenüber und hatten die Vorgehensweise in einer komplizierten Erbrechtssache diskutiert.

»Haben Sie sich schon ein wenig eingelebt?«, fragte Muriel und schüttelte den Kopf. »Eher nicht, Sie sind ja rund um die Uhr beschäftigt. Wenn Sie wollen, kann ich Ihnen am Wochenende ein paar meiner Lieblingskneipen zeigen.«

»Das ist lieb von Ihnen. Obwohl ich glaube …« Anne unterbrach sich und schmunzelte. »Dass Ihre Kneipen nicht unbedingt meinen Geschmack treffen. Schließlich bin ich doch eine Stange älter.«

»Glauben Sie wirklich? Wir könnten es auf einen Versuch ankommen lassen.« Muriel grinste. Ihre knallrot geschminkten Lippen erinnerten Anne an Dorothea.

»An diesem Wochenende bekomme ich Besuch von meiner besten Freundin. Sie will sich davon überzeugen, dass ich gut untergebracht bin. Sie …« Anne stoppte. »Sind Sie Mitglied in einem Fitnessstudio?«

»Ja klar. Ohne Bewegung kann ich nicht sein. Ich jogge wöchentlich einmal um die Außenalster.«

Noch so eine Sportbegeisterte. Muriel würde sich gut mit Franka verstehen. »Ich musste meinen Vertrag in Köln kündigen, suche nach einem neuen Studio.«

»Sicher, ich schicke Ihnen den Link zur Seite. Am Jahresanfang gibt es meistens Sonderangebote. Sie können nachher dort vorbeigehen. Ist ganz in der Nähe.«

»Danke.« Anne verkniff sich eine ironische Bemerkung. Muriel ging offenbar davon aus, dass sie es mit der Aufnahme von sportlichen Aktivitäten eilig hatte. »Meine Bewegung besteht momentan darin, dass ich nach der Arbeit zu Fuß zurück in mein Appartement gehe.«

»Besser als nichts, oder?« Ihre Kollegin strahlte sie an.

»Ich komme auf das Kneipenangebot zurück.«

Zu ihrer eigenen Überraschung fand sie sich nach Büroschluss vor dem Fitnessstudio wieder. Sie vereinbarte ein Probetraining für den darauffolgenden Abend.

»Sind Sie sicher?«, fragte sie der junge Mann hinter der Theke, als er den Termin eintrug.

»Wieso?«

Der Typ kratzte sich am Ohr. »Ist immerhin Freitag. Da geht man normalerweise auf die Piste.«

»Ich bin mir sicher.« Ein Punkt weniger auf ihrer Liste.

❋ ❋ ❋

Linda und Lennart übernachteten im 25hours. Anne hatte sich mit ihnen um halb zwei vor dem Miniatur Wunderland verabredet. Zu Fuß war die Ausstellungsfläche von ihrer Wohnung nicht weit entfernt. Laut ihrem Reiseführer war das ein Highlight, das man nicht verpassen sollte, wenn man in Hamburg war. Irgendwann würde sie sich die Modelleisenbahnanlage ansehen. Heute wollte sie mit Linda klönen. Denk daran, nett zu Lennart zu sein, ermahnte sie sich auf dem Weg in die Speicherstadt. Du hast ihm lang genug die kalte Schulter gezeigt. Wenn Linda ihn liebt, wirst du das akzeptieren. Jeder hat das Recht auf seinen eigenen Weg.

Vor dem Gebäude standen Menschen in einer Schlange. Anne blieb stehen und scannte die Leute.

»Juhu!« Hinter ihr ertönte die vertraute Stimme von Linda. Sekunden später lagen sie sich in den Armen.

»Erholt siehst du aus«, flüsterte ihr Anne ins Ohr und drückte sie kurz an sich, bevor sie sich löste.

Linda musterte sie. »Du wirkst nicht mehr ganz so angestrengt.«

»Ich bin mir nicht sicher, ob das ein Kompliment ist«, sagte Anne und verzog das Gesicht zu einer Grimasse. »Wo steckt Lennart?«

»Der hat eine Karte für die Ausstellung. Wir haben verabredet, dass wir uns in drei Stunden hier wieder treffen.«

»Das ist wirklich lieb von ihm.«

»Oha. Kann es sein, dass du soeben etwas Nettes über meinen Freund gesagt hast?«

»Ja. Du wirst staunen: Ich hab uns sogar einen Tisch im ›Rive‹ reserviert.«

»Echt? Die Hamburger Luft scheint dir zu bekommen.«

Anne kicherte. »Lass uns Lennart suchen, ich will ihm guten Tag sagen.«

Linda hakte sie ein. Zusammen stiefelten sie an das Ende der Schlange. Lennart hob die Augenbrauen, als sie sich ihm näherten.

»Hallo Anne, alles klar bei dir?«

»Hallo Lennart.« Anne löste sich von Linda und schüttelte ihm die Hand. Er sah sie ungläubig an.

»Ich hab für heute Abend einen Platz für uns drei gebucht. Ist ein tolles Restaurant an der Elbe. Ich hoffe, dass du mitkommst. Ihr seid eingeladen.«

»Wenn du das möchtest, klar«, sagte Lennart. Er erwiderte ihren Blick, ohne wegzusehen. Anne fiel auf, dass er inzwischen mehr graue als schwarze Haare hatte. »Ich hatte mich schon damit abgefunden, den Abend allein verbringen zu müssen.« Er zwinkerte ihr zu.

»Sieh es als eine Art Entschuldigung an. Ich war nicht ganz fair zu dir.« Sie seufzte. »Ich bin hierhergekommen, um ein Stück weit von vorn anzufangen, mich neu zu sortieren.«

Lennart schwieg für einige Sekunden, bevor er antwortete. »Chapeau. Ist nie einfach, eigene Fehler einzugestehen und sich auf den Weg zu machen. Kann ein Lied davon singen. Entschuldigung angenommen. Und jetzt ab mit euch, bis nachher.«

Linda wollte ihre neue Wohnung sehen. Anne kaufte auf dem Weg zurück Apfelkuchen und zwei Franzbrötchen. Diese Teilchen hatte sie letzten Sonntag entdeckt. Seitdem gehörten sie zu ihrem Lieblingsgebäck.

Anne schloss die Tür auf und ließ Linda den Vortritt. »Klein, aber mein.«

Ihre Freundin stürzte zum Fenster. »Was für eine Aussicht. Da kann der Rhein nicht mithalten.«

»Von meinem Wohnzimmerfenster in Köln blickt man auf einen Hinterhof.«

»Vermisst du Köln?«

»Nein, bis jetzt nicht. Ich bin aber auch gerade mal ein paar Tage da.«

»Gut zu hören. Und die Arbeit?«

»Der Job ist überall derselbe. Habe viel zu tun mit zwei Dezernaten.«

»Du wolltest doch kürzertreten.«

»Habe ich das gesagt?« Anne beförderte die Teilchen auf einen Teller. »Probier die Franzbrötchen. Eine kulinarische Offenbarung.«

»Lenk nicht ab.« Linda biss in das Gebäck und kaute. »Das ist saulecker.«

»Mein Reden.« Mit Belustigung schaute sie Linda zu, die das Gebäckstück innerhalb von Sekunden verschlang.

»Davon muss ich welche mitnehmen.« Sie leckte sich die Finger ab. »Hast du was von Robert gehört?«

»Du hast dir bemerkenswert viel Zeit mit der Frage gelassen.«

»Und die Antwort lautet?«

»Emilia und Dorothea haben Heiligabend angerufen. Robert hatte keine Wahl, er musste mit mir sprechen.«

»Weiß er, dass du in Hamburg bist.«

»Nein. Er bleibt länger auf Mallorca.«

»Das glaub ich jetzt nicht.«

»Ich will erst sicher sein, dass ich hierbleibe.«

»Es gibt keine absolute Sicherheit du Torfnase.«

»Ist das norddeutsch?«

»Ja, letzte Woche gelernt.« Linda sah sie beschwörend an. »Mach nichts, was du hinterher bereust.«

»Ich hab ihm gesagt, dass ich mich bei ihm melde«, verteidigte sie sich.

»Immerhin. Es ist nicht komplett hoffnungslos. Fehlt er dir nicht?«

»Doch«, gestand Anne ein. »Sehr sogar. Aber ich will hier erst wieder auf eigenen Füßen stehen, mit mir im Reinen sein.«

»Du bist ein Feigling. Ich kenne kaum eine Frau, die weniger auf eigenen Füßen steht als du.«

»Ich warte auf ...« Anne überlegte, wie sie es ausdrücken sollte.

»Ein göttliches Zeichen? Einen Lichtblitz am Himmel?« Linda rollte mit den Augen. »Du solltest dich entscheiden, bevor das Enkelkind da ist. Vielleicht will Robert nicht mit einer Oma zusammensein.«

Anne holte tief Luft. »Das meinst du nicht im Ernst.«

»Meine ich nicht?« Linda zog sich die Schuhe aus und machte es sich auf dem Sofa bequem. »Fang endlich wieder an zu leben, bevor es vorbei ist.«

»Manchmal redest du, als würde ich mit einem Fuß schon im Grab stehen.«

»Das tun wir alle, oder? Abgesehen davon, dass wir die fünfzig überschritten haben. Isst du dein Franzbrötchen noch?« Ihre Finger kreisten über dem Kuchenteller.

»Nur zu, ich kann die Teile jeden Tag essen. Wie war es auf Amrum?«

»Erholsam«, antwortete Linda kauend. »Das war nicht der letzte Urlaub auf einer Nordseeinsel. Wir haben überlegt, an dem Montag vor Karneval erneut an die Nordsee zu fahren. Vielleicht nach Sylt. In Köln zu feiern ist dieses Jahr einfach noch nicht drin.« Sie zupfte ein Stück des Franzbrötchens ab. »Willst du nicht mitkommen?«

»Ein Urlaub zu dritt?« Anne schüttelte den Kopf. »Nee, lass mal. Glaub nicht, dass das eine gute Idee ist. Außerdem gibt es hier keine karnevalsfreien Tage, schon vergessen?«

Linda öffnete den Mund und schloss ihn wieder. »Ach ja. Kein Verlust für dich, oder? Du warst nie ein großer Jeck.«

»Im Gegensatz zu dir.« Anne kicherte. »Ich weiß noch,

wie du dich als Kölschdose verkleidet hast. Das Kostüm war so breit, dass wir Mühe hatten, in eine Kneipe zu kommen.«

»Dafür hatte ich drinnen eine Art Schutzwall vor blöder Anmache.«

»Ja, die Kerle mussten einen halben Meter luftgefülltes Gummizeug überwinden.«

»Und mir war so heiß.«

»Bist du glücklich mit Lennart?«

»Abrupter Themenwechsel Frau Anwältin.« Linda fixierte das Gebäckstück, bevor sie es hinunterschluckte.

»Sorry, ich ...«

»Schon okay. Du kannst mich alles fragen.« Sie kippte den Kopf zur Seite. »Lennart vergrößert mein Glück. Wir sind einen langen Weg zusammen gegangen, er und ich. Mit vielen Schwierigkeiten und Problemen. Er hat sich mir gegenüber zeitweilig wie ein Dreckskerl verhalten. Anderseits wollte ich ihn in ein Schema pressen, ihn verändern, kompatibel machen.« Linda lehnte sich zurück und kreuzte die Beine zum Lotussitz. »Der alte Fehler. Du lernst einen Menschen kennen, verliebst dich und irgendwann fängst du damit an, ihn umzuformen. Ich habe ihm ein Stück seiner Freiheit nehmen wollen, er hat auf seine Weise rebelliert.«

»Wow.«

»Wir haben viel geredet in den letzten Wochen. Außerdem sind wir beide älter und weiser geworden.« Sie zwinkerte Anne zu. »Wir akzeptieren die Macken des anderen. Das hilft außerdem, nicht selbst zu merkwürdig zu werden.«

»Okay?«

»Du weißt schon: Wenn man allein lebt, gibt es keine Kontrollinstanz. Niemand, der dich mehr oder weniger höflich darauf aufmerksam macht, dass du überreagierst oder zu eigenbrötlerisch wirst. Das ist wunderbar und anstrengend zugleich. Ich möchte es nicht mehr missen. Abgesehen vom Sex natürlich.«

»Natürlich.« Anne grinste, obwohl ihr nicht zum Lachen zumute war.

»Was ich wirklich glaube, ist, dass wir für unser Glück verantwortlich sind. Wir haben es in der Hand, eine Situation zu bewerten und das Beste für uns daraus zu machen. Wenn ich mit mir nicht glücklich bin, kann ich es auch nicht mit einem Partner sein.«

Anne schwieg, ließ das Gesagte auf sich wirken.

»Bist du glücklich?«, fragte Linda.

»Ich bin ...« Sie rang nach den passenden Worten. »Mit mir zufrieden. Seit langer Zeit wieder. Ich glaube, dass ich auf dem richtigen Weg bin. Es macht mir Spaß, die Stadt zu entdecken und mich dazu. Eine Art Neuanfang. Auf Dauer werde ich nicht so zeitintensiv arbeiten wie jetzt, ich will häufiger ans Meer fahren, offen für Neues sein.«

»Das klingt gut. Spricht also nichts dagegen, dass du uns für ein paar Tage nach Sylt begleitest. Ich werde nachher gleich mal schauen, ob wir die Wohnung in Morsum wieder mieten können. Du nimmst dann die daneben. Wenn du hier wie eine Verrückte schuftest, kannst du dir sicher ein verlängertes Wochenende gönnen.«

»Bei dir klingt alles immer so einfach.«

Linda lächelte sie an. »Ist es auch, glaub mir.«

Kapitel 27

Für den heutigen Sonntag hatte sich Anne eine Tour in den Stadtteil Övelgönne ausgesucht. Sie war inzwischen Besitzerin einer Monatskarte für den öffentlichen Nahverkehr und hatte zu ihrem Entzücken festgestellt, dass man damit die Hafenfähren nutzen konnte. Ihr Golf parkte in der Tiefgarage und wurde nicht bewegt. Was das anging, verhielt sie sich nicht anders als in Köln. Vor zwei Wochen war der erste heftige Sturm des Jahres über die Hansestadt gezogen, hatte den Fischmarkt unter Wasser gesetzt. Tage später war er erneut überflutet. In Köln gab es regelmäßig Überflutungen durch Hochwasser, hier waren es die Sturmfluten, die die Nordsee ins Land drückten. Es gab durchaus Gemeinsamkeiten zwischen den Städten.

Anne erreichte im Laufschritt die Fähre zu den Landungsbrücken und stieg trotz der kühlen Temperaturen aufs Oberdeck. Sie lehnte sich an die Reling und ließ sich den Wind ins Gesicht pusten. Die Februarsonne brannte auf ihrer Haut. Endlich ein Sonnenbad nach den langen Wintertagen. Sie schloss die Augen und sog die Wärme in sich hinein. Lauschte dem friedvollen Gefühl in ihrem Inneren.

Die Zusammenarbeit mit Muriel klappte hervorragend. Sie nahm Anne von Tag zu Tag mehr Fälle ab. Die Kanzlei hatte einen weiteren Erbrechtler eingestellt, der im März anfing. Anne würde daher ihren Plan, weniger zu arbeiten, in die Tat umsetzen können. Eine Vier-Tage-Woche war definitiv ein Anfang. Das Schiffshorn tutete, die Landungsbrücken näherten sich.

Auf dem Anleger wechselte sie auf die Fähre in Richtung Finkenwerder. Sturmmöwen begleiteten das Schiff in der Luft, jederzeit bereit, im Sturzflug einen Leckerbissen anzusteuern. Rechter Hand tauchte das »Rive« am Ufer auf. Dort hatte sie Robert das erste Mal geküsst. Anne gestattete sich, an ihn zu denken. Sie fuhr sich mit dem Finger über ihre Lippen, rief sich seine Zärtlichkeiten in Erinnerung. Schmeckte den Hauch von Orange. Ob er immer noch auf Mallorca weilte? Sie kramte nach ihrem Smartphone und fotografierte das Elbufer.

Anne hatte in ihrem Reiseführer gelesen, dass der Elbstrand in Övelgönne zum Spazierengehen einlud. Sie schulterte ihren Rucksack und verließ das Fährschiff. Den Museumshafen ignorierte sie. Den würde sie sich irgendwann später genauer ansehen. Heute stand etwas anderes auf dem Programm: Am Wasser langwandern und die Seele baumeln lassen. Besser konnte sie den Tag nicht verbringen.

Der Autor hatte nicht übertrieben, der Weg an der Elbe war zum Laufen perfekt. Nach einigen Minuten erreichte sie die »Strandperle«, ein Lokal direkt am Fluss. Muriel hatte ihr erzählt, dass hier bei schönem Wetter die Post abging. *Eine Art Nordseefeeling nicht weit von der City. Ideal zum Schiffe gucken und relaxen.* Noch war Winterpause, im Sommer konnte man hier mit den Füßen im Sand das Elbfeeling genießen. Anne blieb stehen und stellte sich vor, wie sie mit einem Glas Wein bei Sonnenuntergang die dicken Pötte auf dem Fluss beobachtete. Es fühlte sich richtig an.

❁ ❁ ❁

Am frühen Abend gönnte sich Anne ein heißes Bad, als ihr Smartphone läutete. Sie ließ es klingeln und spürte in der Wärme des Wassers dem Tag hinterher. Der Spaziergang an der Elbe hatte ihr gefallen. Den würde sie wiederholen. Die Gelehrten stritten darüber, ob Övelgönne von »Übelgunst« oder »Übel gegönnt« herzuleiten war. Eine Interpretation erklärte den Namen mit der Missgunst der Bevölkerung gegenüber den Övelgönnern. Diese konnten sich aufgrund der strandnahen Lage vor allen anderen wertvolles Strandgut aneignen. Anne pustete in den Badeschaum und sah zu, wie die feinen Bläschen sich neu verteilten. In Köln gab es die Schäl Sick, die Bezeichnung für die rechtsrheinischen Stadtteile. Nach einer Deutung betrachteten die linksrheinischen Christen die rechtsrheinischen Heiden als Barbaren, die den schielenden germanischen Gott Wotan verehrten. Irgendwie ähnliche Geschichten. Linda würde sich über den Vergleich amüsieren.

Noah hatte per WhatsApp ein Foto von sich und Franka geschickt. Beide standen vor einem Umzugswagen, die Daumen nach oben gereckt. Heute war der Tag, an dem sie ihre Wohnung in Besitz nahmen. Anne kuschelte sich in eine Decke auf dem Sofa. Sie nippte an ihrem Tee und beobachtete, wie sich der Himmel langsam verdunkelte. Vielleicht würde sie irgendwann nach Köln zurückkehren. Für den Moment war es gut, hier zu sein. *Ich wünsche eine glückliche Zeit*, tippte sie ins Handy. *Lasst es euch gut gehen.* Wenige Sekunden später kam ein Herz als Antwort zurück.

Kurz vor dem Einschlafen schickte sie das Bild vom Elbufer an Robert. *Bin in Hamburg gelandet und bleibe vorerst da. Freue mich auf dich.*

Kapitel 28

»Was hast du heute vor?«, fragte Linda und sah sie über den Rand der Kaffeetasse an. Lennart war im Badezimmer verschwunden, hatte sie am Frühstückstisch zurückgelassen.

»Mir den Wind um die Nase wehen lassen. Warum fragst du?« Anne schob mit den Fingern Brötchenkrümel auf dem Tisch zusammen.

»Ach nur so.«

»Und ihr?«

»Wir statten der Sylter Welle einen Besuch ab. Du weißt schon: Wellenbad, Rumliegen und in die Sauna gehen. Perfekt für das heutige Schietwetter-Programm.«

»Klingt nach einem ruhigen Tag. Wollen wir abends essen gehen?«

»Wir fahren auf dem Rückweg bei Gosch vorbei, ich bringe uns etwas Fischiges mit. Einverstanden?«

»Klar. Dann lass ich euch mal allein und ziehe mich um. Bei dem stürmischen Wind brauche ich einige Klamottenschichten.«

»Wo willst du denn hin?«

Anne blieb im Türrahmen stehen. »Ach, keine Ahnung, ich lass mich vom Wind treiben. Vielleicht fahre ich auch nach Westerland.«

»Schick mir doch ne WhatsApp, bevor du fährst. Damit ich weiß, wo ich dich suchen muss, wenn du vom Sturm weggeweht wirst.«

»Wenn ich wegfliege, nützt dir das aber nichts.«

»Bitte.«

»Alles klar, mach ich. Wünsche euch einen schönen Tag. Bis nachher.«

Anne hatte mit Linda verabredet, dass jede auf der Insel ihr eigenes Ding machte. Sie wollte nicht wie eine Klette an den beiden hängen. Es war anderes, wenn sie mit ihrer Freundin allein unterwegs war. Bei einem Pärchenurlaub alles zusammen zu unternehmen, war keine gute Idee.

Nach einer ausgiebigen Dusche hüllte sie sich in ein Badetuch und tapste barfuß zum Fenster. Die Wohnung war größer als ihr Appartement in Hamburg. Schlafzimmer und Wohnzimmer mit Balkon. Am Himmel lieferten sich die Wolken ein Wettrennen. Schneeweiße und graue im Wechsel. Immerhin lugte ab und zu ein Zipfel Blau hervor. Stürmisch, aber nicht zu vergleichen mit dem Orkan letzten Freitag. Die Schafe ließen sich vom Wetter nicht aus der Ruhe bringen, sie grasten, ihre Hinterteile in den Wind gereckt.

Anne zog sich eine Strumpfhose an, darüber eine Jeans. Mit einem Unterhemd aus Merinowolle, einem dicken Strickpullover und einer Thermojacke würde sie hoffentlich genauso geschützt sein wie die Wollknäuel draußen. Sie tänzelte vor der Balkontür auf und ab, dehnte sich. Wieso wollte Linda wissen, wohin sie wandern ging? Machte sie sich wirklich noch Sorgen? Ihr Absturz in Köln war längst überwunden. Der Ortswechsel tat ihr gut. Seit Kurzem nahm sie einmal in der Woche an einem Abendkurs teil, um segeln zu lernen. Das hatte sie bis jetzt keinem erzählt. Im April begann die Praxis auf der Alster. Wenn sie sich nicht zu blöd anstellte, hätte sie am Ende des Sommers einen Segelschein. Wenn nicht, wäre sie um eine Erfahrung reicher. Hauptsache, sie blieb in Bewegung, war offen für Neues. Diese Lektion hatte sie gelernt.

Das Bild von Robert schob sich in ihr Gehirn. Augen, die auf ihr ruhten, während er neben ihr lag. Feingliedrige Hände, die ihre Haut streichelten. Er hatte sich nicht gemeldet.

Aus heiterem Himmel sammelten sich Schweißtropfen in ihrem Rücken. Anne lüpfte den Pullover und öffnete die Tür. Kalte Luft vermischte sich mit der Hitzewelle. Sie atmete bewusst ein und aus, sog den salzhaltigen Geruch ein. Sekunden später fröstelte sie, die Hitze war weg.

Sie schlüpfte in ihre Wanderschuhe. Nichts konnte sofort perfekt sein. Wenn Robert so weit war, würde er sie kontaktieren, nach Hamburg kommen. Er musste nicht auf ihr Zeichen hin alles stehen und liegen lassen, sollte sich die Zeit nehmen, die er brauchte. Die sie auch gebraucht hatte. Wenn es zu spät war, würde sie zurechtkommen. Sie würde nicht untergehen.

Anne stieß die Tür hinter sich zu. Draußen wirbelte der Wind ihre Haare durcheinander, Blätter flogen an ihr vorbei. Sie hielt die Autotür fest, damit sie ihr nicht aus der Hand gerissen wurde. Definitiv ein Wetter, um an der Wattseite zu laufen. Am offenen Meer würde es zu stürmisch sein.

Bevor sie den Motor startete, erinnerte sie sich an Lindas Bitte. *Fahre zum Morsum-Kliff und dreh eine Runde. LG*

❁ ❁ ❁

Ein einziges Auto parkte auf dem Parkplatz am Eingang zum Naturschutzgebiet. Anne stellte den Golf auf der anderen Seite ab und zog sich eine Pudelmütze über den Kopf. Ein Spaziergang um das Kliff, danach ein Stück Butterkuchen von Ingwersen. Der Wind würde ihr Gehirn freipusten, der Kuchen ihre Seele füttern.

Anne entschied sich für die Route zum Watt. Pfützen auf dem sandigen Untergrund zeugten davon, dass es in der letzten Nacht geregnet hatte. Ein Windstoß drückte das Dünengras an den Boden und gab den Blick auf Kaninchenlöcher frei. Sie ging zügig daran vorbei und malte sich aus, wie die Tiere dicht aneinandergedrängt dem Sturm trotzten.

Es herrschte Ebbe und Anne suchte sich den Weg über die Felsen zum Strand. Auf dem Kliff zu gehen, war ihr wegen der Sturmböen zu gefährlich. Bei ihrem ersten Besuch hatte sie sich an dem Farbenspiel aus Rot- und Sandtönen nicht sattsehen können. Sie blieb stehen, um den Mix der verschiedenen Erdschichten erneut auf sich wirken zu lassen. Die waren mehrere Millionen Jahre alt, würden überdauern, sofern Sylt nicht unterging. Noah würde der Ort gefallen, vielleicht konnte sie ihn und Franka im Herbst auf die Insel locken. Zusammen mit dem Kind. Ihrem Enkelkind.

Sie kletterte den Pfad vom Ufer hinauf. Der Wind peitschte den Untergrund auf. Innerhalb von Sekunden nisteten sich Sandkörner auf ihrer Haut ein. Anne kniff die Augen zu und hielt sich schützend die Hand vor das Gesicht. Bis sie beim Auto war, würde sie in Sand gebadet sein.

Den Blick auf den Boden gesenkt, arbeitete sie sich gegen den Sturm voran. Sand knirschte zwischen ihren Zähnen, Böen ließen sie taumeln. Ihr Herz pochte in ihrer Brust, sie keuchte bei jedem Schritt. Trotz der Anstrengung fühlte sie sich großartig, lebendig. Mit sich im Einklang.

Von Weitem sah sie auf dem Parkplatz nur ihren Golf. Das andere Fahrzeug war weg. Die meisten Besucher hielten sich bei diesem Wetter eher in ihrer Wohnung auf oder bevölkerten Läden und Cafés. Auf ihrer Wanderung war sie keiner Menschenseele begegnet. Es war gut, dass sie Linda über ihr Ziel informiert hatte. Die würde Feuerwehr und Polizei rufen, wenn sie nicht pünktlich zum Essen erschien. Ihr Herz wurde leicht, als sie an die Freundin dachte. Ohne Linda wäre sie heute nicht hier.

Eine Bewegung riss sie aus ihren Gedanken. Da stand jemand. War das ein Mann, der hinter der Informationstafel Schutz suchte?

Anne stoppte und kramte in ihrer Hosentasche nach einem Papiertaschentuch. Sie drehte sich um und versuchte, den Wind im Rücken, ihre verklebten Augen zu säubern. Mit einer Hand in ihrer Jacke, den Autoschlüssel festhaltend, setzte sie den Weg fort. Woher kam der Mann? War er Gast im

Landhaus Severin*s, dem reetgedeckten Hotelrestaurant, an dem sie soeben vorbeigekommen war? Wartete der auf sie?

Der Typ trat auf den Weg und winkte. Anne blinzelte. Diese Silhouette hätte sie überall erkannt. Robert. Die letzten Meter rannte sie, ignorierte die Seitenstiche. Dicke Regentropfen fielen vom Himmel, als sie ihn erreichte.

»Was machst du hier?«, japste sie. Wasser lief über seine dunkelblaue Wollmütze in sein Gesicht. Er breitete die Arme aus. »Auf dich warten.«

❁ ❁ ❁

Später lagen sie im Bett, lauschten der Melodie des Windes.

»Was, wenn ich nicht gekommen wäre?«

»Dann hätte ich dich gesucht. Linda hat mich auf dem Laufenden gehalten.«

»So, hat sie das. Ich werde ein ernstes Wörtchen mit ihr reden müssen.«

»Wirklich?« Robert verdrehte die Augen und Anne knuffte ihn in den Arm.

»Linda ist ein Schatz. Sie hat mich bestärkt, meinen Weg zu gehen. Die Arme hatte es nicht leicht mit mir.«

»Warum überrascht mich das nicht? Ich werde mich nachher gleich höchstpersönlich bei ihr bedanken«

»Das machen wir zusammen.«

Luzifer hatte es geschafft, sich auf die Decke an das Ende der Matratze zu mogeln. Er zuckte im Traum, jaulte leise auf.

»Der träumt von einem großen Knochen«, sagte Anne und streichelte mit den Zehen den Rücken des Tieres.

»Oder von einer knackigen Hündin.« Robert strich ihr eine Strähne hinter das Ohr.

»Mhm.« Sie drehte sich auf die Seite und fuhr mit der Hand über Roberts Kopf. »Es fühlt sich so ungewohnt an. So kurz.«

»Ich wollte mich auch verändern. Haare wachsen wieder. Und ...«, er küsste sie auf die Nasenspitze, »ich habe meine Mutter erfreut. Für einen kurzen Moment wenigstens. O-Ton: Das Ende der Hippiezeit. Emilia findet mich jetzt langweilig.« Er grinste.

»Die zwei sind großartig. Ich wünsche mir, dass ich in dem Alter auch noch so lebendig bin. Offen für Neues.«

»Du hast den ersten Schritt getan. Die Nächsten machen wir gemeinsam.«

Ende

Danke

Wie immer haben mich einige Menschen bei der Entstehung dieses Buches begleitet und unterstützt: Meine Testleserin Alexandra Galinski, die im Vorfeld den einen oder anderen Logikfehler aufspürte. Dorrit Bartel, die mich darauf hinwies, dass ich das Bond-Zitat verkehrt herum aufgeschrieben hatte. Der Martini wird natürlich geschüttelt und nicht gerührt. Schon erstaunlich, was man auch nach dem gefühlt hundertsten Lesen noch übersehen kann. Laura Newman hat das zauberhafte Cover entworfen und Gabi Schmid von der Büchermacherei den Buchsatz gestaltet und mich für eine neue Schrift begeistert. Ein spezieller Dank geht an meine Lektorin Eva Maria Nielsen, die die Geschichte von Anfang an begleitet hat. Ich mag ihre kritischen Anmerkungen immer gepaart mit aufmunternden Worten.

Ich habe in den letzten Monaten zweimal bei meiner fabelhaften Anwaltskollegin Christiane Eymers von inspired law an einem Empowerment Circle teilgenommen, einem inspirierenden Online-Workshop für Anwältinnen und Anwälte. Christiane hat an einer Stelle den Impuls gesetzt, dass man (als Anwältin) auf dem Totenbett sicher nicht darüber nachdenkt, welche Akte man im Jahre x nicht bearbeitet hat. Ich habe diese Idee gemopst und in »Veränderungsgetümmel« verwendet. Danke Christiane. Diese Weisheit hat sich in meinem Gehirn eingenistet und wird mich hoffentlich nie mehr verlassen.

Ich freue mich über die wachsende Schar meiner Leserinnen und Leser, über das Wohlwollen und die Begeisterung, mit der meine Bücher gelesen und bewertet werden. Ein großes

Lob geht an die vielen Bloggerinnen, die mich und meine Autorinnentätigkeit unterstützen. Ohne euch wäre das Autorinnenleben nur halb so schön.

Falls Sie Lust haben, mehr über mich und meine Arbeit als Autorin und Anwältin zu erfahren, empfehle ich Ihnen die Entenpost, meinen Newsletter. Anmelden dazu können Sie sich auf meiner Webseite katharina-mosel.de. Dort erzähle ich Geschichten aus meinem Anwältinnenleben und plaudere über das, was Frauen jenseits der 40 bewegt. Als kleines Begrüßungsgeschenk erhalten Sie die Kurzgeschichte »Entenbesuch auf Sylt.« Sie wissen schon: Da geht es um dieses pinkfarbene Ententier, was sich in mein Leben geschlichen hat und zu meinem Markenzeichen geworden ist. Selbst mein Mann hat sich inzwischen damit abgefunden, dass die Ente aus meinem Dasein nicht mehr wegzudenken ist. Du bist der Beste.

Lassen Sie es sich gut gehen! Wir lesen uns.

Katharina Mosel
Köln, Juni 2022

Die Autorin

Katharina Mosel ist in Hamburg geboren und aufgewachsen in einem kleinen Dorf in Schleswig-Holstein. Der Liebe wegen ist sie nach dem Studium ins Rheinland gezogen. Heute lebt sie mit ihrem Ehemann in Köln. Hauptberuflich arbeitet sie als Anwältin in den Bereichen Familienrecht und Erbrecht in einer eigenen Kanzlei.

2016 schrieb sie zusammen mit ihrer Cousine Janine Achilles das Buch »Paragrafen und Prosecco – Justitia und das wahre Leben«. Das Schreiben brachte viel Freude und die Erkenntnis, dass sie weiterschreiben wollte.

2017 erschien »Vier Mal Frau«, eine heitere Geschichte über Veränderung. Nach »Konfetti im Winter«, »Sommergolf« und »Herbstwege« ist »Veränderungsgetümmel« ihr fünfter Frauenroman. Ein Ende der Schreiblust ist nicht abzusehen.

Weitere Informationen unter katharina-mosel.de

Katharina Mosel: Herbstwege –Ein Sylt-Roman

Manchmal braucht man eine Auszeit, um wieder klar zu sehen.

Nach dem Tod der Mutter herrscht zwischen den Schwestern Helen und Irene Funkstille. Das Erbe hat sie auseinandergebracht.
Helens Mann Daniel hat genug vom Familienzwist und bricht nach Mallorca auf, wo er über seine Zukunft nachdenken möchte. Seine Frau reist gekränkt nach Sylt zu ihrer Freundin Marlene. Kann sie ohne Schwester und Ehemann noch einmal von vorn beginnen? Welches Geheimnis umgibt Marlenes Partner und was passiert, wenn das Schicksal einem dazwischenfunkt?
Eine Geschichte über Fehler und den Mut, verzeihen zu können.

Nach dem Erfolg von »Konfetti im Winter« der zweite Sylt-Roman der Autorin.

2021, 324 Seiten
eBook, Taschenbuch und Hardcover

Erhältlich überall, wo es gute Bücher gibt: online und im lokalen Buchhandel.

Katharina Mosel: Vier Mal Frau

Julia steht als erfolgreiche Unternehmerin mitten im Leben und vertreibt sich die Abende mit wechselnden Männerbekanntschaften, während die Yogalehrerin Cecilia von der großen Liebe träumt. Als die gemeinsame Freundin Mona von Lars nach langer Ehe wegen der jüngeren Vanessa verlassen wird, verändert sich auch das Leben der Freundinnen. Cecilia versucht ihr Glück bei einer Online-Partneragentur, während Mona erste Schritte in die Unabhängigkeit wagt. Julia will ihr Leben keineswegs verändern und muss sich doch auf einmal zwischen der Arbeit und der Liebe entscheiden. Und dann ist da noch Vanessa, die um ihre Beziehung zu Lars kämpfen muss …

2021, 2. Auflage, 336 Seiten
eBook und Taschenbuch

Erhältlich überall, wo es gute Bücher gibt: online und im lokalen Buchhandel.

Katharina Mosel: Sommergolf

Eine Frau in der Mitte des Lebens, die die Liebe aus den Augen verloren hat.

Die erfolgreiche Strafverteidigerin Tine lebt nur für ihren Beruf. Nach ihrem fünfzigsten Geburtstag erhält sie von ihrer Ärztin einen Warnschuss. Sportliche Betätigung ist angesagt. Tine entscheidet sich für das Golfspiel. Gleichzeitig übernimmt sie die Verteidigung einer jungen Frau, die ihren Ehemann erschossen hat. Zwei Dinge, die scheinbar nichts miteinander zu tun haben, wäre nicht der ermittelnde Staatsanwalt auch ein leidenschaftlicher Golfspieler …
Kann Tine ihre Vorurteile über Bord werfen und einen neuen Weg beschreiten?
Ein lebensbejahender und spannender Frauenroman, der Mut zur Veränderung macht.

2020, 336 Seiten
eBook und Taschenbuch

Erhältlich überall, wo es gute Bücher gibt: online und im lokalen Buchhandel.

Katharina Mosel: Konfetti im Winter – Ein Sylt-Roman

»Du musst Konfetti in dein Leben bringen, es bunt und lebenswert gestalten.«

Nach dem Tod ihres Mannes flieht die fünfzigjährige Zoey nach Sylt. Alles scheint ohne Sinn. Doch dann trifft sie am Strand auf die Künstlerin Marlene, die mit ihrem Hund mitten im Nordsee-Idyll wohnt. Marlene macht sie mit dem Witwer Moritz bekannt und führt sie nicht nur damit in Versuchung ...
Wird Zoey in ihr Leben zurückfinden? Oder doch ein ganz anderes entdecken?
Ein liebevoller und mutmachender Frauenroman – ein Plädoyer für das Leben!

2019, 312 Seiten
eBook und Taschenbuch

Erhältlich überall, wo es gute Bücher gibt: online und im lokalen Buchhandel.